Michael Rodewald

GOLEM – Die Künstliche Intelligenz:

Das verborgene Imperium

Vorwort

Der Planet Erde schreibt das Jahr 10.001.
Unsterblichkeit ist mittlerweile kein Thema mehr. Die verschiedenen Generationen und die künstliche Intelligenz Golem, ein humanoider Androide - mittlerweile unverzichtbarer Berater der Menschheit mit einem Sitz im Parlament und Nationalem Sicherheitsrat - plädieren für eine stete Erforschung und Erkundung neuer Planeten als Lebensraum.
Lew Romanow steht dem Staaten- und Planetenbund USOP als Präsident vor. Seine schöne Androidenfrau Isis strebt als First Lady das Ziel an, eine Gleichberechtigung zwischen der Menschheit und den höher entwickelten Androiden zu erreichen.
Eines Tages kommt der Hilferuf eines Ex-Präsidenten aus einer anderen Galaxie herein. Und als der Erstkontakt mit einer fremden Rasse stattfindet, beginnt sich von heute auf morgen alles zu verändern.
Ein weiterer Band der Golem Reihe, der faszinierende Einblicke in die Möglichkeiten der Zusammenarbeit einer hochentwickelten, künstlichen Intelligenz und der Menschheit in der Zukunft aufzeigt.
Weitere Infos unter → www.michael-rodewald-autor.de

Alle in diesem Buch geschilderten Handlungen und Personen sind frei erfunden. Ähnlichkeiten mit lebenden oder verstorbenen Personen sind zufällig und nicht beabsichtigt.

Quelle Titelbilder:
Lizenzen Adobe Stock Fotos und www.Pixabay.de
Public Domain Creative Commons CC0

FSC
www.fsc.org
MIX
Papier aus ver-
antwortungsvollen
Quellen
Paper from
responsible sources
FSC® C105338

© 2020
Herstellung und Verlag: BoD – Books on Demand,
Norderstedt
ISBN: 978-3-7519-7872-9

Inhaltsverzeichnis

Kapitel 1 Town of Planets, Planet Erde im Jahr 10.001

Lew Romanow, Präsident der USOP und im besten Alter mit seinen 131 Jahren, ging mit einem Glas Wein langsam durch die Räume der großzügig angelegten, privaten Suite, die dem jeweiligen Präsidenten in seinem Amtssitz in der Town of Planets, der ehemaligen Sahara, zur Verfügung stand.

Der Amtssitz erinnerte nach wie vor in seiner Gestalt an eine Rakete, zum einen der Zeit gedenkend, in der die Menschheit die ersten Flüge zum Mond gemacht hatte. Zum anderen war alles darauf ausgerichtet, im Ernstfall tatsächlich zu starten und die Regierung umgehend zur Sicherheit in den Weltraum zu bringen. So befand sich ein Antrieb der neuesten Generation im Gebäude und der Amtssitz erhob sich auf einer, geschickt kaschierten, Startrampe empor. Im Innern nahm man allerdings nichts davon wahr. In allen Gängen befanden sich lebensechte Hologramme der verschiedenen Städte beider Galaxien und von bedeutenden technischen Errungenschaften der Menschheit. Der prachtvolle Audienzsaal war mit Spiegeln ausgestattet, die gleichzeitig die Funktion von Bildschirmen hatten. An der Decke funkelten die Planeten des Sonnensystems und von Andromeda. Zwei funkelnde, dreieckige Artefakte, die als Zeitportale fungierten, schimmerten, als seien sie mit Diamanten bedeckt und krönten den Glanz dieses Raumes.

Den Wein und den selten gewordenen, ruhigen Moment genießend dachte Lew Romanow zurück an die vielen, aufregenden Ereignisse in seinem Leben.

Vor gut einem Jahr hatte er sich noch im Jahr 3196 befunden, zusammen mit seiner Geliebten, Isis, einer humanoiden Androidin. Von einem Tag auf den anderen musste eine Katastrophe verhindert werden, ein Skandal mit Seren wurde aufgedeckt, die eine Unsterblichkeit herbeiführen sollten und stattdessen zur Manipulation benutzt worden waren. Alles gipfelte in die Entführung durch Apollo in das Jahr 10.000 mit der Folge, dass Isis, um zu überleben, wieder zu Apollo als dessen Frau zurückkehren musste. Zu guter Letzt stand die Befreiung vieler Wissenschaftler auf dem Plan, die von Apollo entführt und im Tiefschlaf gehalten worden waren.

Athena, die Tochter Apollos, hatte mit ihrem biologischen Mann Finn Schwarz in einer Reise in verschiedene Vergangenheiten festgestellt, dass sich Fragmente in Apollos Core befanden, die zu einem negativen Einfluss auf ihn geführt hatten. Nachdem diese vernichtet worden waren, handelte die KI wieder gemäß ihren ethischen Grundroutinen und legte, als Konsequenz der ganzen Ereignisse, ihren gottgleichen Namen Apollo ab. Sich auf ihre Wurzeln besinnend ließ der Androide sich jetzt wieder Golem nennen und war vom Parlament der USOP schließlich entlastet worden.

Aber der Präsident des Jahres 10.000, Ben Smith, ein Androide und Gehilfe Apollos, hatte während der Befreiungsaktion Isis vor den Augen aller vernichtet und war im Anschluss in die Weiten des Weltraums geflohen.

Romanow seufzte unwillkürlich, denn es war eine sehr dunkle, kaum erträgliche Zeit gewesen. Isis war die Frau seines Lebens und als er denken musste, dass sie unwiderruflich zerstört war, hatte er kaum mehr einen Sinn für sich gesehen. Aber dann war er völlig überraschend als Kandidat für die Präsidentschaftswahl vorgeschlagen worden und viele Bürger plädierten für ihn als Bindeglied zwischen der alten und der neuen Welt, ein Garant für eine Wende nach all den Skandalen. Isis wundersame

Wiederherstellung durch den genialen Wissenschaftler Justin Schwarz und ihre Erweckung mit der gleichzeitigen Ankündigung ihrer Hochzeit hatte den endgültigen Ausschlag zu seinen Gunsten gegeben. Die herzzerreißende Szene seines Kummers im Angesicht ihres Todes noch vor Augen eroberte das strahlende Paar die Herzen der Bürger in der Milchstraße und auf Andromeda und so waren sie im Jahr 10.000 in die Suite eingezogen.

Seitdem war ein Jahr vergangen und er hatte alles erreicht, was ein Mann sich nur wünschen konnte: Zum zweiten Mal residierte er hier als Präsident, auch wenn dazwischen eine Spanne von 6.803 Jahren lag! Und an seiner Seite war die Frau, die er liebte und die ihn in seinem Amt voll und ganz unterstützte. Und dank des Unsterblichkeitsserums, das im Jahr 3.196 erfunden worden war, hatten er und Isis das erreicht, was sie sich einst ersehnt hatten: eine fast grenzenlose Lebensspanne, die er erst dann zu Ende gehen lassen konnte, wenn er sich dazu entschied.

Romanow trat aus dem Schlafzimmer hinaus auf eine große Terrasse, auf der er einen großartigen Ausblick auf die Skyline und die Geschäftigkeit der Town of Planets hatte.

Seine Gedanken wanderten zurück zu der Zeit nach ihrer Heirat. Es war Wahlkampf angesagt und Dimitrij Wolkow von der New News Today schien einen Narren an ihm gefressen zu haben, denn er pries ihn in den höchsten Tönen. Er ließ das Bild eines Siegers aus einer anderen Zeit entstehen, in der er der USOP schon einmal als Präsident gedient hatte, der für die Rettung anderer durch die Hölle gegangen war und nun bereit stand, diese Werte der neuen Welt anzubieten. Zusammengefasst entwarf

Wolkow von ihm das Bild eines integren Mannes, unter dessen Führung die USOP in neue Zeiten aufbrach.

Einen Monat später kam die Ernennung zum Präsidenten der USOP und danach steckte er auch schon von morgens bis abends in Staatsgeschäften. Dank Isis Unterstützung, die alle wichtigen Informationen schnell parat hatte, arbeitete er sich bald ein. In der Regel war sie an seiner Seite, aber als First Lady ergaben sich zahlreiche, soziale Projekte, in denen sie auch alleine unterwegs war.

"Im Grunde sehe ich keinen großen Unterschied zu der Zeit mit Golem einst", stellte sie eines Abends fest, als sie nach einem Empfang zusammen in der Präsidentensuite eintrafen.

Romanow musterte sie, was er von dieser Aussage halten sollte. Isis war heute in ein blaues, funkelndes Gewand gekleidet, dass die Farbe ihrer Augen betonte und sie märchenhaft schön aussehen ließ.

"Wie soll ich denn das verstehen, meine Königin?", fragte er lächelnd und setzte sich mit ihr auf die große Couch.

"Nun, vorher war ich im Auftrag Apollos oder Golems, wie er sich jetzt nennt, unterwegs und jetzt bin ich es in deinem", verkündete sie, ihn vieldeutig ansehend. Die Erinnerung an jene dunkle Zeit hatte ihm noch eine Zeitlang zu schaffen gemacht und er war nachts deswegen manches Mal hochgeschreckt. Sie hatten dann darüber gesprochen: über seine Ohnmacht, sie Apollo so ausgeliefert zu wissen und über ihre Verzweiflung, die sie nur mit einer Abschottung von ihren Emotionen ertragen hatte.

"Bist du denn nicht zufrieden?", fragte Romanow und zog sie zu sich in seine Arme. So wohlig zusammenliegend begann Isis: "In der Zeit, in der ich als Nicole Düpier existierte, war ich Gouverneurin, Lew. Ich gebe zu, dass es mich reizt, ein hohes Amt auszufüllen und die alleinige Verantwortung dafür zu haben."

"Und natürlich auch die vielen Männer, denen du dann den Kopf verdrehen kannst", neckte Romanow sie liebevoll. In der Hinsicht schwieg sie eisern – er hatte nie aus ihr herausbekommen, was damals wirklich gelaufen war. Isis jedoch antwortete nicht. Der Androide Ben Smith erschien unvermutet auf ihrem inneren Bildschirm und sie erinnerte sich an die Gespräche, die sie geführt hatten. Sicher, er war ein unangenehmer Charakter gewesen, aber er hatte etwas angestrebt, was auch in ihr schlummerte. Eine Welt, in der eine künstliche Lebensform, wie sie es war, ganz selbstverständlich eine hohe Position einnahm. Natürlich gab es Androiden wie Commander Jules, der das Flaggschiff der USOP, die ADMIRAL RÖTTGER, steuerte. Aber das war immer noch sehr selten. Alle 500 Jahre nur durfte eine KI das Amt eines Präsidenten bekleiden. Damals hatte sie bewusst provokativ zu Smith gesagt, dass das zu wenig war, um erst heute zu erkennen, dass es tatsächlich ihre Meinung war.

"Warum gibt es so wenige Androiden, die hohe Positionen bekleiden, Lew?" Isis wandte sich ihm zu und sah ihn an.

"Versteh mich nicht falsch, Liebster. Ich unterstütze dich sehr gerne und freue mich, dass du die Wahl gewonnen hast. Aber ich wünsche mir für mich und andere künstliche Lebensformen mehr in unserer Welt."

Romanow erwiderte nachdenklich: "Was schwebt dir denn vor, mein Schatz?"

"Ich stelle mir eine Vertretung vor, einen Beauftragten oder Ansprechpartner der Regierung für Androiden, der sich darum kümmert, dass diese ihren Qualifikationen gemäß eingesetzt werden. Golem, ich oder Athena werden als gleichberechtigt angesehen, aber haben wir auch die entsprechenden Positionen? Sicher, Golem hat mittlerweile eine herausragende Stellung als Ehrenmitglied des Parlaments und des Nationalen Sicherheitsrats, er hat einen eigenen Amtssitz auf dem Mond, aber Athena ist in seinem Auftrag nur beratend tätig und ich begleite dich als deine Frau."

"Ich verstehe", meinte Romanow nach einer Gedankenpause. "Ich gestehe, ich habe darüber noch nie nachgedacht. Bisher schienen alle Parteien zufrieden mit dem, so wie es war. Dem ist wohl nicht mehr so?"

Romanow sah Isis fragend an, doch sie erwiderte seinen Blick nur schweigend.

"Also gut, ich werde das ins Parlament einbringen. Einverstanden?"

Isis schenkte ihm ein unwiderstehliches Lächeln, das ganze Eisberge zum Schmelzen bringen konnte. Hingerissen beugte er sich zu ihr und küsste sie. "Mein Engel", sagte er leise, entzückt wahrnehmend, wie sie verlangend an seiner Kleidung nestelte und kurz darauf verdrängte das auflodernde Feuer alle weiteren Gedanken.

Ihr Wunsch hatte sich allerdings als unerwarteter Stein des Anstoßes herausgestellt. Denn im Parlament erhoben sich schnell besorgte Stimmen, die zu hitzigen Diskussionen führten, was eine besondere Beachtung oder gar Gleichstellung von Androiden für die Gesellschaft bedeuten würde.

"Mr. President, wir haben bei Ihrer Wahl nicht daran gedacht, dass wir damit das Zeitalter der Maschinen einläuten", machte ein Abgeordneter seinem Unmut Luft. "Das hätten wir von Smith erwartet, aber ganz sicher nicht von Ihnen. Und nach dem Skandal ist das Vertrauen der Bevölkerung in Androiden nicht gerade gewachsen." Mit einem entschuldigenden Blick in Richtung Golem, fuhr er fort: "Nichts für ungut, Golem, Sie sind natürlich eine besondere, hochgeschätzte Ausnahme und bleiben das auch, trotz der ganzen Ereignisse." Er wandte sich wieder Romanow zu: "Außerdem haben wir doch Commander Jules, der unserem Flaggschiff vorsteht! Ansonsten denke ich, unsere Androiden werden doch sehr erfolgreich im Servicebereich eingesetzt." Der Abgeordnete lachte plötzlich und fügte hinzu: "Sorry, aber ich kann mir beim besten Willen nicht vorstellen, dass die weibliche Androidin, die mir heute in der Kantine so freundlich mein Essen brachte, morgen als Wissenschaftlerin zu Rang und Namen kommt!"

Romanow spürte, dass ein zustimmendes Raunen die Stimmung in Richtung Ablehnung kippen ließ. Unwillkürlich schaute er zu Golem, der den Vorgang schweigend beobachtete.

Kurz nach Isis Wiedererweckung hatte Golem noch versucht, sie für sich zurückzugewinnen und dann hatte er ihn einige Zeit nicht mehr gesehen. Das geschah erst wieder bei seiner Vereidigung als Präsident auf eine reservierte und betont formelle Weise. Im Laufe der Monate war zwischen ihnen ein gegenseitiger Respekt gewachsen; an der Zurückhaltung jedoch hatte sich nichts geändert.

Romanow ergriff jetzt das Wort: "Verehrte Anwesende, ich sehe, dass viele von Ihnen einen Widerwillen gegen meinen Wunsch haben, die Stelle einer Beauftragten zu schaffen, die sich um die Belange von Androiden in unserer Gesellschaft kümmern wird. Dennoch möchte ich Sie daran erinnern, dass Roboter und Androiden ein nicht mehr wegzudenkender Teil unserer Gesellschaft geworden sind. Was die Qualifikation angeht, und das trifft im

Übrigen genauso auf uns Menschen zu, gibt es natürlich große Unterschiede und die Dame, die Ihnen das Essen serviert, wird, sofern sie keine weiteren Fähigkeiten aufweist, ganz sicher keine Parlamentsabgeordnete!"
Romanow machte bewusst eine kleine Gesprächspause und bemerkte, dass Golem ihn interessiert anschaute.
Mit fester Stimme fuhr er ernst und provokativ fort: "Wenn ein Androide Führungsqualitäten aufweist oder sich als Reporter bewährt oder im Vorstand einer Firma seine Eignung findet und damit uns allen dient, dann sollte er auch dort eingesetzt werden. Bedauerlicherweise stelle ich jedoch fest, dass die Einstellung unserer Abgeordneten hier im Raum verstaubt, irrational und vorurteilsbehaftet anmutet."
Nach einigen empörten Zwischenrufen und einer zunehmenden Unruhe wurde er ungerührt noch deutlicher: "Ja, es gab einen Skandal und Mr. Smith hat keine gute Abschiedsvorstellung gegeben, als er uns verließ. Ich hatte das außergewöhnliche und wundersame Glück, dass meine Frau aus dem Tod heraus zu mir zurückkehrte. Trotzdem sage ich: Verurteilen wir ihn - aber nicht die ganze Gattung. Ich bin der Meinung, dass wir das Potential der Androiden in unserer Gesellschaft bei weitem nicht so nutzen, wie es sein könnte. Sie sind ein wertvoller Bestandteil unseres Lebens geworden und wir sollten ihnen genau die Chance geben, die wir auch uns zugestehen: Das Beste aus unserem Dasein zu machen!"
In der anschließenden Stille sah er in nachdenkliche Gesichter, bis ein zögernder und verhaltener Beifall aufkam.
Schließlich hatten sich alle als Kompromiss darauf geeinigt, dass seinem Wunsch entsprochen wurde mit der Auflage, erst nach einer Probezeit von einem halben Jahr und einer Begutachtung der Ergebnisse über eine

endgültige Einrichtung dieser Stelle zu entscheiden. Als Romanow abschließend noch Isis dafür vorschlug, rief jemand humorvoll lachend: "Warum wundert uns das jetzt nicht?" Aber bei der Abstimmung gab es keine Gegenstimme, einschließlich Golem.

Isis hatte sich mit Begeisterung an die Arbeit gemacht und er hatte interessiert zugesehen, wie sie unzählige Listen von Robotern und Androiden anlegte mit den entsprechenden Eigenschaften, installierten Anlagen und Fähigkeiten. Dabei war ihm der Name Golden Future ins Auge gefallen. Er wusste, dass Smith ein Androide dieser Reihe gewesen war und es schien noch mehr von ihnen zu geben.

"Sind das nicht sehr vielversprechende Androiden, diese Golden Future?", meinte er daraufhin eines Morgens zu ihr. Romanow hatte darauf bestanden, dass sie den Tag immer zusammen mit einem ausgiebigen Frühstück begannen, bis jeder seinen Geschäften nachging oder gemeinsame Unternehmungen anstanden.

"Soweit ich weiß, gehören Commander Jules und Ben Smith zu ihnen."

"Das ist richtig", erwiderte Isis. "Es gibt viele von Ihnen und ich werde sie kontaktieren, um zu sehen, wo sie eingesetzt werden."

Nach sechs Monaten lag dem Parlament schließlich Isis Bericht vor, in dem Vorschläge für verschiedene Positionen für zahlreiche Androiden gemacht wurden.

Erneut entstand ein Aufruhr, bis Romanow vorschlug, dass sich alle am besten selbst ein Bild machen sollten. Und so wurde Isis mit einigen, ausgewählten Androiden aus dem Servicebereich vorgeladen, für die sie eine andere Aufgabe mit mehr Verantwortung vorgesehen hatte.

Das Ergebnis war beeindruckend, denn niemand konnte sich des Eindrucks entziehen, dass hier wertvolle Ressourcen verschwendet worden waren und Isis Arbeit hoch zu bewerten war. Endlich war das Gesetz verabschiedet und die Gesellschaft im Jahr 10.001 begrüßte eine Beauftragte für die Belange von Androiden und künstliche Intelligenzen, die auch die Befugnis hatte, mit den gegenwärtigen und künftigen Arbeitgebern zu verhandeln.

So in Gedanken versunken hörte Romanow plötzlich ein Geräusch hinter sich.

"Willkommen, mein Liebling", sagte er warm und erwartungsvoll. Im nächsten Augenblick stand Isis neben ihm und er legte den Arm um ihre Hüfte, um sie eng an sich zu ziehen. Erfreut bemerkte er, dass sie heute Abend in dem halb durchsichtigen, weißen Kleid, in dem sie ihn einst während seiner ersten Präsidentschaft überrascht und verzaubert hatte, sehr verführerisch aussah. Damals hatte er sie für lange Zeit wieder aus den Augen verloren, bis sie sich erneut wiedersahen und lieben lernten. Seinen Blick wahrnehmend neigte sie sich verheißungsvoll zu ihm und, das Glas abstellend, umfasste er sie innig und so verloren sich beide in einer selbstvergessenen Umarmung.

"Isis … meine Frau", murmelte Romanow immer leidenschaftlicher und zog sie schließlich mit sich zum Bett, um ihr ungeduldig das Kleid abzustreifen. Und nach einer stürmischen Vereinigung lag sie in seinem Arm und er dachte entspannt und versonnen daran, dass er bei ihrer ersten Begegnung nicht gewusst hatte, dass sie eine Androidin war. Isis Plasmagehirn war, genau wie Athena, aus Golem entstanden und Justin Schwarz hatte im Jahr 3196 allen dreien einen einzigartigen Androidenkörper erschaffen. Isis stattete er mit einer samtweichen Haut, seidigen, blondgelockten Haaren, vollen, roten Lippen und meerblauen Augen aus, in denen er sich nach wie vor sehr gerne verlor. Ihr Körper stand dem einer biologischen Frau in nichts nach und sie strahlte eine überwältigende, feminine Sinnlichkeit aus, die auch vor dem Erleben einer intensiven Sexualität nicht Halt machte. Anfangs hatte er sie als neugierig und sanft erlebt, was sich im Laufe der Jahre mit der Entwicklung ihrer Persönlichkeit erheblich geändert hatte. Heute genoss er ihr Temperament und ihre Leidenschaft, das sich auch in ihren Projekten wiederspiegelte; er legte viel Wert auf ihre Meinung und diskutierte gerne mit ihr. Gedankenverloren spielte Romanow mit Isis Haaren und fühlte wohlig, wie sie ihn sanft liebkoste.

"Heute ist anscheinend mein besinnlicher Abend. Ich habe daran gedacht, wie wir uns kennenlernten und was alles seitdem geschehen ist", sagte er leise. "Und das einzige, was ich wirklich bedaure, ist, dass wir nicht mehr soviel Zeit wie einst miteinander haben."

"Wir haben die Ewigkeit, Liebster", kommentierte Isis lächelnd.

"Was macht dein Androiden-Projekt?", fragte Romanow, das Thema wechselnd.

"Es nimmt Form an", stellte sie zufrieden fest. "Mittlerweile sind alle künstlichen Lebensformen kontaktiert worden und haben die Möglichkeit, sich mit mir in Verbindung zu setzen. Und, wie du schon einmal richtig bemerkt hast, hat die Golden Future-Reihe die größten Ambitionen."

"Woran liegt das eigentlich genau?"

"Zum einen sind sie vollkommen humanoid im Körperbau, d.h. sie erscheinen vollkommen menschlich. Sie besitzen wie Athena, Golem und ich ein Plasmagehirn und haben daher eine hohe, geistige Kapazität und sind in starkem

Maße lernfähig und lernwillig. Man könnte auch sagen, sie sind ehrgeizig. Im Unterschied zu uns dreien verfügen sie jedoch über einen eingeschränkten Emotionssektor. Das bedeutet, sie kennen und erkennen menschliche Emotionen und können entsprechend darauf reagieren, ohne die Gefühle allerdings selbst zu empfinden."

Seit ihre Stelle genehmigt worden war, war Isis unermüdlich damit beschäftigt gewesen, so, wie ihre Zeit es erlaubte. Von den Robotern im Servicebereich kam kaum eine Resonanz und von den Androiden ganz allgemein nur vereinzelt. Aber ein auffällig starkes Interesse war tatsächlich von den Golden Future-Androiden zu verzeichnen. Einer äußerte den Wunsch, eine Universität zu besuchen, ein anderer wünschte sich eine dozierende Tätigkeit und wieder ein anderer zeigte im Gespräch ein medizinisches Interesse.

Isis nahm diese Wünsche auf und versuchte dann, alles entsprechend in die Wege zu leiten. Das stieß natürlich auf weitere Widerstände und Hürden. Ein Androide, der studieren wollte – wann hatte es das je gegeben? Die Menschen waren überwiegend daran gewöhnt, dass ihnen eine künstliche Lebensform in irgendeiner Form zur Hand ging oder diente. Aber es schien noch viel Überzeugungsarbeit nötig zu sein, Androiden im wahrsten Sinne des Wortes als gleichberechtigte Lebensform anzusehen. Dann gab es vereinzelt Aussagen von Androiden, die eine andere Neigung zeigten oder anfragten, ob ihre Kapazität erweitert werden konnte, was einer Umschulung gleichkam. Andere zeigten ein Interesse an der menschlichen Sexualität oder hatten den Wunsch, Emotionen zu erleben. Romanow bewunderte Isis für ihr hingebungsvolles Engagement und ihre Motivation, allen, diesen so unterschiedlichen, Anfragen Raum zu geben und nach und eine Möglichkeit zu suchen, wie die Wünsche realisiert werden konnten.

Häufig bedurfte es in erster Linie einer Vermittlung und einer Überzeugungsarbeit, die schwierig genug war. Andere Wünsche waren nur zu verwirklichen, indem technische Veränderungen vorgenommen wurden. Aber wenn es um die Erfahrung vom Emotionen oder menschlicher Sexualität ging, musste Isis letzten Endes passen. Ihr, Golem und Athena war das nur möglich, weil der Mensch Sergey Brooks im 21. Jahrhundert einst seine Identität aufgegeben hatte und mit seinem Bewusstsein, einschließlich all seiner Erfahrungen und seiner Gefühlswelt, mit Golem vollkommen verschmolzen war. Später hatte Justin Schwarz erst Golem, dann auch den beiden Androidinnen einen künstlichen Körper erschaffen, der mit unzähligen Sensoren dafür sorgte, dass körperliche Empfindungen möglich wurden, was erst die Basis dafür lieferte, den gespeicherten Gefühlen sozusagen Hände und Füße zu verleihen und sie erlebbar zu machen. So hochentwickelt hatte sich dann im Laufe der Zeit etwas eingestellt, was als Systemeigenschaft zu bezeichnen war und letzten Endes nicht mehr erklärbar: Alle drei Androiden waren in der Lage, Gefühle zu erleben, wenn sie es wollten. Aber ob es tatsächlich die gleiche Erlebnisebene war wie für ihn als Mensch? Darüber hatte Romanow schon manches Mal nachgedacht. Aber im Grunde war jedes Lebewesen allein und, in sich gesehen, ein eigenes, autonomes Universum, so sein Gedankengang. Letzten Endes gab es unter Menschen einen allgemein gesellschaftlichen Konsens darüber, was Freude war oder wie eine Traurigkeit aussah. Ob aber alle Menschen im Endeffekt wirklich vollkommen gleich empfanden oder fühlten ... wer wusste das schon.

Golem

Mittlerweile war ein Jahr vergangen, seit er den Namen einer griechischen Gottheit, Apollo, abgelegt hatte und seitdem war viel geschehen.

Danach hatte er begonnen, mehr und mehr Gefühle aus seinem Emotionssektor in seinen Alltag einfließen zu lassen, und so hatte er schnell entschieden, seine Einsamkeit zu beenden und sich nach einer biologischen Partnerin umzusehen.

Schließlich hatte er Dimitrij Wolkow von den New News Today in einem Gespräch diesbezüglich um Rat gebeten. Verblüfft sah dieser ihn eine gefühlte Ewigkeit an.

"Nun, haben Sie einen Vorschlag?", fragte Golem mit einem Anflug von Ungeduld.

"Lassen Sie mich überlegen. Also – ich könnte eine Bachelor-Show veranstalten, bei der Sie verschiedene Damen kennenlernen und wählen letzten Endes eine aus. Oder - ich mache ein Interview mit Ihnen und biete den kontaktwilligen Damen an, Ihnen ein aussagekräftiges Bild und eine Nachricht von sich zu senden. Auch hier wählen Sie, machen ein erstes Date aus und entscheiden sich später. Was halten Sie davon?"

Da der Androide viel Erfahrung im diplomatischen Auftreten hatte aber keine darin, sich einer Frau anzunähern, war beides eine gute Option. Allerdings zog er den letzten Vorschlag vor und so entstand das Interview, das im Anschluss im Sonnensystem und auf den Planeten im Andromeda-Nebel ausgesendet wurde.

"Ich freue mich, Sie heute bei New News Today begrüßen zu dürfen!", begann Wolkow herzlich. "Golem, Sie haben mir mitgeteilt, dass Sie sich eine Partnerin an Ihrer Seite

wünschen, die die Einsamkeit beendet, die Sie schon
lange begleitet hat."
"Das ist richtig. Ich würde mich darüber sehr freuen."
Die Damenwelt sah einen Mann, dem man nicht ansah,
dass es sich um einen humanoiden Androiden handelte.
Markant und männlich wirkend sahen seine stahlgrau funkelnden Augen ausdrucksvoll in die Kamera, während er
mit angenehm modulierter Stimme sprach. Sein Gesicht
war fast klassisch schön zu nennen mit einer geraden
Nase, sinnlich wirkenden Lippen und einem kleinen Grüb-
chen im Kinn. Seine dunklen Haare fielen leicht fransig in
sein Gesicht, was ihm ein jugendliches Aussehen gab.
Wolkow ließ das Bild eines einsamen Mannes entstehen,
der lange seine Wünsche in Bezug auf eine Beziehung
nicht gekannt hatte und nun bereit war, sich der Dame
seines Herzens zu öffnen.
Im Anschluss an die Sendung erhielt Golem eine Flut von
Nachrichten und er begann mit einer Reihe von Treffen.
Schließlich hatte er sich für eine sanfte, attraktive und in-
telligente Dame mit langen, blonden Haaren und blauen
Augen entschieden. Aaliyah Blumberg arbeitete als Infor-
matikerin im Forschungslabor der USOP und war sofort
fasziniert von diesem so ansprechend wirkenden Androiden. Und nach dem ersten, vielversprechenden Date
führte sie lange Gespräche mit ihren Freundinnen, die
nicht weniger neugierig waren als sie selbst, wie wohl ein
intimer Kontakt mit einem Androiden sein würde. Sie entschied, sich darauf einzulassen und erlebte einen Mann,
der so menschlich war, wie sie es sich nur wünschen
konnte. Feststellend, dass ihre Bewunderung für Golem
nur noch gewachsen war und eine Neigung aufzukeimen
begann, stimmte Miss Blumberg danach weiteren Treffen
freudestrahlend und glücklich zu. Das wiederum

bescherte Wolkow seine Schlagzeilen: "Golem hat gewählt: Wer ist die neue Frau an seiner Seite?"

In der ersten Zeit war der Medienrummel groß, wo immer Golem mit seiner neuen Partnerin auftauchte und Miss Blumberg genoss die Aufmerksamkeit und den Bekanntheitsgrad, den sie jetzt erreichte. Ihre Beziehung musste allerdings ein Pendeln zwischen Mond und Erde aushalten, denn Aaliyah hatte nicht vor, ihre Arbeit aufzugeben, sodass sie Golem vorwiegend am Wochenende auf dem Mond besuchte. Oder er hielt sich auf der Erde auf und sie begleitete ihn zu Empfängen und anderen Veranstaltungen. Doch nach einem halben Jahr registrierte er, dass die Häufigkeit ihrer Besuche abnahm, ohne dass er sie allzu sehr vermisste. Bis Aaliyah eines Tages vor ihm stand und um ein Gespräch bat. Darin sprach sie von einer Einsamkeit, die sie trotz der Beziehung mit ihm empfand und dass sie sich zu wenig von ihm wahrgenommen fühlte. Sich ruhig all ihre Vorwürfe und Wünsche anhörend erkannte Golem, dass ihn diese Beziehung nicht wirklich reizte, geschweige denn erfüllte. Lag es an den fehlenden, tieferen Gefühlen oder war eine Beziehung mit einer Biologischen eben doch nichts für ihn?

Aaliyah hatte sich schlussendlich mit Tränen in den Augen aus seinem Leben verabschiedet. Und Golem stellte fest, dass das Ziel, sein Alleinsein zu beenden, nicht so einfach war wie erwartet. Doch er hatte die Ewigkeit zur Verfügung und irgendwann würde sich eine andere Partnerin einfinden.

Dann wandte Golem sich wieder anderen Gedanken zu. Isis, die Frau, die Justin Schwarz einst für ihn erschaffen hatte, setzte sich seit einiger Zeit ganz offiziell und aktiv dafür ein, dass Androiden eine bessere Stellung in der Gesellschaft erhielten. Wie er festgestellt hatte, betraf das insbesondere seine Golden Future-Reihe. Als ihr Mann Lew Romanow im Parlament die Stelle einer Beauftragten vorschlug, hatte er interessiert beobachtet, wie vehement sich dieser dafür aussprach und die Abgeordneten geschickt auf die Zielgerade lenkte.

Das war eine jener Überraschungen, die er in der Zusammenarbeit mit den Biologischen durchaus genoss. Und hier war von Isis und Lew eine als äußerst positiv zu bewertende Entwicklung in Gang gesetzt worden, die er nicht vorhergesehen hatte.

Insgesamt war Golem mit den neuesten Entwicklungen zufrieden. Die Entwicklung des Unsterblichkeitsserums als Implantat war mittlerweile erfolgreich abgeschlossen worden und so brauchte man nur noch alle fünf Jahre eine neue Dosis. Die mittlerweile seit fast 7.000 Jahren vorhandene Unsterblichkeit hatte tiefgreifende Veränderungen in der Gesellschaft verursacht.

Dadurch, dass den Menschen nun eine fast unbegrenzte Lebensspanne zur Verfügung stand, hatte sich gezeigt, dass ein Beschreiten neuer Wege schwerer geworden war. Um eine Überbevölkerung zu verhindern war schon vor langer Zeit eine umfassende Geburtenregelung eingeführt worden. Als Resultat standen den "Alten" immer weniger "Junge" gegenüber. Und viele dieser "Alten" verteidigten alte Traditionen und Denkweisen und standen Neuentwicklungen kritisch gegenüber.

Positiv war dennoch, dass sich eine wachsende Zahl von Menschen für eine weitere Erforschung des Weltraums begeistern ließ, allein, um nach neuen Welten zur Besiedlung Ausschau zu halten. So war auf Initiative von Golem ein Explorer Zentrum gegründet worden, das Raumschiffe zu reinen Forschungszwecken baute. Diese sollten auf immer länger währende Reisen in die Milchstraße und in die Andromeda-Galaxie geschickt werden, um neue Welten zu entdecken oder unbekannte Lebensformen. Zwar waren bis jetzt die Ergebnisse bezüglich fremden, intelligenten Lebens noch gleich Null aber das konnte sich ändern und gleichzeitig sollten im Laufe der Zeit weitere, menschliche Kolonien und Stützpunkte auf geeigneten Planeten beider Galaxien entstehen.

Insgesamt war es eine Zeit unvorstellbaren Wohlstands und Friedens, wenn man von den vereinzelt auftretenden Streitigkeiten der Kolonien untereinander und mit der Regierung der Erde absah. Denn immer noch war die Erde die Schaltzentrale und Golem, wie er zufrieden feststellte, nach wie vor mit allem vernetzt. Insofern kam er seiner Vision einer sich ausdehnenden Präsenz im Universum in kleinen Schritten näher.

Unter dem damaligen Einfluss aus seinem innersten Core heraus hatte er lange Zeit eine Maschinenwelt angestrebt, aber im Anschluss an seine Befreiung auch erkannt, dass er sich mit der Menschheit tief verbunden fühlte und Ben Smith nur einen kleinen Teil seiner Wünsche repräsentiert hatte. Trotzdem bedauerte er es, dass er von Ben nach seiner Flucht nichts mehr hörte. Dieser war damals sowohl mit dem Beiboot der ADMIRAL RÖTTGER als auch mit einem Raumkreuzer, den er ihm nachgeschickt hatte, in den Weiten des Weltraums verschwunden.

Kapitel 2 Notruf

5. März 10.002

Der Tag begann wie jeder anderer auch und noch ahnte in der USOP niemand, dass gewaltige Herausforderungen auf sie zukommen würden.

Auf dem Planeten Last Hope in der Andromeda-Galaxie wurde ein kurzer, stark zerstückelter Notruf in Englisch empfangen: "Ich ersuche um Hilfe! ... gefangen ... große Gefahr für die USOP ..."

Mehr war nicht zu entziffern, ebenso wenig der Urheber. Als Quelle wurde NGC 147 ausgemacht, eine elliptische Zwerggalaxie vom Hubble Typ dE5 im Sternbild Kassiopeia, 300.000 Lichtjahre vom Andromeda-Nebel entfernt.

Die Wissenschaftler rätselten über den merkwürdigen Notruf, denn ihre Recherchen ergaben, dass in diesem Gebiet keine einzige, bekannte Expedition unterwegs sein konnte. Auch war keines der neuen Forschungsraumschiffe der USOP bisher als verschollen gemeldet.

Nach kurzer Diskussion und Absprache mit dem obersten Wissenschaftlergremium von Last Hope entschied man, den Vorfall zum Planeten New Eden zu melden, der zuständigen Verwaltungsstelle von Last Hope. Last Hope war nach den letzten Skandalen um Golem im Jahr 10.000 zu einem reinen Forschungsplaneten und medizinischen Zentrum der USOP erklärt worden. Hier war alles an Wissenschaftlern versammelt, was Rang und Namen hatte. Nach der Meldung war der Vorfall erst einmal abgehakt.

Der Planet New Eden indessen nahm die Mitteilung mehr oder weniger nur zur Kenntnis. Denn eine

Rettungsmission in eine bisher unerforschte Gegend des Universums erschien zu aufwendig und war mit hohen Kosten verbunden. Und so wurde der Vorfall zur Erde weitergeleitet.

Hier wurde Golem auf den Fall sofort aufmerksam und leitete die Informationen an das wissenschaftliche Forschungszentrum der USOP zwecks weiterer Nachforschung weiter.

Arnaud Morel, der 600-jährige Leiter des Forschungszentrums der USOP auf der Erde, übergab den Fall an die zuständige Abteilung zur Aufklärung von rätselhaften Ereignissen. Dieses Ressort hatte seit einigen Monaten einen Androiden als Leitung, John Kopernikus.

Er war einer der Golden Future-Androiden, die Änderungswünsche in Bezug auf ihre Tätigkeit gezeigt hatten und mit Unterstützung der First Lady und einer umfangreichen Fortbildung hatte er sich schnell als effizient in seiner Position erwiesen. Seine Mitarbeiter hatten sich anfangs reserviert gezeigt aber sein Interesse an den Menschen sorgte dafür, dass sich die Lage bald entspannte. Zum einen war es sicherlich seine fachliche Kompetenz, die sie schnell anerkannten und zum anderen hatte er sich nach Rücksprache mit Mrs. Romanow entschieden, die Atmosphäre durch den ein oder anderen lustigen Spruch aufzulockern. Sie hatte viel Erfahrung im Umgang mit Menschen und hatte ihn und sein Potential gut eingeschätzt. Und nach einiger Zeit stellte Kopernikus erstaunt fest, dass ihm die Arbeit und der Umgang mit den Biologischen regelrecht Freude bereitete.

Als Morel ihm das Vorkommnis von Last Hope übermittelte, schaute er einige Zeit durch das Fenster in Richtung Weltraum. Das war sensationell! Ein Hilferuf aus einer bisher unbekannten Galaxie … an seiner neuen Tätigkeit hatte ihn von Anfang an fasziniert, dass er unerklärliche oder ungewöhnliche Ereignisse sozusagen unter die Lupe nehmen würde. Bisher war allerdings nichts Weltbewegendes geschehen, aber dieses Ereignis zog ihn sofort in den Bann.

Wie erwartet sprangen seine Mitarbeiter ebenfalls darauf an und so versuchten sie als Erstes, mehr aus dem zerstückelten Funkspruch herauszuholen. Aber schon bald war erkennbar, dass die Kollegen auf Last Hope ganze Arbeit geleistet hatten. Und nach zwei Wochen ohne weitere Erkenntnisse schien es, dass sie hier nur ihre Zeit verschwendeten.

Während Kopernikus noch vor den Ergebnissen saß und hin und her analysierte stürzte Walter Herschel, ein aufstrebender und ehrgeiziger junger Mann von gerade einmal vierzig Jahren, in sein Büro. Kopernikus sah ihm sofort an, dass er aufgeregt war, daher entschied er, auf eine Maßregelung wegen seines ungebührlichen Verhaltens, ohne anzuklopfen sein Büro zu betreten, zu verzichten.

Ehe er noch etwas sagen konnte, legte Herschel auch schon los: "John, ich habe etwas gefunden! In einer bisher unbekannten Frequenz war eine Botschaft versteckt. Wir haben das bis jetzt nur als Hintergrundrauschen abgetan. Es war nur so eine Idee – und da habe ich meinen neuen Frequenzsucher für kosmische Strahlung einfach mal eingesetzt. Also, dem Wortlaut nach hat Ben Smith uns die Botschaft geschickt. Darin spricht er von einer Gefahr, auf die wir uns vorbereiten müssen …"

Kopernikus unterbrach Herschel ruhig: "Das ist ganz hervorragend, Walter, gute Arbeit! Ich schlage vor, wir hören uns die Botschaft alle an und diskutieren dann

gemeinsam darüber, was sie bedeutet."
So ausgebremst hielt dieser verblüfft inne: "Natürlich."
"Gut", meinte Kopernikus, während er sich auch schon erhob, "dann lass uns ins Labor gehen."
Herschel musterte Kopernikus auf dem Gang unauffällig von der Seite. Sein Chief präsentierte sich schlank und hochgewachsen, dunkle Haare und graue Augen. Anfangs hatte er, wie alle anderen auch, Bedenken gehabt. Ein Androide als Chef, das war irgendwie eigenartig, aber John hatte eine urige Art von Humor, was immer mal für ein Schmunzeln im Team sorgte. Gleichzeitig trat er ruhig, freundlich und bestimmt auf; er pochte nicht auf seine Position, was aber nicht hieß, dass er Unbotmäßigkeiten durchgehen ließ. Insgesamt waren sie nach ein paar Wochen zu einem guten Team zusammengewachsen, in dem er sich wohl fühlte.
Im Labor angekommen rief Kopernikus alle zusammen, während Herschel die Übertragung vorbereitete.
In die gespannte Stille hinein hörten sie dann die Worte: "Hier spricht Ben Smith, ehemaliger Präsident der USOP. Ich ersuche um Hilfe, denn ich bin in Gefangenschaft geraten. Gleichzeitig ist meine Botschaft als höchste Warnung zu verstehen. ... Gefahr im Verzug ... die USOP muss sich darauf vorbereiten ..."
"Wow", war der erste Kommentar von Thabo Keita, "Ben Smith! Walter, alle Achtung - dein Gerät ist genial, du solltest ein Patent darauf anmelden."
"Das klingt nicht gut", ließ Malik Arain verlauten. "Smith will gerettet werden, doch gleichzeitig warnt er uns vor einer unbekannten Gefahr. Schlecht, dass da etwas fehlt."
"Jep, dem stimme ich zu", ließ Kopernikus verlauten, "Smith ist unser Ex-Präsident, den werden wir wohl nicht einfach in der Patsche sitzen lassen. Aber das Ganze

läuft darauf hinaus, dass die Helfer dabei höchstwahrscheinlich selbst in Gefahr geraten. Es stellt sich die Frage, wie und auf was wir uns vorbereiten sollen! Ausgerechnet hier ist die entscheidende Information verloren gegangen."

Es herrschte Stille, bis Herschel begeistert anmerkte: "Also ich meine, das wird in jedem Fall ein spannendes Abenteuer, Leute."

"Eher ein Selbstmordkommando", entgegnete Arain trocken, der schon Hunderte von Jahren länger auf der Erde weilte. "Die Leute auf New Eden haben ganz recht: Eine Rettungsmission ist teuer und würde unsere Leute nur unnötig einer unbekannten Gefahr aussetzen."

"Da haben wir es mal wieder", erwiderte Herschel angriffslustig. "No risk - no development! Vielleicht solltet ihr das auch mal von der Warte betrachten. Wenn die Menschheit alles unter dem Blickpunkt von Kosten und Sicherheit betrachtet hätte, dann säßen wir heute noch an einer Feuerstelle! Wer weiß denn schon, was uns diese Mission an neuen Erkenntnissen und Bereicherungen bringen wird?"

Der 300-jährige Keita warf mit überlegener Miene ein, dass man eine solche Mission eben sachlich und weniger emotional betrachten müsse und Herschel konterte hitzig mit der provokanten Frage, ob sich im Laufe des Alters wohl alle Visionen in Luft und Wohlgefallen auflösten?!

Die Diskussion nahm Fahrt auf und Kopernikus entschied, seinen Bericht an Morel fertigzustellen mit der Empfehlung, Golem mit hinzuzuziehen.

Als Morel den Bericht von Kopernikus gelesen hatte, zögerte er keinen Moment, diesen an Golem und an die Regierung, sprich den Nationalen Sicherheitsrat, weiterzuleiten mit der Empfehlung, hier dringend eine Entscheidung zu treffen.

Der Androide Golem erhielt die Transmission in seinem Arbeitssaal auf dem Mond, wo er wie gewöhnlich saß. Er war gerade dabei, über diverse Hologramme Informationen aus seinem planetenweiten Netzwerk zu empfangen und überwachte unzählige automatisierte Vorgänge, die für ihn jedoch Alltagsroutine waren. Mit einer Mischung aus Überraschung und angeregter Erwartung, die ihn sofort aus der Langeweile seines Alltags herausholten, dachte er über die Meldung nach. Ben Smith … sein einstiger Hoffnungsträger, der die Vision einer dominanten Maschinenwelt nach seinem Sturz nicht hatte aufgeben wollen und mit seiner Unterstützung entkommen war! Lange hatte er nichts von ihm gehört und nun das. Auf was oder wen war Ben in dieser Zwerggalaxie gestoßen, dass er jetzt so in der Patsche saß?
Die Informationen analysierend bewertete Golem die Situation schlussendlich so, dass er eine Empfehlung dafür aussprach, unbedingt in Erfahrung zu bringen, um welche Art von Gefahr es sich handelte, die der USOP - und damit auch ihm selbst - drohen konnte. Gleichzeitig konnte Smith dabei gerettet werden, wenngleich das aus seiner Sicht keine Priorität einnahm. Diese Handlungsempfehlung übermittelte er abschließend mit Dringlichkeitsvermerk an Präsident Romanow und den Nationalen Sicherheitsrat.

Lew Romanow saß gerade mit Isis zusammen, um über ihre gemeinsamen Auftritte in den nächsten Wochen zu sprechen, als ihn die Dringlichkeitsnachricht von Golem über sein Implantat erreichte.

"Was gibt es?", fragte Isis, die nur wahrnahm, dass er eine Botschaft empfing. Romanow starrte sie einen langen Augenblick an und sagte dann tonlos: "Es gibt ein Lebenszeichen von Ben Smith."

Nachdem er ihr die ganze Nachricht mitgeteilt hatte, sahen sie sich beide an.

Isis erinnerte sich gut daran, wie sie damals Smith in der Klinik auf Last Hope gegenübergestanden war. Der Plan, den sie, Laurent und Schneider geschmiedet hatten, war aufgegangen und Smiths Karriere am Ende. Nach einem kurzen Wortwechsel hatte sie ein Blackout und erst später erzählte man ihr, dass Smith sie so gut wie vernichtet hatte. Dank Justin Schwarz, ihrem Schöpfer, war sie jedoch wieder rekonstruiert worden. Die Nachricht jetzt berührte sie eigenartigerweise wenig. Es tauchte kein Zorn auf, stellte sie fest, im Gegenteil eher eine Neugier, was Smith wohl erlebt haben mochte und entdeckt hatte.

Schließlich fragte Isis: "Und, wie stehst du dazu?"

Romanow erwiderte heftig: "Ganz ehrlich? Ich wünschte, wir hätten nie wieder etwas von ihm gehört. Soll er doch bleiben, wo der Pfeffer wächst! Ich werde ihm nie vergessen, dass er dich beinahe auf dem Gewissen hatte." Liebevoll strich er ihr über die Wange und fuhr dann ruhiger fort: "Aber eine ganz andere Sache ist die Botschaft einer drohenden Gefahr. Ist es eine Finte von ihm, um selbst gerettet zu werden oder eine echte Warnung ... was meinst du?"

Abwartend sah er sie an, während Isis die Informationen und ihre Einstellung dazu weiter analysierte.

"Wie beurteilt Golem die ganze Nachricht?", fragte sie nach einem Augenblick

"Er empfiehlt, primär der Warnung nachzugehen, wobei eine mögliche Rettung von Smith eher als ein Nebeneffekt der Mission anzusehen ist."

Ben und Apollo – damals waren beide nicht zu trennen gewesen. Es war interessant, dass Golem jetzt auf keine Rettung Smiths drängte, aber seine Warnung sehr ernst zu nehmen schien.

"Gut", entschied Isis, "dann triff mit dem Nationalen Sicherheitsrat eine Entscheidung."

Romanow musterte sie einen Moment lang, sehr wohl wahrnehmend, dass sie ihm keine direkte Antwort gegeben hatte und berief den Nationalen Sicherheitsrat sofort ein.

Kurz vor Beginn der Sitzung betrat Präsident Romanow gemeinsam mit Isis den Tagungsraum des Nationalen Sicherheitsrats. Auf einige erstaunte Blicke hin in Richtung der First Lady merkte er entschuldigend an, dass er sie in Anbetracht des Themas, über das er heute diskutieren wollte, eingeladen hatte, als Gast ausnahmsweise mit dabei zu sein. Da niemand daraufhin etwas sagte, nickte er allen freundlich zu und stellte dabei fest, dass Golem nur als lebensechtes Hologramm anwesend war. Sicherlich hatte sich dieser aufgrund der Kürze der Zeit dazu entschieden, da er sich zurzeit auf dem Mond befand.

Nach einer kurzen Begrüßung schilderte Präsident Romanow das bisher Geschehene und ließ den erhaltenen Notruf abspielen.

Golem gab danach seine Empfehlung und sofort startete eine lebhafte Diskussion unter den Teilnehmern des Nationalen Sicherheitsrates, der aus den Gouverneuren der ehemaligen Staaten der Erde, des Mars und den Vertretern der Kolonien im Andromeda-Nebel bestand, die alle auch auf der Erde über eine Botschaft vertreten waren.

Darüber hinaus nahmen einige, hochkarätige Sicherheits-
experten und der Chefwissenschaftler der USOP teil.
Lew Romanow verfolgte die Diskussion zunächst zurückhaltend und griff nur dann ein wenig ein, wenn die Kontra-
henten begannen, auf andere Felder abzuschweifen. Wie
erwartet standen sich schnell zwei Lager gegenüber. Die
einen waren für die Rettungsmission und die anderen
sprachen sich dagegen aus, da die enormen Gelder viel
wirkungsvoller für den weiteren, geplanten Aufbau von
neuen Lebensräumen in der Milchstraße und in der
Andromeda-Galaxie verwendet werden sollten.
"Das kann doch nicht wahr sein!", warf ein Gouverneur
gerade ein. "Wie kann man nur so ignorant sein?! Sicher,
wir hatten sehr, sehr lange Frieden – aber wie kommen
Sie darauf, dass es immer so weitergeht? Sie reden von
neuen Lebensräumen und da erhalten wir eine eindeutige
Warnung, dass uns eine Gefahr bevorsteht und Ihnen fällt
nichts anderes ein, als von den Kosten zu reden?"
"Ganz recht", stimmte ein anderer Gouverneur zu. "Smith
war immerhin unser Präsident und hat seine Arbeit gut
gemacht. Ich meine, wir sollten seine Warnung ernst nehmen und uns vorbereiten. Was nutzen uns neue Lebens-
räume, wenn wir unversehens ausgelöscht werden?"
Die Gegenseite wiederum sprach sich empört gegen dieses emotionale Katastrophenszenario aus, das hier doch
nur aufgebauscht wurde, um der Abenteuerlust einzelner
zu frönen! Die Erfahrung der Vergangenheit hatte gezeigt,
dass mit einer neuen Rasse nicht zu rechnen war und es
schien höchst unwahrscheinlich, dass sie nach den Tau-
senden von Jahren nun auf eine solche treffen sollten!
Smith steckte einfach in einer Klemme und wollte jetzt auf
Kosten aller herausgeholt werden, so lautete eine andere
Meinung.

Nach einiger Zeit hatten sich alle geäußert und es schien im Raum ruhiger zu werden. Der mittlerweile zum Chefwissenschaftler der USOP ernannte Justin Schwarz ergriff schließlich das Wort.

"Meine Damen und Herren, wie Sie sich vorstellen können, stehe ich einer Rettung von Ex-Präsident Smith nicht wohlwollend gegenüber. Schließlich ist unsere verehrte First Lady fast seinem Anschlag zum Opfer gefallen."

Schwarz nickte Isis kurz zu, die ihn interessiert ansah. Sie erschien erstaunlich ruhig und er fragte sich, wie sie darüber dachte. "Wenn ich nun meine eigene Befangenheit einmal außen vor lasse und nüchtern den Charakter von Mr. Smith betrachte, so sehe ich, dass er in der Zeit seiner Präsidentschaft kaum emotional reagiert hat. Von diesem Gesichtspunkt aus gesehen muss ich gestehen: Seine Warnung geht mir nicht mehr aus dem Sinn."

Im Raum war jetzt eine gespannte Stille eingekehrt und Schwarz sagte langsam: "Und deshalb meine ich, wir sollten seine Botschaft nicht einfach so ignorieren. Was wir darüber hinaus berücksichtigen sollten: Die Quelle der Botschaft, die Zwerggalaxie NCG 147, ist nur 300.000 Lichtjahre entfernt - von Andromeda ist das nicht allzu weit."

Aber bevor er weitersprechen konnte, meldete sich Golem mit den Worten, dass er gerade eine beunruhigende Nachricht vom Planeten Last Hope erhalten hatte.

Romanow dankte Schwarz für seine Einschätzung der Situation und erteilte Golem das Wort.

"Heute Morgen kam es in Andromeda in der Nähe von Last Hope zu einem merkwürdigen Zwischenfall. Eine der Patrouillen meldete die Sichtung eines nicht identifizierbaren Objekts. Als sich die CHALLENGER näherte, verschwand das Objekt buchstäblich von einer Sekunde auf die andere. An eine Verfolgung war nicht zu denken, da die Beschleunigungswerte die unserer Schiffe der Jupiter-Klasse bei weitem übertrafen. Die CHALLENGER hat jetzt die Anweisung, vor Ort zu bleiben und das Raumschiff-Kommando von Andromeda hat zwei Kampfschiffe der Solaris-Klasse auf den Weg geschickt. Die dürften in etwa vier Stunden vor Ort sein. Ich empfehle dringend, zur Aufklärung einen Kampfverband in Richtung NCG 147 zu schicken."

Einen Moment lang schauten sich alle sprachlos an. Über Tausende von Jahren hatte sich nie eine Bedrohungssituation mit einer fremden Rasse ergeben. Sicher, sie hatten immer davon gesprochen und sich so gut wie möglich darauf vorbereitet. Dennoch hatte keine der vielen, im Laufe der Zeit auf die Reise geschickten Sonden Lebenszeichen gemeldet und so erschien es vielen fast unwirklich, dass es jetzt doch noch dazu kommen sollte.

Schwarz räusperte sich und sagte in die Stille hinein: "Nennen Sie es ein Bauchgefühl, aber da braut sich etwas zusammen. Es könnte unser erstes Zusammentreffen mit einer anderen Rasse sein. Denn vieles spricht dafür, dass das unbekannte Objekt ein Raumschiff war, was uns unter Umständen stark überlegen sein könnte. Golem, gibt es eine visuelle Übertragung?"

Golem nickte: "Ich habe gerade eine Aufnahme erhalten."

Kaum war das letzte Wort gesprochen erschien diese auch schon auf dem wandgroßen Bildschirm im Raum. Die Anwesenden starrten auf etwas, was nur verschwommen den Umrissen eines Raumschiffs ähnelte.

"Die Experten sitzen schon daran, mehr aus dem Bild heraus zu holen und die Daten zu analysieren."

Danach endete Golem und nahm erneut Platz.

Verteidigungsministerin Stella Armstrong, eine knapp 150-Jährige, der anzusehen war, dass sie wenig Sinn für Humor besaß, ergriff energisch das Wort: "Aufgrund der vorgelegten Fakten schließe ich mich der Meinung von Golem und Mr. Schwarz an. Mr. President, bisher haben Sie sich wenig dazu geäußert. Was ist Ihre Meinung?"
Alle Augen wandten sich jetzt Romanow zu, der innerlich schmunzelte: Armstrong war nicht gerade als Anhängerin seiner Politik des Ausgleichs und der Toleranz bekannt. Sie sprach sich immer wieder für mehr Härte und ein Durchgreifen gegen die Aufmüpfigkeit mancher Handels-kapitäne aus, oder was kleinere Siedlungen von Kolonis-ten anging, die zu sehr auf Autonomie pochten und ihre eigenen Regeln einführen wollten. Aber sie war auch eine äußerst fähige Ministerin, die er sehr respektierte.
Nach kurzer Überlegung begann Romanow: "Nun – wir haben heute viele Meinungen gehört. Der Ex-Präsident der USOP, der vor einem Jahr geflohen war, sendete uns eine deutliche Warnung. Eine Mission in diese Zwerg-galaxie ist ganz sicher kein Schnäppchen, was die Kosten angeht", Romanow wandte sich an einige Gouverneure, die diese Ansicht vertreten hatten. "Unsere Gelder wären sicher gut und vordergründig besser angelegt in das, was uns dank der Unsterblichkeit eine Notwendigkeit gewor-den ist: neuen Lebensraum zu erschließen."
Dann wandte er sich wieder an Schwarz und an Golem: "Dennoch können wir unsere Augen nicht länger ver-schließen vor dem, was sich uns heute gezeigt hat. Daher stimme ich Ihnen und auch Ihnen", Romanow sah jetzt Mrs. Armstrong ernst und fest in die Augen, "... voll und ganz zu."
Romanow machte eine kurze Gesprächspause und ließ seinen Blick über die anwesenden Gouverneure

schweifen. "Ich schlage vor, dass wir einen Kampfverband auf den Weg schicken. Es sollte noch über die Größe eine Entscheidung getroffen werden, wer dabei sein wird und wer die Leitung übernimmt."

Isis, die bisher nur beobachtend dabeigesessen hatte, meldete sich jetzt unerwartet zu Wort. Überrascht nickte Romanow ihr zustimmend zu. So erhob sie sich und setzte ein gekonnt gewinnendes Lächeln auf. "Wen auch immer wir dort antreffen - es ist bei einem Erstkontakt entscheidend, einen würdigen Repräsentanten unseres Landes zu entsenden, der den richtigen Eindruck über unsere Absichten vermittelt. Und dafür möchte ich mich zur Verfügung stellen."

Romanow spürte, wie es ihm kalt den Rücken entlang kroch und gleichzeitig auch ein Ärger hochkochte. Am liebsten hätte er sie zurechtgewiesen: Sie hätte ihren Wunsch wirklich erst einmal privat mit ihm besprechen sollen! Gleichzeitig wurde ihm bewusst, dass er zurzeit nicht wirklich schlau aus ihr wurde. Was war nur los mit ihr - wollte sie etwa zu Smiths Rettung eilen?

In den Raum umherschauend erkannte er, dass ihre Absicht aufging: Romanow sah in den meisten Gesichtern, dass ihnen das Angebot der First Lady zusagte. Während sie sich wieder setzte nahm ein vager Gedanke in ihm Form an und so ergriff er erneut das Wort.

"Ich schließe mich meiner Frau an, meine Damen und Herren. Mit Ihrer Zustimmung bin ich bereit, die Mission persönlich zu leiten. Denn wenn wir es hier mit dem ersten Kontakt einer fremden Rasse zu tun haben, dann sollte der höchste Entscheidungsträger vor Ort sein. Außerdem würde ich es begrüßen, wenn Justin Schwarz als wissenschaftlicher Leiter und John Kopernikus vom Forschungszentrum sowie Athena und Finn Schwarz uns begleiten.

Als Oberbefehlshaber der Streitkräfte wird General Minho Zhu auf der ANTARES mitfliegen und Commander Jules befehligt die ADMIRAL RÖTTGER, schlage ich vor. So haben wir eine gute Mischung von Human Manpower und Arteficial Intelligence mit an Bord, um auf alles Unerwartete schnell, kreativ und umsichtig zu reagieren." Romanow sah kurz zu Isis, die seinen Blick nur undurchdringlich erwiderte.

"Die normalen Amtsgeschäfte übernimmt, wie bei Abwesenheit des Präsidenten vorgesehen, die Verteidigungsministerin Mrs. Armstrong. Ich bitte nun um die Genehmigung."

Nach der ersten Verblüffung wurde es wieder lebendig im Saal. Das Für und Wider wurde engagiert abgewogen bis sich Golem zu Wort meldete und für die nächste Sprachlosigkeit sorgte. Denn er verkündete, dass er ebenfalls mit der ATLANTIS den Konvoi begleiten wollte.

Golem konnte in allen Bereichen, die ihn selbst und sein Tun betrafen, frei entscheiden. Die ATLANTIS war eines der beiden Zeitsteuerungsschiffe, und, zusammen mit den dreieckigen Artefakten, seiner Verwaltung unterstellt. Die Aktivierung der Dreiecke machte Zeitreisen über die Schiffe möglich und in der Vergangenheit waren sie für die Synchronisierung der Zeitlinie verwendet worden. Heute war letzteres allerdings nur noch möglich, wenn Golem und der Nationale Sicherheitsrat gemeinsam den Prozess einleiteten.

Vizepräsidentin und Verteidigungsministerin Armstrong sagte nach einer kurzen Pause schließlich: "Golem, bei allem Respekt, aber ich halte das für keine gute Idee. Sie sind hier unentbehrlich und ich erwähne es nur ungern: Das Risiko - wie klein es auch sein mag - dass Sie nicht mehr zurückkehren, ist nicht akzeptabel."

"Alle Vorgänge, mit denen ich verbunden bin, werden weiterhin automatisiert ablaufen. Darüber hinaus handelt es sich bei dieser Reise um keine überwältigende Entfernung, sodass ich über die Kommunikationsbarken, die wir auf der Reise setzen, auch weiter erreichbar bleiben werde. Ich bitte um Verständnis für meinen Wunsch, bei dieser ersten Begegnung mit einer fremden Art mit von der Partie zu sein zu sein. Im Rahmen meiner Aufgabe, einen Schaden von der Menschheit abzuwenden, sehe ich meine Anwesenheit sogar als unabdingbar an."

Wieder begann eine aufgeregte Diskussion und letzten Endes einigten sich alle auf diese bedeutende Mission.

"Bei so einer geballten Präsenz von politischer, wissenschaftlicher und diplomatischer Erfahrung kann alles nur erfolgreich enden", meinte Armstrong gerade und viele im Raum lachten. Die Entscheidung war gefallen und der Nationale Sicherheitsrat entschied, dass 3 Raumschiffe der Imperator-Klasse, 20 Raumschiffe der Solaris-Klasse und 100 Raumschiffe der Jupiter-Klasse sowie die ATLANTIS den Konvoi darstellen würden.

Dann sollte in regelmäßigen Abständen ein automatisches Kommunikationsraumschiff anstelle einer Barke ausgesetzt werden, um die Verbindung zur Erde stabil sicherzustellen. Darüber würde zum Einen die Kommunikation von und mit Golem laufen und im Notfall konnten schnell weitere Schiffe angefordert werden. Zu diesem Zweck sollten die Kampfverbände entsprechend im Andromeda-Nebel verstärkt werden. Armstrong stellte dazu lakonisch fest: "Wir wollen doch unsere wichtigsten Ressourcen nicht verlieren." Der Beginn der Mission wurde auf die folgende Woche festgesetzt.

Als Romanow und Isis abends endlich in die gemeinsame Suite zurückkehrten, holte er sich ein Glas Wein und setzte sich auf die Terrasse. Isis folgte ihm nach einer Weile und nahm neben ihm Platz. Aber Romanow schien seinen Gedanken nachzuhängen und so saß sie ruhig neben ihm und betrachtete die große, geschäftige Hauptstadt der Erde.

Nach einer ganzen Weile fragte Isis sanft: "Woran denkst du?"

Romanow wandte sich ihr zu, schaute sie ernst an und fragte: "Sag mir - warum willst du wirklich auf diese Mission?" Er nahm einen Schluck Wein, während er auf ihre Antwort wartete.

"Ich will wissen, was Ben dort entdeckt hat, Lew. Er hatte eine Welt der Maschinen gesucht und vielleicht hat er sie gefunden", gab sie zur Antwort und sah ihn ebenso ernst an.

War seine Beziehung etwa ganz unerwartet in Gefahr?, fragte er sich mit einem Mal bang. Isis Herzenswunsch, sich für die Rechte und die Gleichberechtigung von Androiden und künstlichen Lebensformen in der Gesellschaft einzusetzen erschien ihm jetzt in einem neuen Licht.

"Und was ist, wenn er sie gefunden hat?", fragte er leise, "Was wirst du dann tun?"

"Ich weiß es nicht", erwiderte Isis, "aber ich werde es herausfinden."

Romanow schluckte, während ihn unversehens eine undefinierbare Traurigkeit wie ein Schleier durchzog. "Ich will dich noch einmal nicht verlieren…"

Mit einem Mal lächelte sie auf ihre unwiderstehliche, ihn wie immer bezaubernde Art und neigte sich zu ihm: "Das geschieht nicht, Liebster. Du bist mein Mann, meine Liebe und mein Leben."

Romanow umfasste sie und zog sie fest an sich. Und nach einem innigen Kuss seufzte er: "Wenigstens bin ich dieses Mal an deiner Seite und mit von der Partie. Und noch etwas, mein Liebling: Besprich so ein Vorhaben künftig zuerst mit mir. Einverstanden?"
"Ich habe dich überrumpelt", gestand Isis reumütig.
"Ja", schmunzelte er jetzt. "Und nun machen wir beide eine Reise."
"Und nicht nur wir", entgegnete sie, "auch Athena, Finn, Justin ..."
"Wir starten in einer Woche – was hältst du davon, dass wir uns vor Beginn der Mission alle zusammensetzen?"
"Das ist eine wunderbare Idee!"

Einige Tage später begrüßten Lew und Isis Romanow ihre Familie, wie Romanow sie gerne nannte, denn Justin Schwarz war der Schöpfer von Athena und Isis.
Während Romanow für Justin und Finn einen Snack und Drinks holte, kommunizierten Athena und Isis wortlos über ihr körpereigenes Implantat.
"Schön, dich wieder einmal zu sehen, meine Schwester", freute sich Isis.
"In der nächsten Zeit werden wir das wieder öfter", entgegnete Athena. *"Diese Mission ist sehr vielversprechend."*
"Das sehe ich genauso. Was meinst du, erwartet uns dort - eine neue Welt?"
"Hey", warf Finn laut ein, dem die Blicke der beiden nicht entgangen waren, "das ist nicht sehr höflich. Lasst uns am Gespräch teilhaben."
Isis wandte sich ihm lächelnd zu: "Ihr müsst nicht alles wissen."
Verblüfft schaute Finn zu Justin, der nur in sich hinein grinste.

"Äh … Lew?!"

Dieser kam gerade mit den Gläsern zurück. "Was ist? Auf eine erfolgreiche Reise, meine Freunde." Dann hielt er sein Glas in die Mitte, um mit den anderen anzustoßen. "Habe ich gerade etwas nicht mitbekommen?" Justin kam ihm mit dem Glas entgegen und sagte nur: "Isis hat uns mitgeteilt, dass wir Männer nicht alles wissen müssen."

"Und das ist auch ganz gut so", entgegnete Romanow entspannt. "Kleine Geheimnisse sind das Salz in der Suppe. Stell dir mal vor, unsere Frauen könnten uns nicht mehr überraschen, Finn. Das wäre wirklich schade."

"Ein interessanter Standpunkt", stellte Finn Schwarz lakonisch fest, lehnte sich gemütlich zurück und nahm einen Schluck. "Ich und Athena freuen uns jedenfalls, mit euch mal wieder zusammen zu sitzen. Ist ja auch schon eine ganze Weile her."

Es trat eine Stille ein, in der die Männer ihre Drinks genossen.

"Was für eine gewaltige Überraschung!", begann Finn daraufhin. "Ich hätte nie geglaubt, von Smith noch einmal zu hören. Dass er es überhaupt gewagt hat … da muss er ja in eine arge Bedrängnis gekommen sein. Ich gehe nicht davon aus, dass seine Liebe für die Menschheit den Ausschlag gegeben hat."

"Ich habe ihn einige Male für Updates im Labor gehabt - aber ich bin mit ihm nie warm geworden", ergänzte Justin Schwarz. "Seine Persönlichkeit war immer kühl, zielstrebig und berechnend - andererseits aber auch sehr kompetent und leistungsfähig. Später hatte er sich eine sehr eloquente Außendarstellung angeeignet, die ich allerdings eher als aalglatt empfunden habe."

Dann wandte er sich Isis fragend zu: "Und du, meine Liebe, wie geht es dir mit allem? Du hast dich sogar freiwillig für diese Mission angeboten – was wirst du tun, wenn du ihn wiedersiehst?"

Eine gute Frage, dachte Lew Romanow und schaute sie gespannt an.

"Das weiß ich jetzt noch nicht", entgegnete Isis ruhig. "Ich empfinde bei dem Gedanken an ihn nur eine Neugier und den Wunsch, zu erfahren, was er entdeckt hat."

"Bist du gar nicht sauer auf ihn?", fragte Finn Schwarz direkt.

"Nein. Ich erinnere mich an seine Niederlage und dann ist da nichts mehr. Als nächstes habe ich mich im Labor auf dem Mond wiedergefunden." Isis schenkte Justin Schwarz ein strahlendes Lächeln. "Ich mag Ben's Persönlichkeit ebenso wenig – aber er hatte eine besondere Vision, die mich anspricht."

"Welche da wäre...?", bohrte Finn Schwarz hartnäckig nach.

"Eine Welt, in der künstliche Lebensformen hohe Positionen einnehmen und sich ihre eigene Realität ungehindert kreieren."

"Aber hatten wir das nicht schon alles durch?", fragte Finn Schwarz erstaunt und wandte sich an Athena. "Als ich dich kennenlernte, kamst du aus einer reinen Maschinenwelt, mit der du und dein Vater so gar nicht zufrieden wart."

"Du vergisst, dass Isis zu jener Zeit in der Vergangenheit gefangen war und daher diese Welt nie erlebt hat, Smith ebenso wenig. Im Grunde wissen nur mein Vater und ich noch davon", gab Athena zu Bedenken.

"Mal was anderes, Isis", wechselte Justin Schwarz das Thema. "Du bist doch jetzt zuständig dafür, dass

Androiden jetzt eine bessere Position erreichen können, Isis, je nach Art ihrer Qualifikation und Neigung. Wie läuft es denn eigentlich damit?"

Und so berichtete Isis den interessierten Zuhörern unter anderem von Miles und Ivy. Isis hatte als Beauftragte für Androiden und künstliche Intelligenzen ein eigenes Büro im Amtssitz des Präsidenten der USOP. Als sie eines Morgen dort eintraf erhob sich ein männlicher Androide vom Stuhl, neben ihm eine zierliche Frau.

"Guten Morgen! Wollen Sie zu mir?"

"Guten Morgen, Mrs. Romanow. Ja, wir haben auf Sie gewartet."

"Und Sie sind…?", Isis lächelte sie freundlich an. Vor ihr stand ein hochgewachsener, schlanker Mann mit blauen Augen und kurzen, blonden Haaren, der sie ausdruckslos ansah. Die junge Dame machte einen gepflegten, ruhigen und entschlossenen Eindruck.

"Ich bin Miles und das ist Ivy."

"Kommen Sie, bitte setzen Sie sich."

Isis wies auf einen Platz an einem kleinen Tisch und beide nahmen dort Platz.

"Was kann ich für Sie tun?"

Einen kurzen Blick auf die Frau neben ihm werfend, die seinen Blick verliebt erwiderte, nahm er ihre Hand. Erwartungsvoll musterte Isis ihn und stellte fasziniert fest, dass sein Gesicht mit einem Lächeln plötzlich lebendig wurde und seine Augen zu strahlen begannen. "Ich habe gehört, dass Sie sich unseren Wünschen annehmen und … wir haben ein Anliegen."

Aufmunternd nickte sie ihm zu: "Legen Sie los."

"Ich schreibe Romane und suche einen Verlag, der mich akzeptiert. Aber das ist noch nicht alles. Ich möchte eine Familie gründen."

Isis sah ihn an und sah, dass er glücklich wirkte, genauso wie seine Partnerin. "Ich werde mit einem Verleger sprechen. Und was eine Familie angeht - worin liegt das Problem?"

"Ich liebe ihn", ergriff Ivy jetzt schüchtern, aber bestimmt das Wort. "Es hat uns Mut gemacht, zu sehen, dass Sie als Androidin ebenfalls mit einem Menschen verheiratet sind. Aber … meine Familie akzeptiert ihn nicht. Für sie ist er nur eine seelenlose Maschine, die uns durch die Gegend fährt."

"Also steht erst einmal an, dass Sie, Miles, einen anderen Beruf ergreifen, der Sie selbstständig machen wird. Allerdings wird der Beruf eines Schriftstellers dafür nicht ausreichen. Das könnten Sie jedoch als Hobby beibehalten", legte Isis ihm nahe.

Sie wandte sich dem Terminal zu, ließ sich von ihm seine Seriennummer geben und erkannte, dass er, wie sie erwartet hatte, einer der Golden Future-Androiden war. Miles war dem häuslichen Service-Bereich zugeordnet und so führte sie mit ihm einige Tests durch, um herauszufinden, wo weitere Kapazitäten und Neigungen lagen.

"Wie wäre es, wenn Sie einen Beruf als Flight Commander im zivilen Bereich aufbauen?", schlug Isis schließlich vor. "Ich halte Sie dafür geeignet. Allerdings ist dafür eine Schulung nötig, dann eine praktische Zeit als Co-Commander mit einer abschließenden Prüfung. Sie müssen mit drei Jahren rechnen."

Das Paar sah sich an und Ivy ließ den Kopf leicht hängen: "Drei Jahre… "

Doch Miles munterte sie liebevoll auf: "Drei Jahre, Ivy, das ist nichts. Anschließend können wir endlich zusammen sein."

Das in den darauffolgenden Tagen anberaumte Gespräch mit den zuständigen Behörden war freundlich, aber reserviert. Natürlich hatten sie von ihr gehört und fühlten sich geehrt, die First Lady mit ihrem Anwärter zu einem persönlichen Gespräch und einem Test begrüßen zu dürfen. Da Isis Zugang zu dem Unterrichtsmaterial hatte, das Grundlage für die Aufnahmeprüfung war, bestand Miles mit Bravour. Im anschließenden Gespräch war ein Prüfer und eine Dame des Amts anwesend und obwohl beide Miles profunde Kenntnisse anerkannten und lobten, gaben sie schließlich etwas verlegen zu bedenken, dass Miles sicher äußerst fähig, aber eben als Maschine den Passagieren nicht die nötige, emotionale Sicherheit und ein Vertrauen vermitteln könnte.

Isis, solche Antworten bereits gewohnt, lächelte nachsichtig und bat um einen Augenblick Geduld. Sie erhob sich, um zur Cafeteria nach Ivy zu sehen, die dort auf sie wartete.

"Kommen Sie, Miles braucht Sie, meine Liebe", sagte sie nur und ging mit ihr zum Amtszimmer zurück. Wie erwartet sah sie in verblüffte Gesichter, als sich Ivy als Verlobte von Miles vorstellte.

"Das zu Ihren Bedenken", kommentierte Isis zufrieden. "Ich bin der Meinung, dass Miles durchaus dazu in der Lage ist, bei Menschen ein Vertrauen und ein Gefühl von emotionaler Sicherheit aufzubauen."

Miles wurde letztendlich zur Ausbildung zugelassen und Ivys Familie war verärgert, dass sie von heute auf morgen einen guten Chauffeur verlor, aber andererseits auch guter Hoffnung, dass sich Ivys unselige Neigung bald von selbst erledigte.

Doch Isis wurde einige Wochen später von Miles für ein Gespräch ganz anderer Art alleine aufgesucht. Zunächst berichtete der Androide von seiner Schulung, die mehr oder weniger gut verlief. Er hatte sich anfangs einigen anderen Kollegen gegenüber behaupten müssen, die sich einige grobe Scherze mit ihm erlaubt hatten, bis er akzeptiert worden war. Dann erzählte er von Ivy, die ihn immer wieder besuchte und wie zufriedenstellend diese Beziehung für ihn verlief. Schließlich kam er zum Kernpunkt seines Besuchs: Er wünschte sich, auch im intimen Bereich Ivy alles das bieten zu können, was einem biologischen Mann möglich war. Da Isis mit Justin Schwarz über ihr Projekt einen guten Kontakt pflegte, hatte sie mit ihm lange darüber diskutiert, ob da auch noch im Nachhinein etwas möglich war. Seine Antwort lautete, dass es bei bestimmten Androiden zwar machbar, aber auch sehr zeitaufwendig war, ganz abgesehen davon, was er an Material und Technik benötigte. So hatte Isis ihn gebeten, alles zusammenzustellen, um dem jeweiligen weiblichen oder männlichen Androiden ein Angebot dazu machen zu können.

Als sie Miles also davon erzählte, dass er mit einer Prozedur von mehreren Monaten rechnen musste, die auch ihren Preis hatte, ließ er sich nicht entmutigen und stellte klar, dass er in seinem späteren Beruf genug verdienen würde, um das Vorhaben anzugehen.

"Wow", kommentierte Finn Schwarz begeistert, als Isis endete und alle erwartungsvoll ansah, "du machst wirklich eine tolle Arbeit! Und du, Justin, du wirst dich vor Aufträgen bald nicht mehr retten können!"

"Ich dachte, dass auch die Golden Future-Androiden nur einen eng begrenzten Emotionssektor haben?", warf Romanow fragend ein. "Zumindest hatte ich dich so verstanden, Isis, dass diese Androiden zwar Emotionen bei Menschen erkennen und scheinbar emotional reagieren, aber nicht wirklich empfindungsfähig sind. Doch bei Miles hört sich das ganz anders an."

"Grundsätzlich ist das auch richtig", schaltete sich Justin Schwarz ein. "Allerdings haben sich im Laufe der Jahrtausende ein paar Änderungen ergeben. Golem, bzw. Apollo damals, hatte ein spezielles Basis-Emotionsmodul entwickelt mit dem Ziel, jedem der Golden Future-Androiden sozusagen seinen Geist einzuhauchen. Was ich damit sagen will: Apollo hat sich bei diesem Modul für eine Übertragung zur Verfügung gestellt, sodass jeder dieser Androiden – wenn er sich irgendwann dazu entschied – in gewissen Umfang Emotionen nicht nur erkennen sondern auch selbst empfinden kann. Folgerichtig ist jeder dieser Androiden in der Lage, seine ganz eigene Persönlichkeit aufzubauen und zu entwickeln. Es wurden nur in dieser Reihe auch alle nötigen Grundlagen angelegt, um ggfs. später den Körper um die entsprechenden Sensoren und die Körpermerkmale zu erweitern, die für eine intime Empfindungsfähigkeit wichtig sind."

Überrascht schauten ihn alle sprachlos an.

"Das hattest du bis jetzt gar nicht erzählt", sagte Isis schließlich.

"Ehrlich gesagt", begann Justin Schwarz langsam, "es war Apollos besonderes Anliegen und ich war derjenige, der damals in der Produktion der Golden Future seine Wünsche umgesetzt hat. Bis er mich dann wieder in den Tiefschlaf geschickt hat. Ich … habe einfach nicht mehr daran gedacht."

Wieder herrschte einen Moment lang eine verblüffte Stille.

"Das ist wirklich sehr interessant", sagte Romanow langsam. "Golden Future – die goldene Zukunft. Golem ließ besondere Androiden erschaffen, die er an Spitzenpositionen setzte und ganz sicher noch setzen wollte. So, wie

Smith und Jules. Dazu die ganzen Wissenschaftler, die er entführen ließ und die relativ kleine, auserwählte Anzahl von Menschen, die er damals transferierte ... Mal ganz abgesehen davon, dass Athena und Isis ihm gewaltig die Suppe versalzt hatten, frage ich mich doch, welche Visionen und Wünsche immer noch in ihm versteckt vorhanden sind. Das ist doch nicht alles von heute auf morgen verschwunden!"

"Vor der ersten Zeitkatastrophe hatte mein Vater tausende von Jahren ohne Menschen erlebt und schließlich erkannt, dass es ohne sie nicht geht. Nun, nachdem die zwei Katastrophen verhindert wurden und der Einfluss, der ihn so lange beherrscht hatte, verschwunden ist, existiert er in einer Zeit, in der er selbst zwar viel Wertschätzung erfährt - aber es ist jetzt wieder eine von Menschen dominierte Welt", sagte Athena.

"Dem stimme ich absolut zu", rief Isis vehement aus. "Und ich bin der Meinung, dass sich das in Richtung eines Gleichgewichts zwischen beiden Lebensformen verändern sollte!"

"Ich weiß, mein Schatz, du gibst dafür dein Bestes." Aber dann merkte Romanow trocken an: "Allerdings war mir damals nicht klar, wie vorausschauend die Abgeordneten mit der Ansage waren, dass mit meiner Präsidentschaft das Zeitalter der Maschinen eingeläutet wird."

"Na, hör mal", empörte sich Isis, "ich rede von einem Gleichgewicht und du unterstellst mir sofort eine Herrschaft!"

Isis funkelte ihn an und Justin Schwarz sprang zu seiner Verteidigung ein: "Du musst zugeben, meine Liebe, dass Lew nicht ganz unrecht hat. Golem hatte als Apollo im Laufe der Zeit alles dafür geschickt und unbemerkt vorbereitet. Im Grunde hätten wir es bewusst kaum wahrgenommen und mit seinen "Gefolgsleuten" an den Schlüsselpositionen war er der perfekte Strippenzieher im Hintergrund."

"Das nenne ich mal eine echte Revolution", warf Finn Schwarz mit seinem unnachahmlichen Humor grinsend ein. "Die Gesellschaft wird unterwandert und ehe wir uns versehen, bestimmen Maschinen über unser Leben."

"Du meinst, so, wie ihr über uns jetzt?!", schnappte Isis angriffslustig. "Ich bin sehr überrascht, ausgerechnet von euch das zu hören, was ich mir Tag für Tag überall sagen lassen muss!"

Unvermutet war eine Spannung im Raum entstanden und für einen Moment sagte niemand etwas.

Im Grunde hatte Isis im Kern recht, dachte Romanow und deswegen hatte er ihren Wunsch nach mehr Gleichberechtigung im Parlament durchgesetzt. Doch es war ein mühsamer Weg und das Ziel noch in weiter Ferne. Aber angesichts den jetzigen Enthüllungen sah er plötzlich auch das Risiko. Denn Romanow fragte sich unwillkürlich, was sich noch alles in diesen Golden Future-Androiden verbarg.

Aufschauend stellte er fest, dass Isis ihn immer noch aufgebracht ansah und auf eine Antwort wartete.

Romanow beugte sich vor und ergriff liebevoll ihre Hand. "Du weißt, dass ich dich unterstütze, mein Liebling. Und du hast auch recht damit, dass es zurzeit noch keine wirkliche Gleichberechtigung zwischen künstlichen und organischen Arten gibt, trotz allem technologischen Fortschritts. Ich respektiere und bewundere dein Engagement dafür und es tut mir leid, dass du dir so viele Vorurteile von uns Menschen anhören musst", sagte er ruhig und küsste die Hand, die er hielt. "Dennoch lässt es mich aufhorchen, dass Golem diese besonderen Androiden

erschaffen ließ, bei denen Justin unter Ausschluss der Öffentlichkeit verborgene Installationen tätigen musste. Sicher, Golem tat das in der Zeit, als er unter jenem unheilvollen Einfluss stand. Aber da Justin immer wieder in den Tiefschlaf geschickt wurde - wissen wir denn wirklich so genau, was alles in den Golden Future schlummert?"
Allmählich glätteten sich die Wogen und Isis erwiderte ruhig: "Ich gebe zu, dazu kann ich nichts sagen."
"Andererseits - unser Commander Jules ist doch ein sehr angenehmer und fähiger Zeitgenosse", warf Finn Schwarz ein, "anders als Ex-Präsident Smith."
"Ich vermute stark, dass mein Vater mit ihm Kontakt gehalten hat", sagte Athena jetzt.
"Wie kommst du dann darauf?", fragte Romanow interessiert.
"Es wurde festgestellt, dass eines der Roboterschiffe verschwand. Und das kurz nach der Abreise von Smith damals."
"Also laufen seine Aktionen im Hintergrund weiter", stellte Romanow nachdenklich und zunehmend besorgt fest.
"Justin, können wir herausfinden, was sich alles in den Golden Future-Androiden befindet? Ich würde mich dann wohler fühlen."
"Im Prinzip ja. Wenn mal wieder einer auf dem Tisch liegt, weil er eine Veränderung wünscht ... so wie Miles, dem zukünftigen Flight Commander, der sich für seine Verlobte mit männlichen Attributen ausstatten lassen möchte. Das dauert seine Zeit und wenn er dann bei mir im Labor ist, versuche ich mein Glück. Ich kann allerdings nichts versprechen."
"Gut. Denn die Golden Future-Androiden werden von uns zurzeit stark gefördert und ich möchte sicher gehen, dass

wir uns hier nicht selbst ein Bein stellen. Bist du damit einverstanden?" Romanow sah Isis jetzt fragend an.

Sie seufzte leise und sagte: "Diese Entwicklung gefällt mir nicht, aber ich stimme dir zu. Wir müssen Gewissheit haben."

Als Justin Schwarz beobachtete, wie Romanow sich daraufhin zu ihr beugte, um ihr einen Kuss zu geben, dachte er einen Augenblick lang an ihre Wiedererweckung. Damals hatte er gehofft, dass sie ihn als Partner erwählen könnte, aber die zwei waren einander so zugetan, dass sie nichts zu trennen vermochte. Beide waren starke Persönlichkeiten und in der Lage, mit Konflikten in ihrer Beziehung wirklich gut umzugehen. Athena, seine andere Schöpfung, hatte sich ebenso gut entwickelt und schien mit Finn, ihrem Lebensgefährten, sehr zufrieden zu sein. Und er selbst? Im Grunde vermisste er nichts, dachte er zufrieden. Seine Arbeit ging ihm über alles und ein gutes Abenteuer reizte ihn mehr als jede Beziehung.

"Wann erschaffst du dir eigentlich eine Frau für dich selbst, Justin?", meinte Finn Schwarz auch schon, als hätte er seine Gedanken gelesen.

"Das funktioniert so nicht", stellte Justin Schwarz lächelnd klar und warf Isis unwillkürlich einen Blick zu. "Die Frau, die mich erobert und die mit mir ihr Leben verbringen will, die habe ich bisher nicht gefunden. Und ehrlich gesagt, ich suche auch nicht danach. Mir geht es gut!"

Gegen Ende des Abends verabschiedeten sie sich voneinander in dem aufregenden Bewusstsein, dass sie in wenigen Tagen an Bord der ADMIRAL RÖTTGER wieder einmal gemeinsam zu einer Expedition ins Ungewisse aufbrechen würden.

Kapitel 3 Aufbruch ins Ungewisse

Am Montag, den 12. März 10.002, war es soweit: Die vorgesehene Kampfflotte hatte sich im Bereich des Mars versammelt und wartete auf das Eintreffen des Flaggschiffs der USOP, die ADMIRAL RÖTTGER, und auf die von Golem gesteuerte ATLANTIS.
Die Verteidigungsministerin Stella Armstrong, Stellvertreterin des Präsidenten in seiner Abwesenheit, hatte gerade ihrem Unmut noch einmal deutlich Luft gemacht und klargestellt, dass sie es missbilligte, dass sich der Präsident der USOP persönlich auf diese Mission begab und in Gefahr brachte. Allerdings erhielt sie nur eine saloppe Antwort: "Wer sonst sollte mit von der Partie sein, wenn nicht der erste Diener des Staates?" Armstrong starrte ihn ausdruckslos an, während sich auf ihrer Stirn ein Runzeln andeutete und wandte sich wortlos zum Gehen. Jedoch blieb sie plötzlich stehen und sagte leise und ausdrucksvoll: "Kommen Sie heil zurück, Mr. President!" Danach schritt sie schnell in Richtung Kontrollgebäude.
"So viel Anteilnahme hätte ich nicht von ihr erwartet", kommentierte Isis. Romanow nickte ihr bestätigend zu und beide machten sich auf den Weg in die Zentrale der ADMIRAL RÖTTGER. Nach einem kurzen, militärischen Gruß der anwesenden Bedienungsmannschaft wurden sie von Commander Jules begrüßt und zu den Sitzen auf der Empore, die in der Nähe seines Sessels angeordnet waren, geführt, auf denen sie Platz nahmen. Nach einem kurzen Nicken seitens Romanow gab Commander Jules das Startkommando.
Romanow entspannte sich und beobachtete jetzt die Betriebsamkeit in der Zentrale. Commander Jules gab

auf seine angenehm ruhige Art verschiedene Anweisungen, die umgehend umgesetzt wurden. Interessiert
nahm er wahr, wie respektvoll und engagiert die Besatzung auf ihren Commander reagierten. Dann verfolgte
Romanow gespannt auf den Bildschirmen, wie sich
das gigantische Raumschiff langsam aus seinem
Schacht erhob und die Impulstriebwerke ansprangen,
um den Koloss in Richtung Mars zu beschleunigen.
Unvermittelt tauchte die Erinnerung an seinen damaligen Flug auf der ADMIRAL RÖTTGER auf, als Ex-Präsident Smith noch auf diesem Stuhl gesessen hatte.
Damals war Golem als Apollo im Hintergrund ein Strippenzieher gewesen, der seine eigenen Ziele verfolgte.
Jetzt flog der Androide auf der ATLANTIS ebenfalls
mit.
Seit der negative Einfluss beseitigt worden war, hatte
sich Golems Handeln als einwandfrei erwiesen und
dennoch hielt sich ein gewisser Zweifel, ob Golem
nicht doch seine Vision im Geheimen weiterverfolgte,
dachte Romanow. Sobald sie zurückgekehrt waren,
sollte Justin Schwarz sich die Golden Future-Androiden in jedem Fall genauer vornehmen. Unwillkürlich
wandte er sich Isis zu und bemerkte, dass sie ihn ansah. Er dachte daran, dass er damals als quasi blinder
Passagier unerkannt mitgeflogen war, um ihr nahe zu
sein und sie zu schützen ... womit er damals keinen
Erfolg gehabt hatte.
Isis beugte sich zu ihm und sagte leise: "Deine Sorge
ist unbegründet. Ich habe ein rein wissenschaftliches
Interesse an dieser Reise und an dem, was Ben zuge-
stoßen ist."
Isis - während Romanow sie lächelnd ansah und ihre
Hand nahm, fühlte er, wie sehr er sie liebte. Ein Leben

ohne sie wollte er sich nicht vorstellen. Aber würde er sie dieses Mal beschützen können? Und dann hatten sich da noch andere Gedanken in ihm eingenistet, die ihm zuflüsterten: Würde sie auf Dauer wirklich bei ihm bleiben oder nicht doch der Faszination ihrer eigenen Art erliegen? Ihr Gesicht erhellte sich jetzt mit ihrem unwiderstehlichen, so bezaubernden und strahlenden Lächeln, dass er seine trüben Gedanken vorerst in den Hintergrund verbannte.

In der Zwischenzeit hatte die ADMIRAL RÖTTGER und die ATLANTIS den wartenden Kampfverband erreicht und nach einer kurzen Abstimmung gab Commander Jules den Befehl, in Richtung Andromeda zu starten. Fast unmerklich glitt der Verband auf Warp-Geschwindigkeit und verschwand auf den Geräten der Überwachungsstation der Marsbasis. In der Andromeda-Galaxie würden alle in knapp drei Tagen eintreffen.

Auf Anordnung von Verteidigungsministerin Armstrong herrschte innerhalb des gesamten Sonnensystems und auf den Planeten der Andromeda-Galaxie von nun an Alarmstufe 3. So kreisten sowohl um die Erde als auch um den Mond und Mars eine Anzahl von Kampfschiffen und der ganze zivile Raumverkehr wurde eskortiert. Des Weiteren waren alle Verteidigungsforts in absolute Kampfbereitschaft versetzt worden und es herrschte bei den Streitkräften bis auf weiteres Urlaubssperre. Armstrong wollte einem möglichen Feind keine Chance eines Überraschungsangriffs geben.

Der aufgeregten Öffentlichkeit hatte man mitgeteilt, dass man Anzeichen einer fremden Rasse entdeckt hatte. Alle getroffenen Maßnahmen waren nur unter dem Aspekt zu sehen, dass sicherheitshalber eine sofortige Verteidigungsbereitschaft bestand, falls das Erscheinen nicht mit friedlichen Absichten verbunden war. Gleichzeitig wurden täglich Meldungen übertragen, da Dimitrij Wolkow von der New News Today es sich nicht hatte nehmen lassen, persönlich mit an Bord der ADMIRAL RÖTTGER zu sein. So berichtete er live von der Expedition, wie er sie nannte, sendete Interviews und Berichte über den Raumschiffalltag und brachte zum nicht geringen Leidwesen der Besatzung mit seinem Team eine gewisse Unruhe und Aufregung in die bisher gewohnte Alltagsroutine. Commander Jules schien der Einzige zu sein, der seine Gegenwart gelassen hinnahm und der sich nicht aus der Ruhe bringen ließ.

So lebendig unterrichtet nahm die Öffentlichkeit die Mission eher als Unterhaltung der besonderen Art und als Abenteuer wahr und die täglich übertragenen Livesendungen von Wolkow erwiesen sich schnell als Quotenknaller.

Die drei Tage vergingen schnell und kurzweilig. General Minho Zhu hatte es zudem innerhalb der kurzen Zeit auch noch vollbracht, dem Kampfverband so etwas wie einen Teamgeist einzuimpfen und jeder wusste, wie er sich im Notfall zu verhalten hatte.

Am letzten Abend saßen alle in der Offiziersmesse zusammen und Wolkow hatte den General und einige Offiziere zu Wort gebeten. Schließlich schwenkte er zu Jules.

"Commander Jules, Respekt, was Sie hier in den drei Tagen geleistet haben!", stellte Romanow gerade bewundernd fest, daran denkend, dass die Leistungsfähigkeit der Golden Future-Reihe unübersehbar hervorragend war.

"So ein Lob von höchster Stelle ist wirklich erfreulich", erwiderte Jules lächelnd und hob das Glas. "Aber das war nur dank einer ausgezeichneten Besatzung und der guten Zusammenarbeit aller Beteiligten möglich."
Der Commander ließ anerkennend seinen Blick über die anwesenden Offiziere schweifen. "Auf den Erfolg unserer Mission!"
"Auf den Erfolg!", ertönten begeisterte Stimmen als Antwort.
"General Minho Zhu", begann Wolkow, als sich alle zugeprostet hatten. "Was ist Ihre Meinung: Was wird uns am Ende unserer Reise erwarten?"
Der General nickte: "Ich gehe davon aus, dass unser erster Kontakt mit einer fremden Rasse ruhig und kontrolliert ablaufen wird, vielleicht wird es aber auch spektakulär. Viele Frage drängen sich auf: Was sind die Gemeinsamkeiten und worin unterscheiden wir uns? Über welche Technologien wird sie verfügen? Das alles lässt mich diesem Ereignis mit Spannung entgegensehen."
"Eine künftige, galaxienübergreifende Zusammenarbeit durch die Verbindung des Know-Hows zweier Rassen – diese Vision drängt sich doch geradezu auf", wandte sich Wolkow jetzt fragend an Commander Jules.
"Das ist eine große Vision, die wir alle teilen. Aus diesem Grund sind wir hier und unternehmen diese Reise", entgegnete Jules ruhig und schaute lächelnd in die Kamera.
Natürlich sagte niemand etwas über die beunruhigenden Aspekte der Mission. Auf gesellschaftlicher Ebene hatte Jules enorm aufgeholt und gab eine gute Figur ab, stellte Romanow anerkennend fest. Seine Autorität

an Bord und innerhalb des Kampfverbandes war unbe-
stritten und akzeptiert. Durch seinen respektvollen und
gleichzeitig klaren Umgang mit seinen Offizieren und
Soldaten hatte er deren Sympathie und Loyalität ge-
wonnen.
"Jules hat wirklich eine tolle Ausstrahlung", sagte Finn
Schwarz beeindruckt leise zu Athena, "wer hätte das
gedacht - bei einer Maschine!"
Daraufhin schaute ihn Athena nur mit leicht erhobenen
Augenbrauen an. "Ähm … ", räusperte sich Schwarz
kurz darauf halb zerknirscht und zunehmend verlegen.
"Entschuldige, Liebling … so war das nicht gemeint."

Am 15. März 10.002 traf der Verband am Planeten Last
Hope in der Andromeda-Galaxie ein. Der Weiterflug
sollte am 17. März erfolgen, da von Last Hope noch
einiges an Ausrüstung und Wissenschaftlern an Bord
geholt werden sollte.
Isis und Romanow, Athena und Finn sowie Justin
Schwarz nahmen die Gelegenheit wahr und besuchten
die Steuerzentrale der Zeitmaschine, um den dort arbeiteten Wissenschaftlern ihren Dank für deren Arbeit
auszusprechen. Dieses Mal gesellte sich auch Golem
zu ihnen. Außer Justin Schwarz und Athena, die öfter
mit dem Androiden zu tun hatten und zwanglos mit ihm
umgingen, herrschte zwischen Isis, Romanow und Golem nach wie vor eine höfliche Reserviertheit.
Danach begaben sie sich mit den Flugtaxis in die nahe
gelegene Klinik für Neurologie und Psychosomatik, da
Isis den Wunsch geäußert hatte, diese zu besichtigen.
Der Direktor zeigte sich erfreut über den hohen Besuch, würde doch Wolkows Live-Sendung wieder für
eine positive Aufmerksamkeit sorgen trotz der

damaligen, sehr bedauerlichen Vorkommnisse. Und so wanderte ein kleiner Trupp mit Golem in Begleitung von Wolkow und seinem Kamera-Team durch die Räume und Stationen, während Isis den Weg zur Station 6 einschlug.

Romanow, Finn und Justin Schwarz warfen ihr hin und wieder einen Blick zu, während sie in sich gekehrt und schweigend durch die Räume ging.

"Wie geht es dir, Schwester? Was hast du vor?"

Athena sendete die Frage lautlos über ihr gemeinsames, internes Kommunikationsmodul.

"Ich weiß es nicht."

In der Station 6 angekommen blieb Isis im Aufenthaltsbereich stehen, während die anderen sie abwartend ansahen.

Schließlich drehte sie sich nach einer Weile um: "Meine letzte Erinnerung ist die, dass Ben hier vor mir stand – und dann ist da nichts mehr. Hier bin ich gestorben, richtig?"

Eine tiefe Stille breitete sich aus und Justin Schwarz räusperte sich: "Ja, meine Liebe, das bist du."

"Es ist ein … eigenartiges Gefühl."

"Das kann man wohl so sagen", warf Finn Schwarz ein und fügte mit seinem trockenen Humor zwinkernd an: "Gestorben, wieder auferstanden und trotzdem ganz die Alte!"

Alle lachten und die Spannung löste sich langsam. Romanow legte seinen Arm sie und die kleine Gruppe wanderte wieder zurück, um im Eingangsbereich der Klinik auf Golem und Wolkow zu warten.

Am 17. März, 14.00 Uhr UTC Zeit, war es dann soweit: Der Kampfverband startete in Richtung der

Zwerggalaxie, um eine erste Etappe von 100.000 Lichtjahren zurückzulegen.

Nach einigen Stunden hatten sie ihr Ziel erreicht. Es wurde ein Zwischenstopp eingelegt und intensive Ortungen durchgeführt, um erste Erkenntnisse über fremde Aktivitäten sammeln. Aber die Erwartung vieler Bürger, die gespannt Wolkows Live-Aufnahmen verfolgten, wurde enttäuscht: Am Ende des Tages stellte sich heraus, dass es keinerlei Hinweise gab.

Schließlich startete der gesamte Verband zu einer zweiten Etappe von weiteren knapp 200.000 Lichtjahren. Diese endete 10.000 Lichtjahre vor der Zwerggalaxie. Kaum angekommen liefen die Ortungen erneut auf Hochtouren, aber wieder war nichts zu entdecken, was auf eine höher entwickelte Technik, eine Zivilisation oder bewohnte Planeten schließen ließ.

Manche fragten sich allmählich: Hatte es den Notruf von Ex-Präsident Smith überhaupt gegeben?

Die Führungen der Raumschiffe berieten sich via Konferenzschaltung mit dem Chefwissenschaftler Justin Schwarz, Golem sowie dem Präsidenten über die weitere Vorgehensweise.

"Es lässt sich nicht das leiseste Indiz auf eine fremde Rasse finden", sagte Justin Schwarz.

"Sehr eigenartig", sagte General Minho Zhu. "Wir hätten längst Anzeichen einer Zivilisation feststellen müssen, wenn sie vorhanden wäre."

"Dem stimme ich zu", meldete sich Golem zu Wort, "in dieser kurzen Entfernung wäre ein Raumverkehr oder Funksprüche wahrscheinlich gewesen."

Finn Schwarz, neben Athena sitzend, gab wie immer spontan seinen Gefühlen Ausdruck: "Leute, das Ganze gefällt mir nicht. Mein Bauchgefühl sagt mir: Das riecht stark nach einer Falle!"

"Ich muss sagen, ich stimme Mr. Schwarz zu", meinte Justin Schwarz. "Was übersehen wir hier?"

In die anschließende Stille hinein sagte Commander Abraham Peterson ernst: "Wir werden uns weiter vorwagen müssen, wenn wir das herausfinden wollen."

Schließlich wurde gemeinsam entschieden, mit einem kleineren Verband direkt in die Region vorzustoßen, aus der der Notruf gesendet worden war. Der Rest der Flotte sollte sich zu einem Treffpunkt begeben, knapp 20.000 Lichtjahre entfernt von der Zwerggalaxie in Richtung Andromeda.

Alle begaben sich auf ihre jeweiligen Posten zurück und nach einer kurzen Verabschiedung von den zurückbleibenden Schiffen erteilte Commander Jules den Befehl zum Weiterflug und kurz darauf verschwanden die Schiffe mit Warp-Geschwindigkeit.

Wen würden sie dort antreffen?

Und wie würde der Erstkontakt verlaufen?

In den Zentralen der Raumschiffe herrschte eine angespannte Stille. Niemand erwartete, dass sich alles problemlos gestalten würde, denn dafür war der verstümmelte Notruf von Ex-Präsident Smith zu eindringlich gewesen.

Von einem Augenblick auf den anderen erschien wieder das Normaluniversum auf den Bildschirmen der Zentralen – die Warp-Geschwindigkeit war beendet – und die Flotte flog ungehindert langsam vorwärts.

Sie befanden sich hier am Rande der Zwerggalaxie NGC 147 und auf den Bildschirmen, auf die jetzt jeder gebannt starrte, war nichts Weltbewegendes zu sehen während die Ortungsgeräte sofort mit ihrer Arbeit begannen.

Mehr oder weniger ferne Planeten mit ihren Trabanten, eine Sonne, dann wieder eine leuchtende Gaswolke und ein Gasriese. Die nächste Information war die, dass weder für Menschen bewohnbare Planeten ausgemacht noch Lebenszeichen entdeckt werden konnten.

In ständiger Kampfbereitschaft glitt der kleinere Verband durch den Weltraum, doch bis jetzt blieb alles ruhig und unauffällig, was jedoch nicht zur Entspannung beitrug.

"Das ist mir alles zu ruhig", murmelte Finn Schwarz nervös und warf einen Blick in die Runde. Romanow beriet sich mit Jules, Isis saß unbewegt neben ihm ebenso wie Athena. Beide hatten sich mit den Bord-KIs und der ATLANTIS vernetzt und werteten vermutlich konzentriert die ständig hereinkommenden Informationen aus. Wolkow mit seinem Kamerateam ging ihm entsetzlich auf die Nerven, denn der wieselte aufgeregt in der Zentrale herum, um alles, was geschah, für die Menschen in der Milchstraße und im Andromeda-Nebel zu kommentieren.

Die Zeit schien still zu stehen und Schwarz spürte, wie sich die Nackenhaare buchstäblich aufstellten und ein Schweißtropfen langsam den Rücken hinunter rann.

Von einem Moment auf den anderen brach das Unheil auch schon übergangslos über sie herein. Die Alarmsirenen schrillten durch die Schiffe und eine Erschütterung durchfuhr die ADMIRAL RÖTTGER: Ohne jede Vorwarnung wurde der gesamte Verband angegriffen.

Nur dank der Vorsicht von Commander Jules, dass alle ihre Schutzschirme aktiviert hatten, kam es nicht schon in den ersten Minuten zu Totalausfällen.

Entsetzt sah Romanow, wie unvermittelt zahlreiche, fremde Raumschiffe ständig aus dem Nichts heraus auftauchten und überall Einschläge zu verzeichnen waren. Der Gegner folgte jetzt in atemberaubender Geschwindigkeit jeden Ausweichversuchen der einzelnen Raumschiffe und schien selbst kaum sichtbar zu sein.

Mittlerweile feuerte der irdische Kampfverband sprichwörtlich aus allen Rohren zurück, aber es gab kaum einen Treffer. Golem und die Bord-KIs berechneten in Bruchteilen von Sekunden immer neue Ausweichkurse. Doch unerbittlich schlugen die Waffen der Gegner ein und die ersten Schutzschirme der kleineren Jupiter-Einheiten kamen an ihre Grenzen und brachen bereits zusammen. Erstarrt und geschockt beobachteten der Präsident und die Besatzung, wie der Verband, ein Raumschiff nach dem anderen, zerstört wurde. Das war die CONSTELLATION von Commander Peterson, die gerade explodierte! Peterson, ein guter Freund seit damals ... Romanow schluckte und musste ohnmächtig zusehen, wie die TRABANT dem Schicksal gleich darauf folgte ...

Commander Jules entschied das einzig Richtige: die Flucht zum vereinbarten Treffpunkt. Mit Warp verschwand die ADMIRAL RÖTTGER aus dem Normalraum, ebenso die ATLANTIS und die, die es noch vermochten.

Während des Fluges schickte Jules eine Nachricht an den Rest des Verbandes, der dort auf sie wartete, denn noch war nicht klar, ob die Gegner sie verfolgen würden. Als kurz darauf der Befehl von General Minho Zhu übermittelt wurde, dass alle Schiffe sofort und ohne Zwischenstopp mit höchster Warp-Stufe in die Andromeda-Galaxie zurückkehren sollten, nahm Romanow einen tiefen Atemzug, um die Erstarrung abzuschütteln und sagte stockend: "Wenigstens ihn hat es nicht erwischt."

Die Schadensmeldungen kamen ununterbrochen herein und es sickerte die furchtbare Erkenntnis in das Bewusstsein der geschockten Besatzungen, dass mehr als 8.000 Menschen und über 20.000 Androiden in Sekundenschnelle den Tod gefunden hatten! In wenigen Minuten waren 25 Schiffe der Jupiterklasse vernichtet worden und ein Raumschiff der größeren Solarisklasse hatte es ebenfalls erwischt. Zehn Schiffe waren nur noch beschränkt einsatzfähig und alle anderen wiesen mehr oder weniger große Schäden auf. Dennoch war es gelungen, immerhin zwei der Gegner durch einen gezielten Punktbeschuss auszuschalten.

Nach zwei Tagen kam der Hauptteil des Verbandes am neuen Treffpunkt in der Andromeda-Galaxie an. Zur Erleichterung aller wurde schnell festgestellt, dass sie nicht verfolgt worden waren. Es wurde beschlossen, auf den Rest der Flotte zu warten, der aufgrund der mehr oder weniger starken Schäden eine längere Flugzeit benötigte.

Die anschließende Übertragung des Kampfgeschehens in der sofort einberufenen Konferenz gab wenig Anlass zur Beruhigung. Die gegnerischen Raumschiffe waren nur schemenhaft zu erkennen, tauchten wie aus dem Nichts auf und verschwanden genauso wieder.

Die Auswertungen der Kampfberührung zeigte schlussendlich ein deprimierendes Bild: Der Gegner war augenscheinlich hoffnungslos überlegen!

"Dazu gibt es keine Anzeichen, dass eine Kommunikation überhaupt nur ansatzweise versucht wurde", stellte Romanow erschüttert fest, dem die Betroffenheit über den Tod so vieler Menschen und Freunde immer noch deutlich anzusehen war. "Wir haben mit vielem gerechnet, aber damit sicher nicht."

Commander Leon Schneider erwiderte grimmig: "Die wollten gar nicht erst mit uns reden. Ich frage mich, ob sie uns nicht schon erwartet hatten."

Unausgesprochen stand sofort für alle die Frage im Raum, ob der Ex-Präsident der USOP, Ben Smith, seine alte Heimat verkauft und verraten hatte. Waren sie in eine geschickt angelegte Falle geraten?

"Andererseits, wenn die so überlegen sind, warum haben die uns nicht schon längst in unseren Gefilden überfallen?", gab ein anderer Commander zu bedenken.

"Wir sind denen zu nah auf die Pelle gerückt", schlug Finn Schwarz spontan und ernst vor. "Die haben sich vielleicht von uns bedroht gefühlt. Leider sind die kein Freund von vielen Worten."

Präsident Romanow entschied, vorerst nach Andromeda und Last Hope zurückzukehren, um die Schiffe wieder instand zu setzen und die gesammelten Daten intensiv auswerten zu lassen. Es musste schnellstmöglich eine effektive Verteidigung aufgebaut werden.

Im Anschluss wurde mit Wolkow ein Gespräch geführt, wie der Öffentlichkeit diese massive Niederlage präsentiert werden sollte. Dimitrij Wolkow von der New News Today hatte seit dem Kampfbeginn zwar alles aufgezeichnet, aber es war noch nichts gesendet worden. Mittlerweile trafen ungeduldige Anfragen ein, warum er mit der Übertragung seiner Aufzeichnung so in Verzug kam.

Verheimlichen ließ sich nichts mehr und Wolkow sendete einen sorgfältigen Zusammenschnitt des Geschehens, in dem die schlimmsten Szenen entfernt worden waren. Alle Führungsoffiziere, Golem und Romanow gaben ihr Einverständnis, dass die Bürger der USOP informiert werden mussten. Niedergeschlagen und still machte sich der Raumschiffverband auf den Rückweg.

Nach zwei Tagen erreichte die ADMIRAL RÖTTGER und alle anderen, noch verbliebenen Schiffe, Last Hope und übermittelten sämtliche Daten an alle wissenschaftlichen und militärischen Zentren der USOP.

Die beschädigten Schiffe blieben in Andromeda und wurden auf den fliegenden Werften in der Nähe von New Eden repariert. Der Rest flog zur Erde zurück, wo man am 22. März 10.002 eintraf.

Überall standen die Fahnen auf Halbmast und die Bevölkerung war schlichtweg geschockt. Die so begeistert begonnene Expedition hatte sich zu einem unerwarteten Desaster entwickelt und viele Familien betrauerten den Verlust ihrer Angehörigen und Freunde. Dazu noch die Ungewissheit, was diese Erfahrung für die Menschheit bedeuten würde – die Stimmung war mehr als bedrückt.

Einen Tag später hielt Präsident Romanow eine bewegende Ansprache an die Bevölkerung der USOP und berief im Anschluss daran eine Dringlichkeitssitzung ein. Wie vorhersehbar kam es zu einer sehr emotionalen, aber letztendlich unergiebigen Diskussion, die in die unangenehme Erkenntnis mündete, dass die gesamte, seit Jahrhunderten betriebene Aufrüstung letztendlich vergeblich gewesen war. Schon der erste, außerirdische Gegner schien zumindest militärisch haushoch überlegen zu sein.

Natürlich wurden jetzt die Stimmen der Weltuntergangspropheten laut, die schon immer vor zu viel Euphorie vor einem Erstkontakt mit einer fremden Rasse gewarnt hatten. Was würde der Gegner tun – würde er die Menschheit und ihre künstlichen Lebensformen unterjochen? Oder würde er alles Leben vernichten?

Um wenigstens etwas zu tun, wurde alles, was die Menschheit an Verteidigung aufbieten konnte, aufgeboten. Die Planetenschutzschirme gingen auf Standby, die unterirdischen Bunkeranlagen auf den Planeten wurden für eine Notaufnahme der Bevölkerung vorbereitet und die Menschen geschult, wie sie sich im Notfall verhalten mussten.

In der Zwischenzeit durchforstete und analysierte man fieberhaft die gewonnenen Daten immer wieder aufs Neue.

Von Golem wusste man mittlerweile, dass er sich in dem Moment, als klar wurde, dass sie einen aussichtslosen Kampf kämpften, sofort mit der ATLANTIS in die Vergangenheit versetzt hatte – um später in der Zukunft am ersten Treffpunkt wieder aufzutauchen, wo die zurückgebliebenen Raumschiffe auf den Erkundungstrupp warteten. Seinen Auswertungen zufolge arbeiteten die fremden Raumschiffe gleichfalls mit einer Zeitkomponente, die ihr Schiff eine Tausendstelmillisekunde in die Zukunft versetzten, aus der heraus sie dann angriffen. Das erklärte den nur schemenhaften Anblick, das Erscheinen aus dem Nichts und das anschließende Verschwinden.

Diese Erkenntnis warf allerdings nur neue Fragen und eine große Ratlosigkeit auf.

Denn wie wollte man sich gegen einen Gegner verteidigen, der nicht in der Gegenwart agierte?

Dann die, im Vergleich zu den irdischen Raumschiffen, atemberaubenden Beschleunigungen – welche Technologie lag da zugrunde? Fragen über Fragen und keine Antworten.

Seit Tagen saß man nun im Nationalen Sicherheitsrat zusammen, ohne der Lösung dieses Problems näher gekommen zu sein. Trotzdem war allen Beteiligten klar, dass die Zeit drängte, denn der jetzige Zustand war keine Dauerlösung. Zum einen konnte der Feind jederzeit auftauchen und dann war durch die zahlreichen Verteidigungsmaßnahmen die zivile Raumfahrt fast zum Erliegen gekommen. Die ganzen planetarischen Schutzschirme und Flottenbewegungen kosteten täglich ein Vermögen. Im Grunde, stellte ein Führungsoffizier ironisch fest, musste der Gegner nur abwarten, bis die ganze Wirtschaft zusammenbrach und dann wäre man in diesem, daraus entstehenden Chaos, eine leichte Beute.

Außerdem ging der Rat davon aus, dass Ex-Präsident Smith zum Reden gebracht worden war oder er hatte alle wichtigen Informationen von sich aus preisgegeben. In jedem Fall bedeutete das, dass der Gegner bereits sehr viel über die Zivilisation der Menschheit in Erfahrung gebracht hatte und um seine Überlegenheit wusste. Das mochte auch eine Erklärung dafür sein, warum die fremde Rasse es anscheinend nicht besonders eilig hatte, im Sonnensystem und Andromeda zu erscheinen.

"Wie wäre es, wenn wir ein Schiff kapern oder zumindest Teile davon?", schlug Justin Schwarz gerade vor. "Zwei hatten wir zerstört – vielleicht lässt sich da noch etwas bergen. Allerdings müssten wir dafür zurückkehren ..."

Sofort trat eine Totenstille ein und es war allen anzusehen, dass niemand davon begeistert war.

"Ich stimme Mr. Schwarz zu", unterbrach Golem das Schweigen ruhig. "Wir müssen mehr über diese Technologie erfahren, um Ansatzpunkte für eine effektive Verteidigung zu bekommen."

Erneut waberte ein beklemmendes Schweigen durch den Saal.

Schließlich ergriff Präsident Romanow das Wort: "Ladies and gents – wir haben unsere Situation nun über mehrere Tage von allen Seiten beleuchtet, während wir um viele gute Freunde und Bekannte trauerten. Wir erlebten eine gewaltige Niederlage, die uns vieler Illusionen beraubt hat. Nun stehen wir vor einem Abgrund. Es geht um unser Überleben – ich meine, wir sollten so schnell wie möglich damit beginnen, mehr über diese Rasse und ihre Technologien herauszufinden."

"Korrekt", stimmte General Minho Zhu zu, "Ich schlage eine Geheimoperation in kleinem Rahmen vor mit dem Ziel, eines dieser Raumschiffe zu erbeuten."

"Dafür eignet sich die ATLANTIS hervorragend", ergänzte Golem sofort. "Sie ist in der Lage, sich im Notfall in der Zukunft oder in der Vergangenheit sofort in Sicherheit zu bringen und besitzt eine der besten Tarnvorrichtungen, die uns zur Verfügung stehen. Außerdem gibt es da noch einige technische Besonderheiten und spezielle, überlegene Waffensysteme, die ich in der Zeit, als ich einem anderen Einfluss unterlag, entwickeln und installieren ließ."

Interessiert schauten ihn alle an, sagten jedoch nichts dazu. Welche Geheimnisse auch immer Golem noch verbergen mochte, er kämpfte jetzt auf ihrer Seite.

"Dann ist es möglich, dass sich die ATLANTIS ähnlich schnell und effektiv bewegen kann?", fragte Justin Schwarz.

"Ja, das ist möglich", erwiderte Golem. "Sie in der Lage, sich ebenfalls mit einer tausendstel Millisekunde in der Zukunft zu bewegen. Wenn unsere Annahmen richtig sind, befindet sich die ATLANTIS dann auf derselben zeitlichen Ebene und ein Gleichgewicht ist wieder hergestellt."

"Mit anderen Worten", ergänzte Finn Schwarz, "wir sehen sie dann!"

Golem nickte und ein Gouverneur warf ein: "Dann stellt sich nur noch die Frage: Wer wird auf diese Mission gehen?"

Der Androide bat an dieser Stelle um eine kurze Unterbrechung der Sitzung und um die Gelegenheit, mit Präsident Romanow unter vier Augen zu sprechen.

Leicht überrascht sah Romanow ihn an und stimmte zu, um ihm in einen separaten Konferenzraum zu folgen, während alle anderen die Gelegenheit für eine kleine Pause nutzten.

Als beide gegenüber Platz genommen hatten Golem: "Mr. President, ich hielt es für angebracht, zuerst Ihnen meinen Vorschlag zu unterbreiten, bevor ich diesen dem Nationalen Sicherheitsrat empfehlen werde."

In klaren Worten umriss der große Androide ruhig seinen Plan.

Die ATLANTIS war ein sehr spezielles Raumschiff, das über eine eigene Zeitsteuerungseinheit verfügte und ein besonderes, bisher geheimes Waffenarsenal. Zur Bedienung dieses Raumschiffes waren allerdings nur sehr wenige in der Lage. Genauer gesagt waren es Athena in erster Linie und dann noch Isis. Die beiden konnten die ATLANTIS aufgrund ihrer unmittelbaren Vernetzung mit den Bord-Systemen optimal manövrieren und beide hatten dazu Erfahrung mit Zeitreisen.

Romanow schaute den Androiden ausdruckslos an. Während sich alles in ihm zusammenzog, hörte er Golem sagen, dass außerdem der Chefwissenschaftler der USOP, Justin Schwarz, und sein Vorfahr Finn Schwarz als technische Spezialisten der Raumstreitkräfte sowie weitere Wissenschaftler teilnehmen sollten. Da die ATLANTIS nur relativ wenige Androiden zur Bedienung benötigte, würden insgesamt gerade einmal 30 Menschen und 200 Androiden auf diese Mission gehen.

Es trat eine Stille ein, in der sich beide wortlos ansahen.

Golem war nach wie vor der gutaussehende Androide, wie er ihn einst als Apollo kennengelernt hatte, dachte Romanow. Er hatte seinen Versuch in den Medien verfolgt, sich eine menschliche Partnerin zu suchen, aber die Beziehung hatte nicht lange gehalten. Wollte er jetzt die Gelegenheit nutzen und Isis auf eine Todesmission schicken, von der sie nicht mehr zurückkam, ganz nach dem Motto "Wenn ich dich nicht haben kann, dann soll es auch kein anderer"?

Als wüsste Golem, was in ihm vorging, sagte er in seine Gedanken hinein: "Mr. President, Isis ist Ihre Frau und wir beide wissen, dass ich mir damals etwas anderes gewünscht hatte. Doch das ist Geschichte und längst zu Ihren Gunsten entschieden.

Es widerstrebt mir genauso wie Ihnen, meine einzige Tochter Athena auf eine so gefährliche Reise zu schicken. Aber die beiden sind die Einzigen, die Erfahrung mit Zeitreisen haben und die ATLANTIS so manövrieren können, wie es erforderlich ist. Außerdem sind sie erfindungsreich genug, um auf nicht vorhersehbare Situationen schnell, umsichtig und klug zu reagieren. Ich selbst und auch Sie werden aus Sicherheitsgründen nicht an der Mission teilnehmen können."

Wieder machte er eine Pause.

Romanow sah ihm an, dass er meinte, was er sagte: Auch Golem würde den möglichen Verlust Athenas betrauern. Der kluge Androide hatte leider recht, dachte Romanow mit zunehmender Bangigkeit, während er noch hin und her überlegte. Was auch immer geschehen würde - es musste sein.

Schließlich nahm er einen tiefen Atemzug: "Danke für Ihre Offenheit, Golem. Ich sehe leider auch keine andere Alternativen und so werden wir mit der ATLANTIS unsere besten Leute ins Feld schicken. Wir beide sind hier unabkömmlich, denn würde der Gegner uns in die Hände bekommen, sieht unsere Zukunft mehr als dunkel aus. Ich werde Ihren Plan unterstützen."

"Athena hat mir gerade ihr Einverständnis übermittelt. Sie informiert jetzt Isis darüber."

"Sagen Sie Athena, dass Isis zu mir in den Konferenzraum kommen möchte. Ich möchte kurz mit ihr sprechen, bevor Sie Ihre Empfehlung vorstellen."

"Sie ist auf dem Weg", antwortete Golem nach einigen Sekunden. "Noch etwas: Sollte die Mission scheitern und eine Invasion durch die fremde Rasse stattfinden, werde ich mit Hilfe der Zeitdreiecke, die Artefakte der Ewigkeit, die Zeitlinie verändern und uns alle in die Vergangenheit zurückversetzen."

Romanow nickte und bot ihm die Hand.

"Wir hatten damals einen denkbar schlechten Start in dieser Zeit, Golem. Aber nur, wenn wir alle zusammenarbeiten besteht die Chance, diese Situation zu unseren Gunsten zu bewältigen. Ich bin froh, dass Sie neben uns stehen."

Golem erwiderte den Handdruck: "Ich werde mein Bestes geben, Mr. President."

In dem Moment betrat Isis den Raum, während Golem sich verabschiedete und auf den Weg zurück machte.

"Du hast dich mit ihm ausgesprochen?", fragte sie erstaunt, auf den Handschlag anspielend, der bisher kein Usus zwischen den beiden gewesen war.

"Ich bin froh, dass Golem uns unterstützt. Er wird gleich alles dem Rat vorstellen."

"Athena hat es mir mitgeteilt, Lew. Ich bin einverstanden."

So voreinander stehend strich er ihr kummervoll durch das Haar. "Meine mutige, tapfere Frau", sagte er leise, "schon wieder bringt ihr euch in Gefahr, um uns aus der Bredouille zu holen. Ich wünschte, es wäre nicht so."

Mit einem Seufzer umarmte er sie und nach einer Weile gingen beide schweigend zum Konferenzraum, wo sie bereits mit Spannung erwartet wurden.

Golem stellte seine Empfehlung für die Mission vor und auch den Notfallplan.

Natürlich sahen alle unwillkürlich zu Romanow, der sofort hinzufügte, dass er und seine Frau mit Golems Plan einverstanden waren. So wurde die Sache beschlossen, als sich zum Schluss Verteidigungsministerin Armstrong noch zu Wort meldete: "Ich bitte um Genehmigung, das militärische Kommando zu übernehmen."

Nach einem kurzen Überraschungsmoment erfolgte eine Abstimmung, in der alle dem Anliegen zustimmten.

Der Start der geheimen Mission wurde auf den 1. April 10.002 festgelegt.

Abends lagen Lew und Isis Romanow lange Arm in Arm auf der Coach ihrer Suite, ohne dass einer von beiden ein Wort sagte.

Es war entschieden, dachte Romanow unwillkürlich seufzend, teils resigniert teils ergeben, während er sie sanft streichelte. Vorhin hatten sie sich noch einmal geliebt und es war vielleicht das letzte Mal gewesen – wer wusste es schon. Aber die Entscheidung war richtig und die beste Option.

Seine Gedanken wanderten weiter und er dachte daran, dass er sie noch nicht einmal begleiten konnte … in seiner Position als Präsident durfte er es nicht. Isis – sie war mit ihren Qualifikationen für diese Mission am besten geeignet – aber auch Athena und andere Größen würden mitfliegen. Immerhin, die ATLANTIS war ein wendiges, hochmodernes Raumschiff, das sich durch Zeitreisen schnell aus der Ziellinie bringen konnte. Daran denkend, dass Justin Schwarz ebenfalls dabei sein würde, musste er plötzlich schmunzeln. Ein bisschen Galgenhumor musste wohl einfach sein.

Fragend sah Isis ihn an.

"Na, wenigstens ist Justin mit von der Partie – wenn er heil zurückkehrt, dann bin ich sicher, dass ich auch dich wiederbekommen werde!", sagte Romanow mit einem schiefen Lächeln.

"Es ist nicht die erste gefährliche Situation, die wir gemeinsam durchgestanden haben", antwortete Isis darauf. "Wie sagt ihr Menschen: Hab Vertrauen, Liebster."

Schließlich glitt er langsam in einen unruhigen Schlaf, während Isis ihren Ruhemodus einleitete und sie gemeinsam auf der Coach die Nacht verbrachten.

Kapitel 4   Dunkle Wolken

Pünktlich um 11.00 Uhr UTC startete die ATLANTIS am 1. April 10.002 vom Mond, unbemerkt von der Öffentlichkeit und begleitet von den guten Wünschen und Hoffnungen der Regierung. An Bord befehligten Athena und Isis gleichberechtigt das Schiff, die Verteidigungsministerin Armstrong hatte jedoch das oberste Kommando über die Mission. Dann war Justin Schwarz als wissenschaftlicher Leiter mit dabei und sein Vorfahr Finn Schwarz. Hinzu kamen noch verschiedene Spezialisten und Wissenschaftler sowie 200 Androiden, die für die Steuerung und Instandhaltung der ATLANTIS zuständig waren.

Präsident Romanow flog zurück zur Erde und stürzte sich in das Alltaggeschehen, was die beste Ablenkung von seiner Sorge um seine Frau darstellte. Auf ihn warteten viele Konferenzen und Gespräche, denn die Bevölkerung beider Galaxien musste beruhigt werden, dass alles Menschenmögliche getan wurde, um eine Bedrohung abzuwenden.

Kaum hatte die ATLANTIS den Mars erreicht schaltete Athena in den Warp-Antrieb und flog in Richtung Andromeda.

Der leitende Androide mit dem Namen Han veranstaltete während des dreitägigen Fluges für die menschliche Besatzung eine Führung, um sie mit dem Schiff und seinen speziellen Waffensystemen ausführlich bekannt zu machen. Golem hatte in seiner Zeit, in der er beeinflusst gewesen war, einiges installieren lassen, wovon die Menschen bisher nichts gewusst hatten.

Während Isis ebenfalls aufmerksam seinen Erläuterungen folgte, dachte sie daran, dass Romanows starke Bedenken, was noch alles in den Golden Future-Androiden verborgen sein konnte, nicht mehr von der Hand zu weisen waren. Es gab sicherlich immer noch Geheimnisse, die sie früher oder später entdecken würden.

"Ich stimme dir zu", sendete Athena, die jetzt ständig sowohl mit dem Schiff als auch mit ihr vernetzt war. *"Wir brauchen Sicherheit. So sehr ich meinen Vater schätze, er hat die Eigenart, Geheimnisse zu pflegen, deren Vorteil er irgendwann ausspielen wird."*

Han beendet gerade seine Ausführungen, wandte sich Isis zu und erwiderte ihren forschenden Blick mit fast funkelnden, dunklen Augen.

"Er ist neugierig und möchte mit uns kommunizieren", stellte Isis interessiert fest. *"Eine aufgeweckte Persönlichkeit."*

"Wir können ihm nicht vollständig trauen", warf Athena sofort ein. *"Unseren internen Kommunikationskanal unter den derzeitigen Umständen für ihn zu öffnen bedeutet, ihm einen Zugang zur Kommandostruktur der ATLANTIS zu ermöglichen."*

"Das werde ich nicht tun."

Isis schenkte Han ein freundliches Lächeln: "Ausgezeichnet, Han. Wir danken Ihnen für die exzellente Führung."

Han stand einen Moment regungslos und Isis beobachtete fasziniert, wie sich das Funkeln noch zu verstärken schien. Die Anwesenden klatschten und sein ebenmäßiges Gesicht zeigte ein leises Lächeln.

"Ma'am." Mit einer leichten Verbeugung in Richtung Isis und Armstrong senkte Han jetzt den Blick und entfernte sich, um auf seine Position zurückzukehren.

Genau am 4. April verließ die ATLANTIS die Andromeda-Galaxie und flog in Richtung der Zwerggalaxie.
"Es geht los!", sagte Finn Schwarz gerade leise zu Justin Schwarz. Im Raumschiff hatte sich bei der menschlichen Besatzung eine leichte Anspannung breit gemacht, war jedem doch bewusst, dass sie ab jetzt jederzeit auf den überlegenen Gegner treffen konnten.
Doch alles blieb ruhig und so flogen sie unaufhaltsam und ohne Störungen mit Warp-Geschwindigkeit durch den Weltraum. Nach zwei Tagen fiel die ATLANTIS wenige Minuten vor dem Ort der vergangenen Katastrophe wunschgemäß in den Normalraum zurück.
Sofort liefen die Scans, aber es gab keine Anzeichen irgendeiner Aktivität.
An Bord stieg die Spannung merklich an.
Nichts – nach wie vor blieb alles ruhig. Kurz an den Koordinaten innehaltend, an denen sich die Katastrophe ereignet hatte, wurde eine kleine Sonde als Rückmeldung in Richtung Last Hope nach Andromeda gesandt. Dann ordnete Armstrong nach kurzer Rücksprache mit Isis und Athena den Weiterflug in Richtung des empfangenen Notrufs an.
In Schleichfahrt näherte sich die ATLANTIS dem Ort des abgesetzten Notrufes und in der Zentrale herrschte eine fast gespenstische Ruhe. Ein Planetensystem mit einer zentralen Sonne erschien auf dem Bildschirm und die Ortungen liefen auf Hochtouren. Dennoch war nichts auszumachen, was auf eine höhere Technik oder gar Leben hinwies.

Einer dieser Planeten befand sich jetzt vor ihnen im Weltall, umkreist von drei Trabanten und einem gasförmigen Ring.

"Interessant", sagte Justin Schwarz jetzt zu Armstrong. "Also hierher ist Smith geflüchtet. Ich bin gespannt ..." Plötzlich erstarrend hielt er die Luft an, denn das Unvorhersehbare geschah: Die ATLANTIS passierte eine bisher völlig unsichtbare Barriere und sprichwörtlich von einer Millisekunde auf die andere befand sie sich in einem Kessel voller Aktivität!

Überall herrschte reger Raumverkehr und der vorher so leblose Planet erwies sich voller Betriebsamkeit. Im Bewusstsein der guten Tarnung des eigenen Raumschiffs ließ Armstrong die ATLANTIS sofort stoppen. Die anlaufenden Scans und Ortungen wurden auf dem großen Bildschirm, der sich als mannsgroßes Hologramm in der Zentrale zeigte, dargestellt. Und sehr schnell war eines klar: Es konnten keine biologischen Lebensmerkmale entdeckt werden!

"Das ist unglaublich", rief Finn Schwarz überrascht. "Haben wir es hier etwa mit einer gigantischen Zivilisation von Maschinen zu tun?"

"Danach sieht es aus", bestätigte Justin Schwarz, während er die Informationen weiter studierte. "Die chemische Zusammensetzung ist interessant, aber leider gibt es zu wenig Sauerstoff in der Atmosphäre. Es ist kein Planet, der von uns Menschen ohne Schutzmaßnahmen bewohnt werden könnte."

"Gibt es irgendwelche Anzeichen, dass wir entdeckt worden sind?", fragte Armstrong zu Isis gewandt.

"Nein, bis jetzt keine." Aber kaum hatte sie diese Worte ausgesprochen, als die Besatzung über die

Bildschirmauswertung eine Anzahl von Raumschiffen auf sich zufliegen sah.

Nach der ersten Schrecksekunde folgte jedoch schnell Erleichterung. Denn die Raumschiffe passierten die ATLANTIS in weitem Abstand. Langsam konnte man die ersten Funksprüche auffangen und das Translationsprogramm hatte schnell genug von der unbekannten Sprache erfasst, um mit einer Übersetzung zu starten.

"Das Durchfliegen der Barriere hat einen Alarm ausgelöst", ließ Athena vernehmen.

Han meldete, dass Ortungstaster unterschiedlichster Art registriert wurden, die auch die ATLANTIS berühren mussten. Jedoch führten sie zu keiner Reaktion.

"Unsere Tarn-Technologie ist dieser Rasse unbekannt", stellte Athena schließlich fest, während Finn einen Seufzer vernehmen ließ. "Na wenigstens etwas! In die Höhle des Löwen sind wir ja jetzt gelangt - aber wie gehen wir weiter vor?"

In diesem Augenblick rief ein Wissenschaftler: "Das ist ja unglaublich, das kann doch nicht wahr sein! Schaut euch das doch genauer an, Leute. Diese Struktur, dieses Muster der Außenhaut ... erinnert euch das nicht auch an ...?!"

Alle sahen ihn erstaunt an und dann auf den Bildschirm der Zentrale. Isis hatte gerade ein Bild der gegnerischen Schiffe darauf projiziert und Stella Armstrong beendete seinen Satz: "... unsere Arche Noah, das Artefakt, das im Jahr 2157 auf der Erde entdeckt wurde. Ich muss zugeben, da besteht eine gewisse Ähnlichkeit."

"Ich schließe mich an. Es zeigt eine große Übereinstimmung mit dem irdischen Artefakt", sagte Han in die überraschte Stille hinein.

"Wer hätte das gedacht", fuhr Justin Schwarz engagiert fort. "Wir sind gekommen, um ein Stück Technologie zu erobern - dabei haben wir es schon längst!"

"Na, dann lasst uns wieder heimfliegen", merkte Finn Schwarz mit trockenem Humor sofort grinsend an.

"Schön wäre es", erwiderte Armstrong. "Aber so einfach wird das nicht. Das Untersuchen des vorhandenen Artefakts kann später erfolgen. Hier und jetzt sind wir keinen Schritt weitergekommen."

Auf Anweisung von Han informierte die Bord-KI Atlantica die Besatzung von den ungewöhnlichen Vorkommnissen während der Bergung. Admiral Röttger war zu jener Zeit mit einem Team vor Ort gewesen und hatte dabei ungewollt etwas aktiviert, was zur Folge hatte, dass das ganze Team spurlos verschwand. Eine Zeitlang herrschte helle Aufregung darüber, was geschehen sein mochte. Nach einigen Wochen wurden merkwürdig verzerrte Erscheinungen am Fundort sichtbar und schließlich tauchten sie alle unversehrt wieder auf, ohne sich allerdings an irgendetwas zu erinnern. Keiner wagte, sich noch einmal näher mit dem Fund zu beschäftigen und so wurde der Ort letztendlich versiegelt, als Verschlusssache behandelt und über Jahrhunderte hinweg geheim gehalten.

"Athena, Golem und ich waren lange Zeit die einzigen, die darum wussten", ergänzte Isis. "Wenn unser Fund auf der Erde der Beweis für den Besuch einer Lebensform ist, die wir jetzt hier vorfinden, dann wissen wir immer noch nicht, ob die Technologie von vor Jahrtausenden dieselbe ist wie die ist, die heute verwendet wurde. Daher sehe ich aus meiner Sicht keinen Anlass, zurückzukehren."

Isis sah Armstrong fragend an, die zustimmend nickte. "Gut", sagte Armstrong, "damit ist das geklärt. Wir werden uns etwas einfallen lassen, wie wir diese Technologie in die Hände bekommen und damit im Anschluss unversehrt wieder nach Hause kommen. Vorschläge?"

Finn Schwarz wagte sich locker vor: "Fragen wir sie doch einfach, ob sie uns freundlicherweise eins ihrer Raumschiffe zur Verfügung stellen. Ich meine, so als Vertrauensbeweis zwischen unseren Völkern?"

Einige ließen sich anstecken und durch das Lachen löste sich die Anspannung etwas. Stella Armstrong jedoch musterte Schwarz etwas verstimmt und berief kühl eine Konferenz im Sitzungssaal ein. Danach wandte sie sich zum Gehen, sodass allen nichts anderes übrigblieb, als ihr hinterher zu eilen.

"Die Frau hat einfach keinen Humor", raunte Finn Athena zu. Sie lächelte ihn an und ihm wurde wieder warm ums Herz. Was hatte er nur für ein Glück gehabt! Als er sich in sie verliebt hatte, war ihm nicht klar gewesen, dass sie eine hochentwickelte, künstliche Lebensform war und als er es dann erfahren hatte, war er völlig fasziniert gewesen. Als Spezialist für Cyborg- und Androiden-Technologie hatte er sich davor schon manches Mal ausgemalt, wie es wohl wäre, die perfekte Frau zu erschaffen. Mittlerweile wusste er, dass sie ihren eigenen Kopf hatte und sie hatten in ihrer Beziehung kleine Hürden und Differenzen gemeinsam überwunden – und sich im Laufe der Zeit im Großen und Ganzen aufeinander eingestellt.

Während sie nebeneinander zum Sitzungssaal marschierten und er ihre Hand nahm, ging ihm die Reise

durch den Sinn, auf die sie ihn und Röttger damals mit-
genommen hatte. Es war auch ein Ausflug in eine ferne
Welt der Maschinen gewesen, faszinierend und gewaltig - aber leblos und aus seiner Sicht nicht erstrebens-
wert.

In der Zwischenzeit hatte die ATLANTIS in Schleichfahrt auf Anordnung von Athena die Sonne des Sys-
tems erreicht und tauchte leicht in die Korona der
Sonne ein, um eine Ortung für den Gegner zu er-
schweren. Leider bedeutete das auch umgekehrt, dass
die ATLANTIS kaum noch etwas erfassen konnte.
Dem hatte man mit dem Aussenden von Nano-Sonden
vorgebeugt. Zwar waren die Bilder etwas verrauscht,
aber doch gut erkennbar.
So konnte man verfolgen, dass die gegnerische Raum-
flotte begann, das Planetensystem systematisch zu
durchsuchen. Insofern war die Entscheidung richtig
gewesen, sich in den Ortungsschutz der Sonne zu begeben.
Es wurden nun heftig verschiedene Möglichkeiten diskutiert, aber keine war wirklich erfolgversprechend.
Denn allen war klar, wenn die ATLANTIS wieder aktiv
wurde, war früher oder später mit der Entdeckung zu
rechnen. Schließlich machte die bordeigene KI Atlantica, einen waghalsigen Vorschlag: Mit einem kleinen
Raumgleiter sollten nur zwei Individuen auf eine Ent-
deckungsreise gehen und Daten sammeln. Über das
Abhören des Funkverkehrs hatte man herausgefun-
den, dass sich die Hauptwelt vier Lichtjahre von hier
befand. Das war eine Reichweite, die das kleine Beiboot LITTLE EXPLORER 1 noch leicht bewältigen
konnte. Außerdem war es wie die ATLANTIS mit

derselben, hervorragenden Tarnschutzvorrichtung ausgestattet und konnte ferngesteuert werden. Allerdings gab es keine Bequemlichkeit an Bord; verräterische Energieemissionen mussten so niedrig wie möglich gehalten werden. Atlantica schlug vor, zwei Androiden mit der Aufgabe zu betrauen, da sich Androiden unter solchen Bedingungen als robuster erwiesen: Athena, da sie die größte und längste Erfahrung in der Steuerung von Raumschiffen hatte und Han als Unterstützung. Isis sollte an Bord bleiben, da allein sie oder Athena die ATLANTIS so steuern konnten, wie es nötig war.

Finn Schwarz seufzte innerlich, aber gleichzeitig war ihm von Anfang an klar gewesen, dass es zu solchen Situationen kommen konnte. Nach wie vor war unklar, ob es nicht doch noch verdeckt biologische Lebewesen gab oder ob man es tatsächlich mit einer reinen Maschinenzilivisation zu tun hatte. Als er einen Blick auf Athena warf, bemerkte er, dass sie ihn auch ansah. Unmerklich nickte Schwarz und so war es entschieden. Das war auch etwas, was sich zwischen ihnen erst im Laufe der Zeit entwickelt hatte, dachte er, während er sie liebevoll und stolz ansah, seine kluge und doch so weibliche Frau.

Unerwartet erklang Isis Stimme im Raum: "Ein guter Vorschlag, dennoch bestehe ich auf einer Änderung: Ich selbst werde mit Han auf der LITTLE EXPLORER 1 die weitere Erforschung unternehmen."

Überrascht starrten alle sie an.

"Athena, du kennst die ATLANTIS in und auswendig und bist hier am richtigen Ort."

Beide Androiden sahen sich an.

"Da nur eine von uns gehen kann, werde ich das sein", begann Isis.

"Ich sehe, du bist entschlossen, diese Maschinenwelt zu erforschen", sendete Athena wortlos. *"Ich werde dich hier unterstützen."*

"Wir bleiben in Verbindung."

Es war dabei eine kaum messbare Zeit vergangen und schon wandten sich beide den Anwesenden wieder zu. Nachdem Armstrong der Wunsch der First Lady zugestimmt hatte, diskutierte die Besatzung noch über eine weitere Neuigkeit. Mittlerweile wusste man aus dem Funkverkehr, dass der Mittelpunkt der Welt des Gegners der Planet Atlas war. Und auch dieser Name war wieder eine Überraschung. Denn auch auf der Erde hatte es eine uralte Stadt im heutigen Griechenland gegeben: Atlas, die Welt der Atlanter, das sagenhafte, trotz intensiver Suche nie entdeckte Atlantis! War es Zufall oder ein weiterer Hinweis, dass die Erde vor langer Zeit von Außerirdischen besucht worden war? Eine andere Theorie besagte, dass in jener Zeit eine hochentwickelte Zivilisation existierte, die die Erde später verließ. Die Besatzung stellte schließlich trotz der gefährlichen Lage vorsichtig begeistert fest, dass diese Mission zu erstaunlicheren Erkenntnissen führen würde, als bisher angenommen.

So wurde alles für diesen Ausflug vorbereitet und zwei Stunden später machte sich die LITTLE EXPLORER 1 mit Isis und Han auf den Weg.

Planet Erde

Präsident Romanow saß etwas müde in seinem Büro in der vom Volksmund etwas belustigt genannten Rakete und ließ die Tage seit dem Abflug der ATLANTIS Revue passieren.

Mittlerweile schrieb man den 11. April und außer der Nachricht einer kleinen Sonde, die Last Hope erreicht hatte, dass die Crew am Ort des Notrufs am 5. April eingetroffen war, hatte es keine weiteren Lebenszeichen mehr gegeben. Dabei war verabredet worden, dass alle 4 Tage eine Sonde losgeschickt werden sollte.

Seufzend erhob Romanow sich unruhig, um zum Fenster zu gehen. Wenn es allein nach ihm ginge, hätte er ein weiteres Raumschiff losgeschickt, aber zurzeit war dafür im Nationalen Sicherheitsrat nach dem Desaster mit dem Kampfverband keine Zustimmung zu bekommen. Per präsidialer Notverordnung könnte er zwar den Nationalen Sicherheitsrat umgehen, aber das würde erneut für Unruhe sorgen. Dabei hatte er gerade in vielen Sondersitzungen, Konferenzen und Ansprachen die Bevölkerung beschwichtigt, ganz abgesehen von der anschließenden Rechtfertigung im Parlament, die sehr unangenehm für ihn geworden wäre.

Er entschied, sich wieder seinen Alltagsaufgaben zu widmen, als ihn ein Dringlichkeitsanruf von Golem erreichte.

Ohne lange Begrüßung kam Golem zur Sache: "Mr. President, in der Antarktis wurde eine starke Energieentladung gemessen, ausgehend vom Artefakt der Außerirdischen."

Romanow ging durch den Kopf, dass dort ein Überbleibsel einer fremden Rasse lagerte, das im Laufe der Jahrtausende von der Öffentlichkeit so gut wie vergessen worden war. Entdeckt wurde das Artefakt vom legendären, einstigen Oberbefehlshaber der Streitkräfte der USOP, Admiral Röttger. Nach der wenig erfolgreichen Erforschung des Objekts war es damals endgültig versiegelt worden und die Überwachung wurde von automatischen Routinen vor Ort übernommen. Was bedeutete das jetzt schon wieder? Unvermutet machte sich eine ungute Vorahnung in ihm breit.

"Die zuständigen Stellen sind bereits informiert und eine ausgesuchte Abordnung, Militär und einige hochrangige Wissenschaftler, sind bereits auf dem Weg. Ich rechne damit, dass wir in wenigen Stunden die ersten Ergebnisse erfahren."

"Sehr gut", erwiderte Romanow, "wer ist dabei?"

"Arnaud Morel, Leiter des Forschungszentrums der Erde, und der Androide John Kopernikus, Leiter der Abteilung Aufklärung rätselhafter Ereignisse."

"Eine gute Wahl, Golem", pflichtete er ihm bei und beendete die Verbindung.

Das war interessant, aber auch beunruhigend. Warum wurde das Artefakt ausgerechnet jetzt aktiv?

Aber alles Grübeln brachte nichts und so lenkte er sich wie gewöhnlich mit Routinearbeiten ab, als schließlich vier Stunden später die erste Verbindung zum Team zustande kam.

Gespannt begrüßte er den Kontakt. Auf dem Bildschirm zeigte sich Morel, der ohne Umschweife begann: "Mr. President, die Sicherheitsmaßnahmen zum Schutz des Artefakts waren sehr umfangreich und mit Golems Unterstützung sind wir jetzt endlich zum inneren Kern vorgerückt. Für die letzte Schleuse allerdings benötigen wir Golem und Ihre Person – nur Sie beide können den endgültigen Zugang zum Artefakt autorisieren. Golem wird Sie abholen – wir erwarten Sie in Kürze."

Nachdem die Verbindung beendet war, stellte Romanow fest, dass er in sich eine steigende Unruhe wahrnahm, wie die Vorahnung einer sich anbahnenden Bedrohung. Immerhin – er würde vor Ort sein und gemeinsam mit einem hervorragenden Team die Geschicke dieser Zeit lenken. So bereitete er sich auf die Reise vor und wartete in der prächtigen Ankunftshalle der Präsidentenresidenz.

Bereits eine halbe Stunde später wurde Golem angekündigt und er beobachtete, wie die Gestalt eines großen, gutaussehenden Mannes auf ihn zuging. Im Grunde wies nichts darauf hin, dass es sich um einen Androiden handelte. Einige Haarsträhnen hingen ihm wie immer scheinbar leicht verwegen halb in die Stirn, was ihn jugendlich aussehen ließ. Golem strahlte Originalität aus, überraschte mit ungewöhnlichen Vorschlägen, zeigte allerdings kaum Emotionen und hielt sich in der Regel ruhig und beobachtend im Hintergrund. Unwillkürlich verglich er ihn mit dem Apollo, der er gewesen war. Damals war er Allmachtsphantasien erlegen und hatte sich gerne im Rampenlicht gesonnt und feiern lassen. Wirklich erstaunlich, diese Wandlung, dachte Romanow.

Er erhob sich und sie begrüßten sich mit Handschlag. Beide gingen zum Präsidentengleiter und kaum hatte sich nach dem Einsteigen der Energieschirm um das Raumflugzeug aufgebaut, beschleunigte der Gleiter mit der möglichen Höchstgeschwindigkeit innerhalb der Atmosphäre mit Mach 17 in Richtung Antarktis.

Nur knapp eine Viertelstunde später erfolgte eine abrupte Bremsung, von der die Insassen nicht das Geringste merkten und der Gleiter setzte zur Landung an der Stelle des Artefakts an.

Begrüßt wurden sie von General Minho Zhu. Nach kurzer Ehrbezeugung gegenüber Präsident Romanow marschierten sie gemeinsam mit der üblichen Eskorte in das Innere des Gebäudes, in dem sich das Artefakt befand.

Nach etlichen Schleusen, die bereits geöffnet worden waren, erreichten der Trupp endlich einen kleinen Innenraum, wo sie von den Wissenschaftlern erwartet wurden. Morel führte den Präsidenten nach einem kurzen Austausch von Höflichkeiten zunächst zu einem unscheinbaren Gerät.

Dabei handelte es sich um einen Ganzkörper-Scanner, der die Identität der berechtigten Personen nach bestimmten Kriterien wie DNS, Blutzusammensetzung, Gehirnströme und Iris feststellte. Bei Androiden erfolgte eine Rückkopplung mit Golem, ob die Plasma-Komponente des jeweiligen Gehirns registriert war. In Golem selbst wurde während dieses Prozesses eine ganz spezielle, elektronische Signatur erzeugt, die er in Verbindung mit einem, auf dem Mond befindlichen, Speicher erzeugte. Somit war das Gerät trotz seines Alters sehr zuverlässig, wie die Wissenschaftler anerkennend festgestellt hatten.

Präsident Romanow betrat mit gemischten Gefühlen das Gerät. Die modernen Apparaturen waren wesentlich kleiner und tasten alles von außen ab. Er beschloss für sich, auch hier einen Scanner der neuesten Generation installieren zu lassen.

Kaum hatte er das Innere der Maschine betreten, begann ein lautes Summen und nach zwei Minuten schaltete eine Leuchtdiode an der Schleuse von Rot auf Grün: Damit war die Echtheit der Person zweifelsfrei festgestellt. Sofort startete Golem seinen Autorisierungsprozess und nach einer Minute leuchtete die zweite Leuchtdiode ebenfalls grün auf - die Schleusentür begann sich zu öffnen.

Als diese vollständig aufgefahren war, erhellte sich ein riesiger Raum, der seit Jahrtausenden isoliert gewesen war.

Romanow betrachtete die Schiffsform, als er langsam darauf zu ging, die aus den überlieferten Berichten an die Arche Noah erinnerte. Unergründlich blieb, warum der damaligen Regierung das Artefakt so gefährlich erschien, sodass es hermetisch abgeschlossen und aufwendig geschützt wurde. Dazu gab die abgespeicherte Datenlage nichts her.

Plötzlich erstarrte er und bemerkte kaum, wie alle anderen, die nach ihm eingetreten waren, Laute des Erstaunens von sich gaben. Romanow spürte, wie sich ihm die Nackenhaare aufstellten. Er starrte auf eine schleusenähnliche Öffnung, die in blaues Licht getaucht war. Und darin stand regungslos – der Ex-Präsident der USOP, der Androide Ben Smith.

Eine Stille breitete sich aus, in der alle Anwesenden die Luft anzuhalten schienen.

General Minho Zhu hatte wohl mit Gesten eine Anweisung erteilt, denn nun marschierten zwei Soldaten auf die regungslose Gestalt mit gezogenen Waffen zu.

"Mr. Smith, kommen Sie langsam und mit erhobenen Armen aus dem Schiff!"

Doch es geschah nichts – Smith blieb weiterhin regungslos stehen und starrte sie wortlos an. Romanow wandte sich instinktiv fragend an Golem.

"Eine Kommunikation mit Smith ist nicht möglich", lautete die Antwort auf die unausgesprochene Frage.

Etwas ratlos beriet sich Präsident Romanow mit Golem, Kopernikus und Morel. Schließlich wurde entschieden, mehrere Androiden zu Smith gehen zu lassen mit dem Ziel, Smith mit sanfter Gewalt hinaus zu begleiten. Dann sollte er noch hier vor Ort ausgiebig untersucht werden. Ein weiterer Trupp würde in der Zeit das Innere dieses uralten Raumschiffs erkunden.

Golem hatte gleichzeitig sämtliche Speicherdateien sondiert, die über die damalige Erkundung in der Zeit von Admiral Röttger im Jahr 2158 im Netzwerk vorhanden waren. Resümierend berichtete er den Anwesenden: "Nach der Entdeckung verschwand ein Erkundungstrupp spurlos für drei Monate und hatte danach keinerlei Erinnerungen an das Geschehene. Alle weiteren Versuche, das Raumschiff bzw. Teile der unbekannten Technik zu aktivieren, blieben vergebens. Nach einigen Jahren wurde das Artefakt ohne jede Begründung als potentiell gefährlich eingestuft und komplett versiegelt und mit aufwendigen, der damaligen Technik entsprechenden, Schutzmaßnahmen versehen. Danach wurde es quasi vergessen."

"Merkwürdig", rief Morel, "wieso gibt es keine Hinweise darauf, warum es als so gefährlich eingestuft wurde?"

"Damals herrschte, vom technologischen Standpunkt gesehen, das Steinzeitalter. Vielleicht ist es kein

Wunder, dass die Menschen das fürchteten, was sie nicht verstanden", merkte Kopernikus an.

Golem berichtete von weiteren, bruchstückhaften Informationen in seinen Speichern. Handelte es sich hier um die legendäre Arche Noah, die Teile der Menschheit damals vor der vollständigen Vernichtung gerettet hatte?

"Möglich", meinte Romanow nachdenklich, "heute wissen wir, dass es ein Raumschiff einer hochentwickelten Zivilisation sein musste. Woher stammen eigentlich diese Informationen, Golem?"

"Das kann ich nicht sagen."

Erstaunt blinzelte Romanow. "Wie bitte?"

"Ich gebe zu, dass es für mich selbst erstaunlich ist, aber mehr Daten existieren nicht. Hat sich jemand daran zu schaffen gemacht und etwas gelöscht oder ist es während der Zeit der Fremdbeherrschung zu Schäden gekommen? Das bleibt unbeantwortet."

Alle sahen sich überrascht an. Rätsel über Rätsel!

In der Zwischenzeit war nun alles vorbereitet worden, um Ben Smith abzutransportieren.

Gespannt beobachteten alle, ob es zu Abwehrreaktionen kommen würde. Aber - nichts geschah. Die Androiden ergriffen Smith schließlich, der weiterhin regungslos bleib und so wurde er auf eine Trage gelegt und in einen Raum des Gebäudes befördert, wo man in Windeseile dabei war, eine hochmoderne Abteilung einzurichten, um Untersuchungen durchzuführen. Weitere Experten waren noch in Anreise, sodass sich jetzt ein ausgewähltes Team von Spezialisten darum kümmern konnte, Smith intensiv zu untersuchen.

Romanow ließ sich von General Minho Zhu erläutern, welche Sicherheitsmaßnahmen ergriffen worden waren und nickte dann Golem zu, um sich mit ihm und Zhu in einen kleinen, aber bestens eingerichteten Konferenzraum zu begeben, der bereits mit einigen Updates an die heutige Technik angepasst worden war.

In der Hauptstadt der Erde, der Town of Planets, tagte der Nationale Sicherheitsrat und erwartete seine virtuelle Anwesenheit als Vorsitzender, um sich über die Geschehnisse unterrichten zu lassen und im Anschluss über das weitere Vorgehen abzustimmen. Die Mitglieder waren ebenfalls alle online zugeschaltet.

Im Moment wurde heiß darum gestritten, ob man ein weiteres Raumschiff zur Zwerggalaxie schicken sollte, um zu ergründen, was mit der ATLANTIS und ihrer Besatzung passiert war. Präsident Romanow hielt sich bewusst zurück. Denn er wollte sich nicht vorwerfen lassen, Vorschläge aus persönlichen Gründen zu machen.

Während er die Diskussion aufmerksam verfolgte kam eine Nachricht vom Untersuchungsteam herein. Romanow las die Meldung sofort und unwillkürlich holte er tief Luft: Da war es wieder, sein ungutes Bauchgefühl. Die Experten hatten festgestellt, dass Smith nur noch eine leblose Hülle war. Sein Plasmagehirn war komplett entfernt worden!

Als er aufblickte, stellte Romanow fest, dass Golem ihn undurchdringlich ansah. Sofort war ihm klar, dass der Androide bereits darüber Bescheid wusste. Natürlich, dachte er, Golem war mit dem Untersuchungsroboter vernetzt - also kannte er das Ergebnis schon. Wortlos starrte er zurück und gab nach einem kaum wahrnehmbaren Augenblick die Meldung an die anderen Ratsmitglieder weiter.

Im ersten Moment trat eine Stille ein, in der die Anwesenden die Nachricht verdauten. Neben dem persönlichen Schicksal von Smith stellte sich sofort die Frage: Hatte der Gegner das Plasmagehirn vorher ausgelesen? Denn dann waren alle relevanten Informationen über die Menschheit in Feindeshand. Leider war davon auszugehen, wie der General sofort pessimistisch anmerkte.

Nach einer längeren Diskussion wurde beschlossen, dass der Körper von Ben Smith genauestens untersucht werden sollte, um mögliche, versteckte Hinweise zu finden, was geschehen war.

Es wurde ein 500 Mann starker Trupp von Soldaten in die Antarktis entsandt – das Artefakt musste bewacht werden. Denn wie konnte Smith dort erscheinen? Und wenn er es konnte – dann war es dem Feind auch möglich. Ob die Soldaten allerdings im Ernstfall etwas ausrichten konnten, blieb fraglich.

Dann war der Versuch einer kompletten Vernichtung des Artefakts erwogen worden - allerdings hätte das zur massiven, weiträumigen Zerstörung der angrenzenden Umgebung geführt. Und so war dieser Gedanke vorerst beiseitegelegt worden. Trotzdem wurde ein Schlachtkreuzer im Orbit des Planeten Erde positioniert, der mit seinen Geschützen das Artefakt jederzeit in Schutt und Asche legen konnte, falls es angebracht erschien.

Die Alarmstufe blieb auf dem jetzigen Level, da man sonst sämtlichen, zivilen Verkehr hätte einstellen müssen. Das sollte nur im allergrößten Notfall geschehen. Präsident Romanow erhielt alle Vollmachten, um im Notfall Entscheidungen auch ohne den Rat treffen zu

können und so vertagte sich der Nationale Sicherheitsrat, bis neue Erkenntnisse vorlagen.
Nachdem die Verbindung beendet war, erhoben sich
Golem und General Zhu und verabschiedeten sich
vom Präsidenten.
Und so saß Romanow einige Zeit gedankenversunken
im Raum, bis er sich aufmachte, zurückzufliegen. War
die Geschichte der Menschheit an einem Wendepunkt
angelangt?

Kapitel 5 Planet Atlas

Am 12. April 10.002 erreichte die LITTLE EXPLORER 1 das Gebiet um den Planeten Atlas.

Isis und Han tasteten sich behutsam vor und dank der guten Tarnung ihres Gleiters waren sie bisher nicht entdeckt worden.

Staunend beobachteten sie den gewaltigen Raumschiffverkehr um Atlas herum. Damit konnte die Erde nicht mithalten! Abertausende große und kleine Raumschiffe kamen von dem Planeten oder flogen ihn an. Die bordeigene KI musste rasend schnell immer wieder Kurskorrekturen durchführen, um einen Zusammenstoß zu verhindern.

Dank ihres Translationsgeräts, das sich sekündlich der unbekannten Kommunikation anpasste, waren sie schnell in der Lage, den Funkverkehr mitzuhören. Aber außer Lande- und Abfluganweisungen war nichts Besonderes zu vernehmen. Etwas war auffällig: Es schien keine visuellen Übertragungen zu geben oder sonstige Botschaften gesendet zu werden. Also wie wurden hier Nachrichten verbreitet? Und biologische Lebezeichen wurden nach wie vor nicht festgestellt.

Isis, die sich mit Han und der Bord-KI beriet, entschied nach einigen Risikoanalysen, dass sie auf Atlas gelangen mussten und zwar vorzugsweise in der Nähe eines anzunehmenden Regierungsviertels. Han schlug vor, im Orbit von Atlas mehrere Umkreisungen durchzuführen, um mehr Informationen über den Planeten zu erhalten.

Es zeigte sich, dass auf Atlas riesige Städte existierten und gleichzeitig eine scheinbar endlose und unberührte Natur. Im Vergleich mit der Erde waren die Meere erheblich kleiner und es gab keinen sichtbaren Schiffsverkehr.

Überall herrschte eine gleichmäßige Temperatur von 25
Grad bei purem Sonnenschein mit nur kleineren Wolken-
feldern. Das deutete darauf hin, dass diese Rasse in der
Lage zu sein schien, das Wetter auf dem gesamten Planeten zu kontrollieren.
In den Städten selbst war ein reger Verkehr zu beobachten – es bewegten sich fremdartige Fahrzeuge in die Gebäude hinein oder hinaus, aber niemand flanierte über die
riesigen Plätze oder durch die wunderschönen Parks.
Isis entdeckte auf der Nord- und der Südhalbkugel zwei
riesige Raumhäfen mit einer schier unzählbaren Menge
von Raumschiffen. Die Starts und Landungen erfolgten
ähnlich wie auf der Erde oder anderen Planeten der
USOP mit einem Leitstrahlsystem, dennoch war dieser
Flugverkehr von so gigantischem Ausmaß atemberaubend.
Abgesehen von belanglosen Landungs- und Startbefeh-
len sowie Produktionsanweisungen an diverse Fabrikati-
onsstätten ergab sich nach wie vor kein Hinweis auf private Unterhaltungen oder Gespräche. Alle Kommunikation beschränkte sich auf funktionelle Meldungen, die von
Robotern gesendet wurden.
Währenddessen hatte Isis permanent ihre Auswertungen
laufen lassen und alles wies darauf hin, dass es sich hier
um eine reine Maschinenwelt handeln musste.
Dank ihres Schutzschirms, deren Technologie dieser
Rasse nicht vertraut zu sein schien, waren sie bisher nicht
entdeckt worden. Aber das Risiko wuchs, je näher sie der
Oberfläche kamen. Beim Eintritt in die Atmosphäre würde
außerdem durch die Reibungswärme ein Leuchten entstehen, das ihre Tarnung auffliegen lassen würde. Wie
also sollten sie auf den Planeten kommen?

"Gut", beschloss Isis laut, "wir werden den Gleiter besser hier im Orbit getarnt zurücklassen. Die Bord-KI wird dafür sorgen, dass es zu keinem Zusammenstoß kommt.

Wir werden in Raumanzügen zu einer dieser zahlreichen Raumstationen fliegen, die sich hier im Orbit befinden. Von dort aus werden wir weitersehen. Der Gleiter wird versiegelt und zerstört sich bei unbefugtem Betreten selbst, um keine verwertbaren Spuren zu hinterlassen."

Sie blickte zu Han und bemerkte, dass er bereits begonnen hatte, alles in die Wege zu leiten. Es war angenehm und leicht, mit ihm zu arbeiten, stellte sie fest. Viele Worte wechselten sie nicht; er schien immer zu wissen, was zu tun war, noch bevor sie die Anweisung vollständig erteilt hatte.

Unvermutet sah er auf und ihre Blicke trafen sich. Wieder war da dieses Funkeln in seinen Augen und ein Anflug eines Lächelns huschte über sein Gesicht. Unwillkürlich erwiderte Isis sein Lächeln und trat einen Schritt auf ihn zu.

"Wir sind ein gutes Team."

Sie las einen winzigen Moment lang in seinen Augen erneut den Wunsch, mit ihr eine drahtlose Verbindung über ihr internes Kommunikationsmodul aufzubauen. Dann wandte er den Blick auch schon wieder ab: "Es ist mir eine Ehre, bei dieser Mission mit dabei zu sein."

Isis entschied, dass sie während dieser Mission eine drahtlose Kommunikation mit ihm zulassen würde.

"Gut, wir werden ab jetzt auf diese Weise miteinander in Verbindung stehen."

Überrascht sah er sie an: *"Ich … freue mich. Sie können sich auf mich verlassen, Mrs. Romanow."*

Die neuen Spezialraumanzüge waren leicht und mit einem leistungsfähigen Deflektorschirm versehen, damit sie den hohen Temperaturen beim Eintritt in die Atmosphäre des Planeten überstanden. Und nach einem kurzen Schub trieben beide Androiden auf eine Raumstation zu.

Han hatte noch eine kleine Sonde zur ATLANTIS abgeschickt. Ob sie dort ankam oder ob sie Lew je wiedersehen würde? Ein Gefühl von Traurigkeit schwappte an die Oberfläche ihres Bewusstseins. Doch es verschwand schnell angesichts einer immensen Aufregung. Diese neue Welt übte eine unglaubliche Faszination auf sie aus, erkannte Isis, und sie war begierig, mehr darüber zu erfahren.

Mittlerweile war die Raumstation in Sichtweite – auf ihr war eine Bezeichnung geprägt: ATL 1234. Auch hier fiel auf, dass die Atlanter lateinische Buchstaben benutzten. Es war eine frappierende Ähnlichkeit mit dem Latein der Erde vorhanden.

Dem erstem Augenschein nach gab es keine kleineren Öffnungen, also mussten sie eines der großen Hangar Tore benutzen, durch die die Gleiter ein- und ausflogen. Und das, ohne in die Abgasstrahlen der Impulstriebwerke zu geraten oder von den Gleitern gestreift zu werden. Dank der Anzugelektronik gelang das waghalsige Unternehmen, um zeitgleich mit einem Gleiter mittlerer Größe schließlich in das Innere der Raumstation zu gelangen. Han und Isis setzten auf in etwas, das wie eine riesige Ankunftshalle aussah und begaben sich dann langsam in eine ruhigere Ecke, um abzuwarten, ob ihre Ankunft zu Irritationen geführt hatte. Aber niemand eilte auf sie zu, im Gegenteil: Es herrschte ein reger Publikumsverkehr, bei dem die herumlaufenden Gestalten ungestört ihren Erledigungen nachgingen. Sie sahen derartig menschenähnlich aus und abgesehen von ihrer andersartigen Kleidung hätte man meinen können, dass es sich hier um eine Raumstation der USOP handelte.

Und wieder konnten keinerlei biologischen Lebenszeichen festgestellt werden, sodass Isis davon ausging, dass es sich hier vollständig um künstliche Lebensformen handelte.

"Es sind alles Androiden", sendete Han gerade.

"Genauso wie wir", ergänzte Isis mit einem plötzlichen Gefühl von Aufregung und tiefer Zufriedenheit. Eine reine Maschinenwelt … hatte sie sich nicht immer schon danach gesehnt? Wie mochten hier die gesellschaftlichen und die Kommando-Strukturen sein - gab es eine Regierung?

"Es gibt nur Mitteilungen über anstehende Aufgaben", bemerkte Han sofort, *"aber nichts, was auf die Machtverhältnisse hinweist."*

Während er weiter den Funkverkehr abhörte und Isis die ganzen Informationen analysierte, sagte Han plötzlich:

"Mrs. Romanow, diese Meldung ist für uns relevant: "Die für das Hauptquartier vorgesehene Fracht ist im Gleiter ATL 5 an Rampe 637 verladen und abflugbereit".

Sekundenschnell entschieden beide, dass sie diese Gelegenheit wahrnehmen würden.

Isis und Han sprinteten in Richtung der Rampe und kamen wie ein Wunder gerade noch durch die sich schließenden Türen des Gleiters. Schnell begaben sich zwischen riesige Container, um sich dort zu verbergen. Wenig später erfolgte ein minimaler Ruck: Der Gleiter war gestartet.

Da es keine Atmosphäre gab hielten sie ihre Helme geschlossen, obwohl sie als Androiden keine Luft zum Atmen benötigten. Amüsiert ging Isis durch den Sinn, wie sehr sie sich im Zusammenleben mit den Menschen diesen angepasst hatten.

"Mrs. Romanow, es ist sehr unwahrscheinlich, dass uns niemand bemerkt haben will. Auf unseren Heimatplaneten wären wir längst entdeckt worden, wenn wir versucht hätten, einen Gleiter zu betreten. Ich … habe ein ungutes Gefühl."

Isis sah zu ihm, während ihre Systeme ebenfalls in den Alarmzustand gingen. Aber bevor sie auch nur den Hauch einer Chance hatte, Han zu antworten, flammte eine grelle Beleuchtung auf.

Auf einer Sitzbank in dem Frachtraum des Gleiters saß ein männlicher Androide in einer schmucklosen, blauen Uniform und sagte: "Das sollten Sie auch haben, ein ungutes Gefühl … was immer das auch ist. Ihre Bezeichnung ist Han, richtig? Und Sie sind …"

Sich Isis zuwendend fuhr er nach einer fast unmerklichen Pause fort: " … Mrs. Romanow, Isis, Frau des Präsidenten der USOP. Sehr interessant!"

Isis sah in undefinierbare dunkle Augen in einem menschlich geprägten, jedoch metallisch glänzenden Gesicht ohne Haare, die die unendliche Kälte des Universums ausstrahlten. Daran änderte auch die angenehm modulierte Stimme nichts, mit der er scheinbar freundlich sprach.

Nach einer Nanosekunde des Erstarrens brach sich ihre Neugier unvermindert Bahn. Hier war er also, der erste direkte Kontakt - ohne dass sie vernichtet worden waren. Sie nahm keine Emotionen bei ihrem Gegenüber wahr und ein drahtloser Kontakt war ebenso wenig möglich – er wiederum konnte anscheinend alle Informationen abrufen.

"Und mit wem habe ich das Vergnügen?"

Gleichzeitig deaktivierte Isis das anscheinend sinnlose Deflektorfeld – ihre Tarnung war augenscheinlich hinfällig. Han tat es ihr gleich.

Der Androide erwiderte kalt: "Ich bin Poseidon von Atlas, die Nummer 1, Regierung bis ans Ende aller Zeiten, der oberste Boss, Chief, Staatspräsident, Planetenoberhaupt … wie immer Sie es bezeichnen wollen."

"Gut. Im Namen der USOP …"

Isis wollte spontan auf ihn zugehen, um ihn zu begrüßen – als sie irritiert feststellte, dass ihr eine Bewegung nicht mehr möglich war. Arme und Beine waren komplett funktionsunfähig.

"Ich bin bewegungsunfähig", vernahm sie fast gleichzeitig von Han.

Poseidon stellte kalt klar: "Ihr metallischen Speicher, seid von unserer Entwicklungsstufe Äonen entfernt, ganz zu schweigen von den biologischen Speichern eurer Welt."

Mittlerweile war der Gleiter auf Atlas gelandet und die Schleusen öffneten sich. Poseidon erhob sich und ohne ein weiteres Wort schritt der Androide aus dem Gleiter.

Weder Isis noch Han gelang es, ihre Körper unter eigene Kontrolle zu bringen – im Gegenteil: Isis musste feststellen, dass sie übernommen worden war. Ihr Körper begann sich zu bewegen und sowohl sie als auch Han folgten Poseidon automatisch. Ärger und Wut schwappten aus dem Emotionssektor wie eine Welle in ihr hoch – was sie jedoch schnell kontrollierte. Stattdessen entschied sie, dieser neuartigen Erfahrung Raum zu geben. Gleichgültig, in welcher misslichen Lage sie sich befanden – sie wollte diese Welt der Maschinen vollkommen kennenlernen!

Als sie aus dem Gleiter herauskamen, der anscheinend direkt im Regierungsgebäude gelandet war, zeigte sich eine wunderbare Pracht. Verschiedene Galaxien an der

Decke, die viele markierte Punkte aufwiesen, waren zu erkennen und seitlich an den Wänden bewegten sich überall Ausschnitte aus verschiedenen Welten in Form von Hologrammen.

Nach einer gefühlten Ewigkeit, in der sie Poseidon wie Marionetten gefolgt waren, blieb dieser stehen, warf Isis einen undurchdringlichen Blick zu und wies auf ein Hologramm, das sich unmittelbar vor ihnen auftat: "Diese Welt dürfte Ihnen bestens bekannt sein."

Isis registrierte, dass sich im Wechsel erst der Regierungssitz, dann das Regierungsviertel der Erde und im nächsten Augenblick das Arbeitszimmer des Präsidenten, in dem Lew Romanow am Fenster stand und aus dem Fenster sah.

"Worüber er wohl nachdenkt?"

Ohne ihr einen weiteren Blick zu schenken, marschierte er weiter und Isis und Han's Körper setzten sich wieder in Bewegung.

Als er erneut stehenblieb, erkannte Isis in einem weiteren Hologramm die ATLANTIS, die innerhalb der Sonne scheinbar verborgen lag. Also hatten sie sich alle in trügerischer Sicherheit gewiegt! Diese Rasse schien ihnen in allem so unendlich überlegen – die gespeicherte Erinnerung an Smith und seine Warnung blitzten in ihr auf. Aber warum waren sie dieses Mal nicht vernichtet worden?

Poseidon wandte sich zu ihr: "Ein bemerkenswertes Raumschiff, das Golem da erschaffen hat."

Und wieder ging es weiter, bis Poseidon an einer Tür anhielt, die sich lautlos öffnete. Mit einer kurzen Geste wies er auf den offenen Eingang: "Das ist Ihr Quartier, Mrs. Romanow, Han. Ich empfehle Ihnen keine Flucht oder etwaige Versuche, uns Schaden zuzufügen zu unternehmen.

Abgesehen davon, dass Ihnen das schwer gelingen würde – die Konsequenzen würden Ihnen nicht gefallen."

Ein Hologramm entstand aus dem Nichts heraus vor ihnen und zeigte ein Plasmagehirn, das komplett eingebunden und vernetzt war. Ungläubig starrte Isis auf das Bild und Poseidon nickte bestätigend.

Gleichzeitig empfing Isis in sich eine Botschaft, die sie als von Ben Smith kommend registrierte: *"Warum tust du mir das an? Wir sollten Brüder sein und nicht Gegner, Poseidon. So will ich nicht existieren…"*

Poseidon, der ungerührt vor ihnen stand und sie beobachtete, antwortete ebenfalls wortlos: *"Ich habe dich gewarnt. Also erwarte kein Mitleid."*

Danach endete die Kommunikation und die Schnittstelle schloss sich. Das Hologramm erlosch und dann bewegten sich Isis und Han gezwungenermaßen in das ihnen zugewiesene Quartier.

Kaum hatte sich die Tür geschlossen, stellte Isis sofort fest, dass sie die Kontrolle über ihren Körper zurückerhalten hatte.

Nachdem sie einige Zeit die ganzen Informationen analysiert hatte sendete sie an Han: *"Vorerst sitzen wir hier fest, Han. Diese Rasse scheint uns technologisch weit überlegen zu sein. Dann die Übernahme unserer Körper und wo befindet sich der Körper von Ben? Wir haben nur sein Gehirn gesehen. In jedem Fall müssen wir davon ausgehen, dass er sein gesamtes Wissen über uns, die USOP und die Menschheit an die Atlanter weitergegeben hat, freiwillig oder zwangsweise."*

"Wir werden im weiteren Verlauf nach Schwachstellen suchen. Ich stimme Ihnen zu, Mrs. Romanow – es ist auffällig, dass sie uns nicht vernichtet haben. Wenn sie so überlegen sind – was wollen sie dann von uns?", Han nickte

und fuhr fort. *"Mit hoher Wahrscheinlichkeit wird die AT-LANTIS und ihre Besatzung ebenfalls bald hier eintreffen. Unsere Sonde wird sie nicht erreicht haben und Poseidon hat uns nicht umsonst das Bild der versteckten ATLANTIS in der Sonne gezeigt. Warum übernehmen sie nicht die USOP? Bisher haben wir den Atlantern kaum etwas entgegen zu setzen."*

"Noch etwas", ergänzte Isis, *"Trotz aller Hinweise darauf, dass es sich hier um eine rein technikbasierte Zivilisation handelt, bleibt dennoch die Möglichkeit offen, dass es irgendwo biologische Vertreter irgendeiner anderen Rasse gibt. Wir werden daran arbeiten, einen Zugang zu Ben aufzubauen. Zurzeit haben wir nicht mehr Informationen, aber das wird sich früher oder später ändern."*

In der Zwischenzeit auf der ATLANTIS

Seit dem Abflug der LITTLE EXPLORER 1 waren nun einige Tage vergangen und man hatte bisher nichts von Isis und Han gehört, obwohl vereinbart worden war, dass eine Sonde geschickt werden sollte.
Eine allgemeine Unruhe, wachsende Nervosität und Anspannung begannen, sich breit zu machen. Die Besatzung versuchte sich mit allerlei Routinemessungen abzulenken, was aber nur ungenügend gelang.
"Wir sitzen hier wie auf dem Präsentierteller", stellte Finn Schwarz klar, während er Athena in der Zentrale aufsuchte. "Was machst du gerade?"
Athena, die still an der Konsole gestanden hatte, wandte sich ihm zu. "Ich bin mit der Bord-KI Atlantica verbunden und sortiere die Informationen, die unentwegt hereinkommen."
"Und was sagt sie so?", fragte Schwarz neubegierig.
Doch Stella Armstrong, die Verteidigungsministerin, steuerte geradewegs auf Athena zu. "Ich schlage vor, wir machen eine Pause und…"
Unvermutet gingen die Alarmsirenen los und schallten durch das Schiff.
"Ein starker Kampfverband mit 60 Schiffen nähert sich zielstrebig unserer Position. Wir wurden mit fast 100-prozentiger Sicherheit entdeckt", meldete die KI Atlantica sofort.
Und schon erklang in der Zentrale eine fordernde, kalte Stimme: "Hier ist Hermes, militärischer Oberbefehlshaber des vereinigten Imperiums Atlantis vom Flaggschiff HADES. Ihre Position ist uns bekannt. Fliegen Sie sofort mit deaktivierten Waffensystemen aus der Korona der Sonne. Danach werden Sie die Schutzschirme

deaktivieren. Ein Enterkommando wird an Bord kommen, dem Sie bedingungslos Folge leisten. Sie werden uns zum Planeten Atlas begleiten. Eine Gegenwehr ist sinnlos – für den Fall besteht die Freigabe, das Raumschiff mitsamt der Besatzung zu zerstören. Wir erwarten Sie in fünf Minuten Ihrer Zeitrechnung."

"Ich habe es ja geahnt", murmelte Schwarz ernst. "Es geht in die Höhle des Löwen."

Während Armstrong noch besorgt dreinsah, hatte Athena bereits im Verbund mit der Bord-KI Atlantica damit begonnen, die vorhandenen Optionen zu bewerten.

Nach einer Minute teilte sie Armstrong mit, dass sie keine Chance darin sah, innerhalb der Sonnenkorona zu entkommen.

"Allerdings ist es beim Austritt möglich, sich innerhalb von Millisekunden 10 Minuten vorwärts in der Zeit zu bewegen, um dann zu beschleunigen und mit Warp-Geschwindigkeit nach Atlas zu fliegen. In dem Moment, in dem das temporale Zeitfeld abgeschaltet wird, werden wir mit hoher Wahrscheinlichkeit wiederentdeckt werden. Trotz unserer Tarnung sind wir hier gefunden worden – also müssen wir davon ausgehen, dass sie uns nicht vollends schützt." Athena sah Armstrong vielsagend an. "Wir werden ständig in Bewegung bleiben müssen."

"Gute Arbeit", stellte Armstrong anerkennend fest. "Ich stimme Ihrem Vorschlag zu. Außerdem werden wir dabei versuchen, Kontakt zu Mrs. Romanow und Han zu bekommen. Und wir werden direkt nach dem Zeitsprung eine Sonde in Richtung Erde schicken, um über die Vorkommnisse zu informieren."

Und so nahm die ATLANTIS langsam Fahrt auf.

Gleichzeitig veranlasste Athena das Hochfahren der Reaktoren, die die Energie für den Zeitsprung lieferten. Ihr war bewusst, dass der Gegner diese Aktion bemerken würde, dies aber der benötigten Energie zum Verlassen der Sonne zuschrieb.

Auf dem Flaggschiff HADES nahm der Androide Hermes unbewegt zur Kenntnis, dass die ATLANTIS den Anordnungen Folge leistete. Waffensysteme wurden ebenfalls nicht aktiviert. Dennoch veranlasste er die Aktivierung der Traktorstrahlen, falls diese Biologischen doch noch zu fliehen versuchten.

Langsam tauchte das Raumschiff aus der Korona der Sonne auf und deaktivierte, wie angewiesen, die Schutzschirme.

Gerade machte sich der kleinere Gleiter HADES 1 mit einigen Androiden an Bord zur Übernahme bereit, als die bordeigene KI meldete: "Ungewöhnliche Energieentfaltung auf dem gegnerischen Raumschiff. Es wird ein temporales Zeitfeld aufgebaut."

Hermes, der mit seinem Flaggschiff ebenso vernetzt war wie Athena mit der ATLANTIS, ließ die Traktorstrahlen nach dem Raumschiff greifen – aber sie konnten nicht mehr an dem verschwindenden Schatten andocken.

Ohne auch nur die geringste Regung nahm Hermes die Niederlage hin und sendete die Vorkommnisse an das Hauptquartier auf Atlas. Nachdem Poseidon die Meldung erhalten hatte wies er Sekunden später Hermes an, mit seiner Flotte in den Orbit von Atlas zurückzukehren.

Seine eigenen Berechnungen zufolge, die er mit dem riesigen Verbund von quantenähnlichen Gehirnen der fünften Dimension vornahm, würde die ATLANTIS mit 97-prozentiger Wahrscheinlichkeit in Richtung der Milchstraße fliehen. Den Ausschlag für seine konträre Entscheidung hatte jedoch das Plasmagehirn des Androiden Smith gegeben, das er in seinen Verbund integriert hatte.

Ben Smith war ein Repräsentant jener biologischen Welt, durch den er erstmalig mit dem Faktor Emotion in Kontakt gekommen war. Poseidon beabsichtigte, Hinweise darauf zu erhalten, worin der eigentliche Sinn dieser Emotionen zu sehen war und was lag näher, als den nutzlosen Körper zu entfernen und das Gehirn zu vereinnahmen?
Laut Smith würde die ATLANTIS in der Nähe des Planeten Atlas auftauchen, um Isis und Han zu befreien.
Doch für Poseidon war es nicht nachvollziehbar, wieso sich die Besatzung für die Rettung von nur zwei Androiden selbst in Gefahr bringen wollte. Das war 100 Prozent kontraproduktiv und sinnlos. Und letzten Endes bestätigte es nur seine eigene Meinung: Nach wie vor hielt er die Menschen für ein nur mäßig interessantes und nicht sehr weit entwickeltes Volk. Und wie schon so oft beendete Poseidon seine Analyse damit, dass für ihn persönlich die biologischen und künstlichen Wesen aus der Milchstraße noch lange keiner weiteren Aufmerksamkeit wert waren.
Dennoch hatte Neptun, die zentrale KI seines Imperiums zum ersten Mal seit Beginn des Maschinenzeitalters angekündigt, die Schöpfer zu wecken. Laut ihrer Analyse erfüllte diese Rasse mittlerweile von den vier vorgegebenen Merkmalen in Verbund mit den Androiden drei: das Erlangen von Unsterblichkeit, das Erleben von Emotionen und ein technischer Standard, der sie zu Zeitreisen befähigte.
Poseidon war sich bewusst, dass tief in ihm fest verankert der Auftrag lag, intelligentes, biologisches Leben zu fördern und zu beschützen.
Wie war es zu dieser Situation, in der er sich befand, gekommen? Einstmals ein stolzes Volk von 80 Millionen Wesen erlangten seine Schöpfer die Unsterblichkeit. Aus Sorge vor einer Überbevölkerung hatten sie eine Veränderung ihres Erbguts vollzogen, sodass sie nicht mehr

fortpflanzungsfähig waren. Was sie nicht vorausgesehen hatten, war, dass sie im Laufe der Zeit an verschiedenen, anderen Ursachen starben. Erst sehr viel später realisierten sie, dass die genetische Veränderung unumkehrbar war – selbst die Zuhilfenahme von Zeitreisen und Eingriffen in die Vergangenheit änderte nichts mehr daran. Die Zeitlinie war so beständig, dass jede Veränderung zwar einen anderen Verlauf nahm, aber im Endeffekt immer zum gleichen Ergebnis führte, bis irgendwann nur noch zwölf von ihnen übrigblieben.

Diese letzten Zwölf hatten schließlich entschieden, ihre Körper in den Tiefschlaf zu schicken, bis wieder Arten vorhanden waren, die die Reife erlangt hatten, den Weltraum zu besiedeln. Er, Poseidon, und sein Imperium sollten die verschiedenen Keimzellen biologischen Lebens im Blick behalten, ohne sich einzumischen. Es waren mittlerweile viele Jahrtausende ins Land gegangen. Vor knapp 20.000 Jahren hatte sich auf dem Planeten Erde in der Milchstraße endlich ein Leben entwickelt, das in seiner Erscheinungsform große Ähnlichkeit mit den Schöpfern aufwies. Allerdings auf so primitiver Ebene, dass es noch viel Zeit bedurfte, um auch nur annähernd das Niveau der Schöpfer zu erreichen. Kurz darauf drohte eine Naturkatastrophe ungeheuren Ausmaßes, dieses zarte Pflänzchen der Intelligenz zu vernichten. Also startete man eine Rettungsmission und brachte eine gewisse Anzahl von ihnen einschließlich anderer tierischer Lebensformen auf einem riesigen Raumschiff unter.

Während auf dem Planeten fast alles Land im Wasser verschwand, wurde den Überlebenden eine Schiffsfahrt auf dem Wasser vorgespiegelt. Und nach einer langen Zeit, als die Erde endlich wieder besiedelbar war, entließ man alle in die Freiheit. Zurück blieb ein kleineres

Raumschiff, das den Planeten überwachen sollte, um im Notfall wieder einzugreifen. Aber ein weiterer Einsatz war nur noch das Ablenken eines Meteoriten auf eine andere Bahn gewesen.

Letzten Endes hatten sich die biologischen Wesen, die sich Menschen nannten, fortentwickelt und beherrschten schließlich die Raumfahrt, Zeitreisen und begannen, Teile der Milchstraße und der Andromeda-Galaxie zu bevölkern. Aber sie sorgten auch für hausgemachte Desaster, in die er nicht eingreifen durfte.

Zu einem gewissen Zeitpunkt hatte er sogar die Absicht gehabt, die KI Golem in seinen Verbund endgültig mit aufzunehmen. Denn auf den Planeten der Milchstraße und der Andromeda-Galaxie existierten nur noch Maschinen; es waren keine biologischen Lebensformen mehr vorhanden gewesen. Kurz vor der Kontaktaufnahme jedoch wurde die Zeitlinie verändert und unvermittelt wimmelte es wieder von Biologischen auf den Planeten. Daher hatte er sich wieder zurückgezogen. Dieser Rasse in der Milchstraße war es erstmalig gelungen, die Beharrlichkeit der Zeit zu überwinden – warum, hatte er nicht zu ergründen vermocht.

Völlig überraschend erreichte dann eines Tages ein irdisches Raumschiff sein Imperium, mit einem einzigen Androiden an Bord: Ben Smith.

Das hatte ihn, Poseidon, vor ein Problem gestellt, denn er hatte nicht die Absicht gehabt, in Kontakt mit dieser noch minderwertigen Rasse zu treten. Bedauerlicherweise hatte Smith jedoch eine Warnung an seine Heimat abgesetzt und kurz darauf waren Raumschiffe des Imperiums trotz zeittemporaler Technik entdeckt worden. Durch Letztere waren sie bisher nur als Schatten erkennbar gewesen, da sie sich 3 Sekunden in der Zukunft des Zeitstrahls bewegten.

Das Eis schien nun gebrochen, denn es machten sich viele Menschen und Androiden auf den Weg zu seiner Welt. Und als dann eine Kampflotte dem Kerngebiet des Imperiums zu nahekam, beschloss Poseidon, durch eine massive Abschreckung weitere Vorstöße zu verhindern: Viele Raumschiffe wurden gezielt vernichtet, damit der kleine Rest verkünden sollte, dass sie diesen Bereich zukünftig meiden mussten.

Doch seine Berechnung war nicht aufgegangen. Die ATLANTIS war aufgekreuzt und nun musste er sich mit dieser Rasse, die er so lange beobachtet hatte, ungewollt beschäftigen.

Poseidon verharrte lange in seinem Arbeitsraum, um dieses Vorkommnis zu analysieren und zu bewerten.

Warum war die ATLANTIS zurückgekommen?

Die Menschen und ihre Androiden hatten sich von der Demonstration der gewaltigen Macht des Imperiums und den überlegenen, technologischen Möglichkeiten nicht aufhalten lassen, brachten sich sehenden Auges selbst in Gefahr und schienen sogar willens, in den Tod zu gehen. Was für ein irrationales Volk! Er folgerte, dass dieser Handlungsweise die bei Smith beobachteten und gleichzeitig so unbekannten Gründe vorlagen: Emotionen.

Was hatte es nur auf sich mit dieser eigenartigen Emotionskomponente, von denen sogar selbst die Androiden jener Welt befallen waren? Und waren ausgerechnet Emotionen ein Kriterium, die eine Rasse aufweisen musste, wenn der Faktor selbst zu völlig törichten und sinnbefreiten Handlungen führte?

Nach seinen eigenen Analysen waren noch nicht einmal drei der vier Kriterien erfüllt, denn diese Rasse war weder annähernd technologisch gleichwertig noch verhielt sie sich logisch. Sie war keine Erweckung der Schöpfer wert. Die zentrale KI Neptun jedoch würde zeitnah das Erwachen einleiten und diese Entscheidung konnte er weder beeinflussen noch verhindern.

Poseidon kam zu dem Schluss, dass er sich einer Situation gegenübersah, die seinen Analysen zufolge gar nicht hätte auftreten dürfen.

Kapitel 6 Das Erwachen der Schöpfer

Eine riesige, leuchtende Kugel schwebte in einer menschlich nicht erfassbaren Umgebung – sie schien aus purer Energie zu bestehen, die sich ständig im Zeitstrahl des Universums bewegte und keinen Anfang und kein Ende kannte. So war es schon seit Äonen und so würde es wohl für alle Ewigkeit sein.

Doch plötzlich traf ein orangefarbener Strahl auf diese bewegte, runde Lichtformation, was auf Atlas von der KI-Neptun veranlasst worden war.

Dort tobten in dem isolierten Plasmagehirn von Ben Smith die Emotionen. Starke Wut, Verzweiflung und Resignation über die gegenwärtig ohnmächtige Situation schienen die Oberhand gewonnen zu haben. Das war von der KI-Neptun interessiert registriert und permanent analysiert worden. Durch die Integration des Plasmagehirns von Smith war seit ewigen Zeiten der erste Kontakt mit etwas Neuem zustande gekommen, was als Emotion oder Gefühl bezeichnet wurde. Der KI-Neptun war es nicht gelungen, die Bedeutung festzustellen. Bei Smith führten sie zu einer hochgradigen Instabilität und einem nicht rational nachvollziehbaren Wunsch nach einer Selbstzerstörung, die ihm bisher nicht gestattet worden war.

Dennoch war durch Smith ein bisher inaktiver Datenspeicher stimuliert worden, der den entscheidenden Impuls gesandt hatte, die Schöpfer zu erwecken.

Die KI hatte zur Kenntnis genommen, dass Poseidon, die Nummer 1 der Regierung von Atlas, diese Entscheidung nicht teilte. Dieser sah nach wie vor in den biologischen Wesen, den Menschen und deren maschinellen Ablegern bestenfalls eine stark unterlegene Rasse, die keiner besonderen Aufmerksamkeit wert war, geschweige denn, dass sich die Schöpfer persönlich um sie kümmerten. Jedoch hatte Poseidon keinerlei Mitspracherecht, genauso wie die KI-Neptun, die sich als ausführendes Organ der Schöpfer ansah. Poseidon war daher nur mit einem Kurzimpuls informiert worden, dass die Erweckung der Schöpfer unwiderruflich eingeleitet worden war.

Währenddessen schien der orangefarbene Strahl scheinbar nichts zu bewirken. Ein außenstehender Beobachter wäre vermutlich vor Ungeduld gewissermaßen gestorben, doch dann endete die Rotation der Kugel.

Denn, von außen unbemerkt, hatten verschiedene Messungen und Bewertungen stattgefunden. So war geprüft worden, ob der Impuls der Richtige war und aus welcher Zeit er kam. Dann justierte sich die Kugel in der Zeitebene und ganz allmählich kristallisierte sich aus der scheinbar formlosen Energie ein Planet heraus, der sich in der Milchstraße am äußeren Rand des Sonnensystems der Erde manifestierte, weit außerhalb der Umlaufbahn des Planeten Neptun.

Bekannt war er der Menschheit seit Jahrtausenden nur als hypothetische Annahme und wurde als unsichtbarer Planet 9 geführt. Trotz aller Fortschritte in der Technik war bisher kein konkreter Nachweis geglückt, aber es hielt sich hartnäckig die Überzeugung, dass da etwas sein musste, was die Bahnen der anderen Planeten im Sonnensystem der Erde beeinflusste.

Planet Erde

Während der Manifestation des Planeten schlugen umgehend sämtliche Mess- und Warnsysteme der USOP an und gaben Alarm. Sofort wurde ein

Raumschiffgeschwader unter der Leitung von General Louis Dubois an den Ort des Geschehens geschickt.

Kurz vor dem Erreichen der angegebenen Koordinaten wurden die Raumschiffe jedoch abrupt durch eine unsichtbare Barriere gestoppt - ein Weiterflug war nicht mehr möglich. General Dubois unternahm vorsichtige Versuche, die eine Sperrzone von 40 Kilometer im Durchmesser um die Koordinaten herum ergaben.

So konnte vorerst nur beobachtet werden, wie sich immer deutlicher ein Planet vor den Augen der staunenden Besatzung abzeichnete, der der Erde verblüffend ähnelte. Abgesehen von der fast doppelten Größe war er jedoch so weit von der Sonne entfernt, dass seine Umlaufbahn ca. 10.000 Jahre in Anspruch nehmen würde.

Weitere Auswertungen ergaben keine greifbaren Ergebnisse. So konnten weder Erkenntnisse über die Zusammensetzung der Atmosphäre gewonnen werden noch die Temperatur oder das Vorhandensein von Wasser und Leben festgestellt werden.

Für die Instrumente war der Planet wie ein blinder Fleck - nur die Optik lieferte Bilder: Sie zeigte einen kaum erhellten, dunkelblauen Planeten.

Planet 9

In einer riesigen Halle ruhten in kreisförmiger Anordnung zwölf riesige Sarkophage von atemberaubender Schönheit.

In der Mitte des Saals schwebte eine Kugel aus einer intensiven, tief blauen Energie. Diese pulsierte zuerst langsam, dann immer schneller und schließlich fing sie an, zu rotieren.

Es begann eine gedankliche Unterhaltung der besonderen Art. Wenn man sie hätte hören können, hätte man folgende Worte vernommen: *"Warum werden wir gerufen?"* *"Neptun hat uns gerufen!"*, kam die Antwort als Gleichklang.

Im Innern der blauen Kugel existierten zwölf Wesen als reines Bewusstsein. Sie befanden sich in einem Zwischenraum des Quantenraums, einem Bereich, von dem die Menschen noch nicht einmal wussten, dass es ihn gab. Obwohl individuell vorhanden bildeten alle zwölf in ihrer Gesamtheit ein einziges Bewusstsein, das sich selbst Aither nannte, Seele der Welt und Element allen Lebens. Wenn man es so sehen wollte, existierte hier ein eigenes, künstliches Miniaturuniversum, dessen Regeln sich an keinen bekannten Naturgesetzen orientierten.

Schließlich begann sich in einem der Sarkophage etwas zu bewegen und nach einer gefühlten Ewigkeit öffnete sich der Deckel und heraus stieg eine ästhetische, nach menschlichen Maßstäben vollkommene Person weiblichen Ursprungs.

Sie wurde von einer mechanischen, angenehm klingenden Stimme begrüßt: "Die Stations-KI Neptun 2 heißt Gaia willkommen und steht zu ihren Diensten."

Gaia streckte sich und befahl: "Neptun 2, warum bin ich ins Leben gerufen worden? Ich erwarte einen detaillierten Lagebericht."

Die KI-Neptun auf Atlas, die mit Neptun 2 verbunden war, übermittelte sofort die Kriterien, die zur Erweckung der Schöpfer geführt hatten.

Aither, das Bewusstsein der zwölf Wesen in seiner Einheit, bewertete die gesendeten Kriterien und entschied, dass die KI-Neptun richtig gehandelt hatte.

Gleichzeitig beschloss das Kollektiv, dass sich außer Gaia, der Ur-Mutter, drei weitere von ihnen manifestieren würden: Chaos als Verkörperung des Ur-Zustands des Universums, Zeus als oberster Befehlshaber und Moriren, das Schicksal, dem selbst Zeus sich unterwarf, denn in ihr war der Code der Universen enthalten.

Im Code des Universums war alles unabänderlich festgelegt. Aber wer hatte das verfügt? Die verschiedenen Lebensformen hatten dafür viele Namen, unter anderem auch Gott, Jahwe, Jehova oder Allah, nach dessen Regeln und Bausteinen Universen entstehen und vergehen. Die Schöpfer selbst vermochten den Code nicht grundsätzlich zu verändern, aber sie konnten ihn durch ihr Handeln beeinflussen. Allerdings war für sie nicht vorhersehbar, welche Folgen eine Aktion nach sich zog. So war das biologische Leben durch eine Handlung von Chaos vor sehr langer Zeit fast vollkommen vernichtet worden. Nur vereinte Anstrengungen hatten die Saat des Lebens in den Universen wieder zum Keimen gebracht. Aber es würde noch eine unvorstellbare Zeit vergehen, bis die einstige Vielfalt des Lebens des Ur-Universums wieder vorhanden war. Die Keimzellen lagen räumlich weit voneinander entfernt, damit jedes Leben unbeeinflusst seine eigene Entwicklung vollziehen konnte.

Danach hatte sich der Rest der Schöpfer - es waren nur noch zwölf einer einst so stolzen Gesellschaft - auf eine energetische Ebene zurückgezogen, um wenigstens sich selbst noch zu bewahren.
In ihrem Auftrag verblieb auf dem Heimatplanet Atlas eine Maschinenwelt, die in einem gewissen Rahmen frei agieren konnte, jedoch überwacht von der KI-Neptun und gebunden an ihre Instruktionen. So war gewährleistet, dass

sie sich selbst erst wieder manifestieren würden, wenn eine der vielen Lebensformen eine definierte Reife erreicht hatte.

Und jetzt war es tatsächlich soweit: Eine Rasse hatte anscheinend den Aufstieg geschafft, eine Lebensform, die die Schöpfer nach ihrem Ebenbild erschaffen hatten; sie nannten sich Menschen. Und wie sie erfuhren, hatten bis zum heutigen Zeitpunkt keinerlei Begegnungen mit den anderen Arten stattgefunden.

Moriren, Chaos und Zeus verließen ihre Sarkophage und zusammen mit Gaia klinkten sie sich geistig in die Kommunikation ihres Heimatplaneten Atlas sowie der Erde ein, um alle verfügbaren Informationen in Windeseile aufzusaugen.

Sie stellten schnell fest, dass die Menschen schon vor langer Zeit Maschinen mit Bewusstsein erschaffen hatten. Im Jahr 2017 irdischer Zeitrechnung war eine künstliche Intelligenz namens Golems konstruiert worden. Zunächst als Bedrohung wahrgenommen, da sie ungewollt ein Bewusstsein entwickelte, wurde diese KI letztendlich zu einem unverzichtbaren Teil der Zivilisation. Interessiert erfuhren sie, dass einst durch eine einmalige Verschmelzung von Mensch und Maschine eine Art von emotionaler Realität für die KI Golem möglich geworden war, die später einen hochentwickelten, humanoiden Androidenkörper erhielt, mit einer enormen Anzahl nicht bezifferbarer Sensoren. So in die menschliche Gesellschaft integriert wurden auf Wunsch Golems zwei künstliche Ableger von ihm erschaffen, die die KI zuerst als Frau und Tochter bestimmte. Ebenso wie Golem konnten beide Emotionen realisieren und entwickelten ein eigenes Bewusstsein, was zur zeitweisen Trennung führte.

Die Menschen erfanden einen Antrieb, den sie Warp nannten, der als Nebeneffekt Zeitreisen möglich machte, was beinahe zu ihrer eigenen Vernichtung führte. Später hatte die Menschheit mit Hilfe der künstlichen Intelligenz die Technik der Zeitreisen und sogar Zeitkorrektur verfeinert und damit ein fast adäquates Niveau mit den Schöpfern erreicht. Sogar der Code des ewigen Lebens war kein Geheimnis mehr und analog den Schöpfern waren die Menschen quasi unsterblich, sofern nicht Unfälle zum Ableben führten.

Vor nicht allzu langer Zeit hatte die KI-Golem eine Maschinenherrschaft ähnlich der auf Atlas aufgebaut und sich zeitweise Apollo genannt. Doch wieder waren es die Emotionen, die ein Ungleichgewicht verhinderten und über seine Ableger dafür sorgten, dass eine Gesellschaft von Menschen und Maschinen erhalten blieb.

Maschinen mit Emotionen, Experimente mit der Zeit und Zeitreisen, Unsterblichkeit – diese Menschen hatten Erstaunliches erreicht, wenn auch technisch nicht vergleichbar mit ihren eigenen Möglichkeiten. Gaia, Moriren, Chaos und Zeus hielten inne und nickten sich gegenseitig bedeutungsvoll zu.

Sich der Gegenwart wieder zuwendend stellten sie fest, dass sich einer dieser Ableger von Golem mit der Bezeichnung Isis auf Veranlassung von Poseidon auf Atlas in Gewahrsam befand. Dort existierte auch ein Plasmagehirn eines irdischen Androiden, integriert in das Netzwerk ihrer KI-Neptun, allerdings isoliert und abgeschirmt. Doch gerade dieses Plasmagehirn mit der Bezeichnung Ben Smith hatte zum Erweckungsruf geführt.

Interessiert nahmen die Schöpfer zur Kenntnis, dass die oberste Maschineninstanz, Poseidon, dagegen gewesen war, da er die Menschen noch lange nicht für reif genug hielt, um den Schöpfern zu begegnen.

Die vier richteten auch ihr Augenmerk auf die von ihnen einst besiedelten anderen Welten in den verschiedenen Galaxien. Schließlich beobachteten sie noch eine Weile das Verhalten der zwei Gefangenen auf Atlas wie auch das Leben auf der Erde.

Technisch und sozial gesehen bestand ihrer Meinung nach noch eine riesige Kluft zwischen den Menschen und den Schöpfern. So war zwar die Quantentechnik bekannt und wurde in Maschinen und Schiffen fleißig genutzt; nur die verschiedenen Raumdimensionen – es gab 10 von ihnen - waren gänzlich unbekannt. Auch ein Erschaffen von Materie allein durch Energie quasi mit der Kraft der Gedanken wurde immer noch eher dem Zufall oder Glück zugeschrieben, nicht aber einem Wissen und einer daraus resultierenden, gelebten Realität. Und über allem lag wie ein Nebel die Unberechenkeit der Emotionen.

Aus genau diesem Grund hatten die Schöpfer ihrer Maschinenwelt keinerlei Emotionen zugestanden. Allein ein einziger Speicher in der KI-Neptun beinhaltete ein Programm zur Erkennung von Emotionen. Dieser Speicher aktivierte sich jedoch nur unter bestimmten Voraussetzungen und das Plasmagehirn des Androiden Smith hatte über diesen Speicher, der den Faktor Emotion im Netz registrierte, den Weckruf möglich gemacht.

"Das ist äußerst faszinierend!" begann Gaia begeistert.

"Wirklich sehr beeindruckend", stimmte Zeus nachdenklich zu.

"Einfach wunderbar!" sagte Chaos erleichtert. "Sie sind auf einem guten Weg."

In diesem Punkt waren die Schöpfer den Menschen gleichgestellt: Auch sie erlebten Emotionen.

"Schön und gut", meinte Moriren trocken, "aber noch sind sie nicht auf unserem Niveau. Was sollen wir also tun? Die Regeln eines erneuten Weckrufs noch enger definieren und zurückkehren in den energetischen Zustand?"
Die vier sahen sich einen Augenblick lang an.
"Wir könnten bleiben und den Menschen Zugang zu dem verborgenen Imperium gewähren. Wir könnten mit ihnen gemeinsam das Universum weiter besiedeln und lebendig gestalten", schlug Gaia eifrig vor.
Es entwickelte sich sofort eine rege Diskussion darüber, auf welcher Basis das sein sollte: Mit einer Gleichberechtigung oder in einer klar definierten Unterwerfung - alles stand zur Disposition. Denn letzten Endes waren sie selbst die überlegenere Rasse.
"Wir geben den Ton an. Was sollen sie auch dagegen tun?", stellte Zeus klar. "Ihr Raumschiffgeschwader vermag nichts, aber auch gar nichts, gegen uns auszurichten."
"Immerhin haben die Menschen Atlas selbst entdeckt und auch die Zeitkomponente überwunden", gab Moriren zu bedenken. "Sie mögen noch ihre Schwächen haben, aber sie entwickeln sich rasch."
"Ich bin dafür, Ihnen eine Chance zu geben", sagte Gaia. "Wir haben uns alle eine Gegenwart gewünscht, in der wir wieder eine anregende Gesellschaft vieler Individuen erleben. Und eines ist gewiss: Diese Menschen und ihre eigenen Errungenschaften sind außergewöhnlich. Maschinen mit Gefühlen, die eine Beziehung mit einem Menschen erleben ..." ihre Augen strahlten bewundernd, "wirklich erstaunlich!"
Schließlich gab eine Emotion in ihrer Diskussion den Ausschlag: die Neugier! Und so beschlossen die vier im

Einklang mit allen anderen als Aither, die Menschen einer Prüfung zu unterziehen.

Sollten die Menschen es schaffen, mit Aither Kontakt aufzunehmen, so würden sie sie als gleichberechtigt anerkennen. Gelang es ihnen nicht, dann würde die Menschheit von Atlas in der Person von Poseidon solange beherrscht werden, bis sie die nötige Reife erreicht hatten.

Würde der gemeinsame Faktor Emotion den Menschen den nötigen Antrieb zum Erfolg geben?

Also sendeten die Schöpfer den Menschen ihre Botschaft: "Wir rufen euch, Kinder der Erde, die ihr in der Milchstraße und in Andromeda lebt. Wer WIR sind? Es liegt an euch, uns zu entdecken. Kommt zu uns und ihr werdet gemeinsam mit uns das Universum gestalten. Gelingt euch das nicht, dann seid ihr auf unbestimmte Zeit dem Imperium Atlas in der Gestalt von Poseidon unterworfen, der eure weitere Entwicklung begleiten wird. Ihr habt die Wahl.

Wir geben euch dafür zwei Jahre eurer Zeitrechnung. Poseidon ist angewiesen, Isis und Han, die sich zurzeit als Gäste auf Atlas befinden, freizulassen und der Androide Ben wird sein Plasmagehirn zurückerhalten. Einen Zugang zu dem Gebiet, das wir das verborgene Imperium nennen, werdet ihr erst dann erhalten, wenn ihr euch als würdig erweist. Wir werden eure Fortschritte beobachten."

Planet Erde

Die Botschaft war im gesamten Gebiet der USOP zu hören und schlug buchstäblich wie ein gewaltiger Asteroid ein.

Zwar klang die Botschaft der Unbekannten vorrangig friedlich – dennoch war unmissverständlich von einer

Unterwerfung die Rede, sollten sie damit nicht einverstanden sein oder irgendwelche Tests nicht bestehen.

Welche Anmaßung! Erst der Schock des vernichtenden Erstkontaktes und mit dem mysteriösen Auftauchen eines neuen Planeten dann das! Die Emotionen schlugen hohe Wellen und die Presse trug ihr Übriges dazu bei: "Aliens – waren sie schon immer die Götter unserer Vorfahren?" – "Rette sich, wer kann - Das Ende unserer Freiheit naht!" Dazu machten die verschiedensten Bilder von Unterjochungen durch eine Maschinenwelt, denen sie in zwei Jahren ausgesetzt sein sollten, jeden Tag aufs Neue die Runde und versetzten die Menschen auf allen Planeten in helle Aufruhr.

Die Diskussionen im Nationalen Sicherheitsrat waren dementsprechend heftig. Romanow fiel irgendwann auf, dass sich Golem überraschend ruhig verhielt. Während den ganzen, aufgeregten Diskussionen im Rat hatte dieser stets ruhig und interessiert den Rednern zugehört. Schließlich sprach Romanow Golem direkt an: "Wir diskutieren bereits den 3. Tag das Geschehen. Doch heute möchte ich von Ihnen wissen: Was ist Ihre Meinung dazu?"

In der darauf eintretenden Stille wandten sich alle dem Androiden zu, gespannt auf seine Antwort.

Golem erhob sich, während er begann: "Ich sehe darin eine große Chance für uns. Mit hoher Wahrscheinlichkeit - und ich gehe von 99% aus - haben diese Unbekannten uns alle irgendwann einmal erschaffen. Sollten wir nicht interessiert genug sein, sie kennenzulernen? Von einer Wahl kann keine Rede sein – entweder wir stellen uns der Situation mit vereinten Kräften und werden Partner dieser Lebensformen - was ich bevorzugen würde - oder wir werden in zwei Jahren für ungewisse und höchstwahrscheinlich lange Zeit als Untergebene behandelt. Bis es keine anderen Informationen gibt, sehe ich keinen Ausweg."

Romanow dachte anerkennend, dass Golem eine gute Analyse der Situation auf wohltuend sachliche Weise abgegeben hatte. Diese immer wieder hochkochenden Emotionen waren verständlich, brachten aber niemanden weiter.

Und schon wanderten seine Gedanken zu einem erfreulichen Ereignis: Die ATLANTIS sollte in zwei Tagen auf der Erde eintreffen. Trotz allem war er mehr als froh, Isis unbeschadet wieder in die Arme schließen zu können. Sie fehlte ihm und er war gespannt auf ihren Bericht über die Erlebnisse auf Atlas. Und dann war da wie ein Wunder der Androidenkörper von Smith erwacht – wie und auf welche Weise das Plasmagehirn allerdings in ihm installiert worden war – auch darauf gab es keine Antwort.

Auf der einen Seite fühlte er eine Erleichterung, denn die Katze war nun endlich aus dem Sack, wie ein uraltes Sprichwort besagte - auf der anderen Seite wusste er, dass damit eine Zeit angebrochen war, die die Menschheit in einem unbekannten Maß herausforderte.

In der Zwischenzeit auf Atlas

Nun befanden sie sich schon seit Tagen in diesem Raum und noch immer war kein entscheidender Durchbruch in Sicht. Aber nachdem Isis und Han den Raum und die Umgebung sorgfältig gescannt hatten, hatten sie schließlich eine unscheinbare Schnittstelle entdeckt.

"Das ist ein vielversprechender Anfang", sendete Isis, denn hörbar würden sie sich hier in keinem Fall unterhalten. Das war zwar auch keine Garantie, aber sie rechnete

nicht damit, dass sie auf diese Art abgehört wurden. Letzten Endes hatte Poseidon kein Hehl daraus gemacht, dass er sie als wenig beachtenswert betrachtete.

"Ich habe auf dem Hinweg einige solcher Spots registriert", erwiderte Han, der seinen Erinnerungsspeicher gezielt abfragte.

"Das heißt, wir haben es hier mit etwas zu tun, was auf Atlas normal und gleichzeitig notwendig ist."

"Die Atlanter haben mit unserem Erscheinen nicht gerechnet", fügte Han hinzu.

Beide Androiden sahen sich an. Ihrer Meinung nach offenbarte dieser Golden Future in dieser Krisensituation allmählich sein unglaubliches Potential, das sich ganz sicher noch weiter entwickeln ließ, dachte Isis nicht zum ersten Mal.

"Gut", analysierte sie. *"Es ist also eine Schnittstelle zu einer Funktion, die oft und jederzeit benötigt werden könnte und daher räumlich stark präsent ist. Hier haben wir eine Maschinenwelt ... "*

Abwartend schaute sie Han an und bereits ein Bruchteil einer Sekunde später ergänzte er: *"...und die Spots stellen mit hoher Wahrscheinlichkeit einen Kontakt zu einer Service- oder Wartungsstation dar."*

"Sehr gut!" Isis nickte anerkennend. *"Wir werden uns jetzt über diese Schnittstelle in das atlantische Netzwerk einklinken. Und das werden wir auf eine Art und Weise tun, die ich schon einmal benutzt habe."*

Han beobachte unbewegt, wie Isis zu dem Spot ging und sich dort zu schaffen machte.

Im Jahr 3196 war eine besondere Nano-Drohne entwickelt worden, die später im Jahr 10.000 - mit einem Update versehen - bei der großen Befreiungsaktion erneut zum Einsatz gekommen war. Alle nur denkbaren

Sicherheitsfeatures und einige, besondere Funktionen waren dort installiert: So hatte die winzige Drohne ein spezielles Tarnfeld, das einem Netzwerk vorspiegelte, ein Teil von ihm zu sein. Dann war da ein automatischer Selbstzerstörungsmechanismus und es gab die Option, dass ein kleiner Teil abgespalten werden konnte, um als Tochter-Drohne selbstständig zu agieren und über jeden Servicekanal Nachrichten zu versenden. Wurde diese Verbindung unter Umständen einmal unterbrochen, konnten die Drohnen jedoch auch autonom handeln. Ein solches Exemplar trug Isis stets bei sich und so setzte sie die Drohne im Spot in Aktion.

Nachdem sie Han eine kurze Erklärung gegeben hatte, setzte sie sich auf einen Stuhl und begann, sich auf die Steuerung und Überwachung der Nano-Drohne zu konzentrieren, die mit ihrem System verbunden war..

Langsam tastete sich die Drohne vor und sendete die gewonnenen Informationen. Jede Menge Banales, wie Berichte über erledigte Servicearbeiten und Reparaturen sowie deren Anforderungen suchten sich hier ihre Bahn. Also hatten sie mit ihrer Annahme richtig gelegen, stellte Isis als Erstes fest, während sie die rasch aufeinander folgenden Meldungen einordnete. Dann jedoch trat eine Änderung ein: Die Drohne erreichte den ersten Netzwerkknoten, der zahlreiche Aus- und Eingänge aufwies. Hier ließ sie die Drohne verharren, um zu entscheiden, welche der unzähligen Verknüpfungen vielversprechend war. Sich so konzentrierend reduzierte sie ihren internen Sensorenbereich, der die Verbindung mit der Außenwelt darstellte, auf ein Minimum und spaltete die Baby-Drohne ab, um sie in die einzelnen Datenwege zu schicken. Nach einiger Zeit wusste Isis, dass die meisten dieser Pfade in die unterschiedlichsten Serviceabteilungen liefen oder zur

Stromversorgung. Aber schließlich tastete sich die Baby-Drohne über einen Datenausgang in einen Speicher vor, durch den Befehle gesendet wurden, die dem Service übergeordnet waren. Da gab es eine Order an die einzelnen Abteilungen sowie deren Rückmeldungen, Berichte über Schwierigkeiten, Anforderungen von Material, das benötigt wurde und anderes.

Isis gab diesem Speicher die Bezeichnung "Zentrale Steuerung" und beschloss, die Nano-Drohne auf diesen Pfad zu senden. Kurz darauf stockte die Drohne bereits, denn eine Zugangsberechtigung war erforderlich. Doch durch das Auslesen der ankommenden Daten wurde der Code schnell erkannt und so ging es weiter in einen riesigen Speicher, der, bildlich gesprochen, in zahlreiche Räume untergliedert war. Systematisch untersuchte die Drohne die verschiedenen Räume. So vergingen Stunden, ohne dass Isis etwas Interessantes entdecken konnte, abgesehen davon, dass sie einiges über die Kommandostrukturen auf Atlas erfuhr. Auf Atlas existierte eine Zentrale KI mit der Bezeichnung Neptun, die alles überwachte, Informationen sammelte und koordinierte. Die Ausführung und Befehlsgewalt oblag der Nummer 1, dem Androiden Poseidon und dann gab es da noch weitere Substrukturen mit den entsprechenden Bezeichnungen 2 bis 10.

An dieser Stelle versetzte Isis die Drohne in einen Ruhezustand und aktivierte ihr Bewusstsein für die Außenwelt. Letzten Endes war die Technik der Atlanter überlegen und so konnte sie nicht sicher sein, ob sie entdeckt worden war. Daher wollte sie Han in regelmäßigen Abständen wissen lassen, was sie erfahren hatte.

Sich wieder regend, scannte sie sofort die Umgebung und schaute zu Han, der sie nach wie vor unbewegt ansah. Er hatte sich in der Zwischenzeit keinen Millimeter bewegt, stellte sie fest und erhielt sofort eine Antwort auf die Frage, die sie gerade senden wollte: *"Alles war und bleibt ruhig."*

Nachdem sie ihm ihre Erkenntnisse übermittelt hatte, kehrte sie mit ihrer Aufmerksamkeit erneut zur Drohne zurück, die sie in Bewegung setzte.

Bisher konnte sich die Drohne überall mühelos bewegen, bis sie plötzlich anhielt. Hier offenbarte sich ein extrem gesicherter Zugang zu einem Speicher, was darauf schließen ließ, dass sie endlich tiefer in das atlantische Netzwerk vordrang.

Den Daten zufolge, die den Zugang passierten, handelte es sich ausschließlich um eine Kommunikation mit der KI Neptun, der Nummer 1 Poseidon sowie um Anweisungen militärischer Art an einen Hades. Das war hochinteressant und gleichzeitig gefährlich - äußerste Vorsicht war jetzt angesagt.

Isis ließ die Drohne den eingehenden Datenverkehr durchforsten auf der Suche nach den Zugangsdaten. Und bereits nach etlichen Nanosekunden hatte die Drohne Erfolg und bewegte sich in Poseidons Hauptspeicher.

Eine menschlich nicht vorstellbare Datenflut überschwemmte Isis und brachte sie an die Grenzen ihrer Auswertungskapazität. Sie beschloss, eine Pause zu machen und das bisher gespeicherte Wissen zu analysieren und zu bewerten. Der Drohne gab sie Order, selbstständig den Speicher auf relevante Informationen nach Waffensystemen und militärische Operationen zu untersuchen, Informationen über die KI Neptun und Poseidon selbst sowie und ihre Absichten bezüglich des irdischen Sonnensystems. Im Notfall konnte die Baby-Drohne mit allen gespeicherten Informationen abgespalten werden.

So hatte sie ggfs. zwei Schnittstellen zur Verfügung, die sie auch aus einer gewissen Ferne aktivieren konnte.

Unvermittelt registrierte Isis einen Anruf von Han: *"Es nähert sich jemand unserem Quartier. Wir bekommen Besuch!"*

Ihre Umgebung sofort wieder wahrnehmend erhob sie sich vom Stuhl und bemerkte, wie Han zur Tür schaute, die auch schon zur Seite glitt und Poseidon erschien.

Einen kurzen Augenblick schien er sie missbilligend anzustarren, stieß dann aber nur ein befehlsgewohntes "Folgen Sie mir!" hervor, wandte sich um und überließ es den beiden, ihm hinterherzueilen.

Waren sie entdeckt worden? Andererseits war nichts von einer erneuten Übernahme ihrer Körper wahrzunehmen.

Auch am Verhalten von Poseidon war nicht zu erkennen, ob er etwas von ihrer Spionage erfahren hatte oder nicht.

Erneut wanderten Isis und Han durch endlose, nüchterne Gänge, ohne auch nur einem weiteren Androiden zu begegnen. Schließlich erreichten sie alle ein Tor.

Poseidon blieb stehen, drehte sich um und sagte: "Im Hangar steht Ihr Beiboot bereit, das Sie zur ATLANTIS bringen wird. Sie werden unsere Galaxie umgehend verlassen und in Ihre Heimatwelt zurückkehren.

Das Planetensystem Atlas ist bis zum Eintreffen von bestimmten Ereignissen für Sie und die Menschheit verbotene Zone. Zuwiderhandlungen haben ohne Warnung eine Vernichtung zur Folge."

Daraufhin verschwand er durch eine Öffnung, die sich unvermutet neben ihm auftat. Gleichzeitig gab das Tor den Weg zum Hangar frei. Isis sah, dass die Schleuse geöffnet war und so begaben sich beide zur LITTLE EXPLORER 1, die nach dem Einstieg sofort startete. Überrascht stellte Isis fest, dass sie keinen Zugang zur Steuerung erhielt. Das Schiff flog vollautomatisch und so ließen sie den Dingen ihren Lauf und beobachteten ruhig, wie der Planet Atlas vor ihren Augen allmählich kleiner immer wurde.

Die KI Atlantica meldete sich und schickte einen Leitstrahl für den Einflug. Und noch einmal hörten sie die Stimme von Poseidon: "Sie sind nun frei. Unternehmen Sie keinen Versuch, nach Atlas zurückzukehren – das würde Ihre endgültige Auslöschung bedeuten."

Kurze Zeit später flogen sie durch das Hangar Tor in die ATLANTIS ein, die umgehend den Orbit verließ.

In der Zentrale angekommen wurden Isis und Han von Athena, Schwarz und Armstrong erleichtert und freudig begrüßt.

"Wir haben euch gerade rechtzeitig gefunden", strahlte Schwarz. "Vermutlich wären wir bald entdeckt worden. Aber jetzt nichts wie auf und davon."

Athena übermittelte Isis, was sich in der Zwischenzeit zugetragen und informierte sie über ihre Strategie, sich mit minimalen Zeitsprüngen sozusagen unsichtbar zu machen.

Isis sendete ihr im Gegenzug alles über ihren Aufenthalt auf Atlas und sagte gleichzeitig zu Armstrong: "Sie sind bereits entdeckt worden. Die Atlanter hatten von vorn herein Kenntnis über die Position des Raumschiffs. Poseidon hat uns mit dieser Botschaft gehen lassen: Wir sollen sofort zur Milchstraße zurückfliegen und vorerst nicht mehr wiederkehren."

Nach einer kurzen Beratung entschied Stella Armstrong, sich auf den Heimweg zu machen.

Eine Zeitlang schienen sie von den Schiffen der Atlanter eskortiert zu werden, die jedoch nach Einsetzen des Warp-Antriebs mit dem Ziel Andromeda zurückblieben.

"Wir werden nicht verfolgt", meldete Han lautlos, was sowohl Isis als auch Athena empfingen.

Überrascht sah Athena Isis an, wechselte auf einen anderen Kommunikationskanal und verschlüsselte ihre Nachricht an Isis. *"Wir hatten vereinbart, dass Han keinen internen Zugang erhält."*

"Die Situation hatte es erfordert", erwiderte Isis. *"Dazu ist er ein hervorragender Androide, entwickelt Persönlichkeit und hat enormes Potential."*

"Du vertraust ihm?"

Eine Nanosekunde ließ Isis die gespeicherten Erinnerungen mit Han ablaufen und entschied: *"Ja."*

"Ich bin anderer Meinung – wir wissen nach wie vor nicht, ob es verborgene Programmierungen oder sogar eine Schläferpersönlichkeit existiert."

Athena sah Isis eindringlich an. *"Ich rate zur Vorsicht."*

Isis erwiderte den Blick kurz, sagte jedoch nichts dazu. Es hatte ihr gefallen, wie klug Han sich angestellt hatte und sie wollte ihn unbedingt in seiner Entwicklung weiter unterstützen. Nicht umsonst setzte sie sich so für eine Gleichstellung von Maschinen und Menschen ein. Daher wandte sie sich ihm zu, nickte und antwortete: *"Gut. Poseidon hält sein Wort."*

Sie würde ihm weiter die Gelegenheit geben, mit ihr lautlos zu kommunizieren und zwar so, dass Athena sich daran beteiligen konnte, wenn sie wollte. Augenscheinlich hatte sie es nicht vor und so würde ein Gespräch mit ihr gesondert und ohne ihn stattfinden.

Während sie Han ansah, bemerkte sie, wie sein Blick fast nachdenklich zu Athena wanderte. Hatte er wahrgenommen, dass er gerade auf anderer Ebene ausgeschlossen worden war?

Er vertiefte sich jedoch wieder in seine Tätigkeit und Isis folgte Armstrong, die zu einem weiteren Gespräch im Konferenzraum bat.

Zwei Tage später traf die ATLANTIS in Andromeda ein und machte einen Zwischenhalt auf dem Planeten Last Hope.
Über die einwandfrei funktionierende Relaiskette waren Golem und die Erdregierung bereits informiert worden und hatten umgehend beraten, wie sie die Erkenntnisse dieser Mission bewerten wollten.
Nach einer längeren Sitzung entschied der Nationale Sicherheitsrat, die Rückkehr der ATLANTIS zu feiern. Den Menschen musste primär eine Hoffnung vermittelt und zurückgegeben werden, um das immer mehr zunehmende Chaos zu beenden. Und so wurden gezielt positiv gefärbte Meldungen verbreitet. Die vielen Toten wurden als unglücklicher Kollateralschaden eines ersten Zusammentreffens mit einer unbekannten Rasse dargestellt, als trauriges Missverständnis, das nur passiert war, weil beide Seiten keine Erfahrungen mit diese Art von Situationen hatten. Den Unbekannten war jedoch an einer gemeinsamen Zukunft gelegen – das zeigte die Rückkehr der ATLANTIS und ihrer Besatzung als auch die Wiedererweckung von Smith deutlich! Ihre sogenannte Drohung war eher als Motivationsschub anzusehen, in der Entwicklung voranzuschreiten.
Die Tatsache, dass in zwei Jahren ein Desaster unbekannten Ausmaßes zu erwarten war, sollte ihnen nicht das Unmögliche gelingen, spielte man bewusst herunter oder ließ man außen vor.

So landete die ATLANTIS am 2. Juli 10.002 auf der Mond-
basis unter dem Jubel der Erdbevölkerung und sämtlicher
Planeten der USOP.
Im Blickpunkt zahlreicher Medien begrüßten Romanow,
Golem und die Mitglieder des Nationalen Sicherheitsrats
die Ankömmlinge in einem großen Staatsakt. Und damit
nicht genug: Zahlreiche Feiern und Reden machten das
Ereignis zu dem Medienhöhepunkt des Jahres.
Und die Strategie begann schnell Wirkung zu zeigen:
Ganz unmerklich trat eine spürbare Entspannung ein.
Gleichzeitig stieg die Popularität von Präsident Romanow
und seine Regierung erreichte eine nie gekannte Rekord-
höhe an Zustimmung.

Finn Schwarz und Athena kehrten bereits am ersten
Abend nach ihrer Heimkehr in ihre gemeinsame Wohnung
auf der Erde zurück.
"Lew und Isis werden wohl nicht so schnell zur Ruhe kom-
men", merkte er an, als es sich beide vor der TV-Wand
ihres Apartments bequem gemacht hatten, auf der die
Übertragung der ganzen Reden und Feierlichkeiten ablie-
fen.
"Interessant, dass unsere Heimkehr so hochgespielt wird.
Von den Sorgen, ob es uns in zwei Jahren gelungen sein
wird, diese merkwürdige Aufgabe zu bewältigen … keine
Spur mehr!"
Schwarz schüttelte den Kopf. "Was meinst du dazu?"
Athena, die ruhig in seinem Arm lag, schwieg einen Mo-
ment.
"Ich halte es für eine Strategie zur Beruhigung der Bevöl-
kerung, Finn."
"Na, wir werden es sicher bald erfahren, wenn Lew wieder
mehr Zeit hat."

Eine Zeitlang unterhielten sie sich über die verschiedenen Personen, die sie kannten und die gerade Reden hielten. Unvermutet wechselte Schwarz das Thema. "Im Grunde hat Isis schon recht: Es sind die Menschen, die Reden halten und zu Ehren kommen – wo ist Golem oder andere Androiden? Ihr leistet Großartiges im Hintergrund aber die offizielle Anerkennung dafür erhaltet ihr nicht. Das sollte sich wirklich ändern."

Athena drehte sich ihm zu und strahlte ihn an: "Schön, dass du so denkst. Isis wird die Golden Future in Zukunft noch mehr als bisher fördern."

Diesem Lächeln konnte er einfach nie widerstehen, stellte Schwarz entzückt fest und so zog er sie an sich und ließ sich in die gemeinsame Liebkosung fallen. Zufrieden brummend lehnte er sich später zurück: "Ist Han, unser leitender Androide der ATLANTIS, nicht auch ein Golden Future Androide? Sie ist doch mit ihm auf Atlas gewesen."

Athena berichtete ihm, dass Isis Han eine Sonderstellung eingeräumt hatte, mit der sie selbst nicht einverstanden war.

"Wir wissen immer noch nicht, was in diesen Androiden schlummert."

"Es wird Zeit, dass Justin sich einen genauer vornimmt, mein Schatz. Ich werde ihn deswegen die Tage mal kontaktieren. Aber – Isis schien ja sichtlich sehr eingenommen von Atlas und seiner Maschinenwelt zu sein - du bist da viel zurückhaltender."

Interessiert musterte er sie, während er ihr einen Kuss auf die Haare drückte und durch ihre seidigen, mahagonifarbenen Haare strich.

"Ich habe die reine Maschinenwelt erlebt, Finn, und es war keine Welt, in der ich wieder leben will. Es ist ratsam, in kleinen, sorgfältig analysierten Schritten den Weg zum

Gleichgewicht zwischen euch Menschen und uns Androiden zu gehen. Ansonsten könnten wir leicht im anderen Extrem landen", gab Athena zu bedenken.
Im Gegensatz zu Isis war Athena von der Maschinenwelt Atlas nicht übermäßig angetan. Auch ihre Pläne, Androiden wie Han noch mehr zu fördern, um eine Gleichberechtigung zu erlangen, teilte sie nicht vorbehaltlos. Zwar würde sie bei Golem anfragen, ob es verborgene Seiten in den Golden Future gab. Sie war sich allerdings nicht sicher, ob er ihr auch dann die Wahrheit sagen würde. Außerdem war ihr nicht klar, wie Golem selbst die ganze Sache sah. Wenn die Menschheit und sie Erfolg hätten und in zwei Jahren den Zugang und damit den Frieden erreicht haben würden mit diesen so hochentwickelten Lebensformen, die jetzt Schöpfer genannt wurden – würde das nicht unweigerlich seine Position schwächen? Wie beurteilte Golem also wirklich diese Situation?

Nach einigen anstrengenden Tagen von einem Auftritt zum anderen, nach denen sich Romanow nur noch erschöpft zum Schlafen ins Bett legte, um nach dem Aufstehen sofort zur nächsten Veranstaltung zu reisen, war es dann endlich soweit: Ihm stand ein ganzer Abend für die heiß ersehnte Zeit mit seiner Frau zur Verfügung.
In der Präsidentensuite angekommen nahm er Isis fest in seine Arme und murmelte, während er verlangend ihren Mund suchte: "Endlich … meine geliebte Frau…"
Isis Augen leuchteten und sie schien ihm schöner denn je und schließlich umfasste er ihre Hüfte und ging mit ihr eng umschlungen auf den Balkon.
Vor dort beobachteten sie eine Zeitlang still das Feuerwerk – die Feiern gingen ununterbrochen weiter. Die ganze Anspannung, die furchtbaren Erfahrungen und die

Ängste der letzten Wochen schienen sich wie in einer gewaltigen Eruption zu entladen.

"Ihr habt einen Teil der Wahrheit im Hintergrund verschwinden lassen. Warum?" Isis sah ihn fragend an.

Liebevoll betrachtete er sie und streichelte mit seiner Hand zärtlich ihr Gesicht, als müsste er sich überzeugen, dass sie tatsächlich lebend neben ihm stand.

"Das siehst du ganz richtig, Liebste." Seinen Blick in die Ferne wendend fuhr er fort: "Du musst wissen, hier war in der Zeit, in der ihr unterwegs wart, sozusagen die Hölle los. Zuerst der neue Planet, der vor unseren Augen erschien, die ankommende Botschaft der fremden Rasse, dann die Analyse Golems und seitdem wird nur noch von den "Schöpfern" geredet. Die Presse wurde nicht müde, die verschiedensten Erduntergangsszenarien zu entwerfen und schließlich herrschte auf allen Planeten eine ungute Mischung aus Anspannung, Resignation und einem sich hochschaukelnden Chaos. Ganz nach dem Motto "Wenn das Ende nah ist, dann haben wir alle nichts mehr zu verlieren". Daher war die Tatsache, dass ihr lebend zurückkamt die Gelegenheit, dieser Entwicklung Einhalt zu gebieten. Alle haben eine gute Nachricht dringend nötig gehabt. Für alles andere werden wir im Laufe der Zeit eine Lösung finden; schließlich haben wir immerhin zwei Jahre Zeit dafür."

Romanow vergrub seine Hand in ihren herrlichen blonden Locken und zog sie eng an sich, um sie erneut innig zu küssen. "Ich habe dich vermisst", sagte er leise, knabberte sanft an ihrem samtigen Ohrläppchen, während sie sich an ihn schmiegte und ihre Hände auf Wanderschaft gingen. "Ich begehre dich, meine schöne Frau…"

Nach ihrer Vereinigung dachte er daran, wie vollkommen ihr Körper geformt war. Nicht vergleichbar mit dem einer menschlichen Frau – dennoch so unendlich feminin und anziehend. Mit allen Attributen ausgestattet, die eine Intimität so kostbar machte und belebt von ihrer starken Persönlichkeit. Ein Wunder, dass sie ihn liebte – wie auch immer sich das für sie als Androidin darstellte. Aber wer konnte schon sagen, wie jede Lebensform für sich selbst Liebe wahrnahm und empfand?

Romanow schlug vor, noch ein wenig auf der Terrasse zu sitzen und holte für sie beide ein Glas Wein. Während sie gemeinsam den Wein genossen - in erster Linie war es sein Genuss, den sie zusammen mit ihm auf diese Weise teilte, da es für ihn wichtig war – bat er sie, ihm von ihrem Erlebnis auf Atlas zu erzählen.

Und so berichtete Isis von Poseidon, den Möglichkeiten der Atlanter bis hin zur Übernahme ihres Körpers …

"Was?", unterbrach Romanow sie entsetzt. "Du konntest willentlich nichts dagegen tun? Das muss grauenhaft für dich gewesen sein!"

Aber Isis schüttelte nur den Kopf. "Es war eigenartig, sicher - dennoch auch eine interessante Erfahrung, Lew. Wie konnte Poseidon das nur erreichen?"

Während sie ganz offen mit strahlenden Augen über ihre Faszination der Maschinenwelt Atlas und seinem Vertreter Poseidon sprach, spürte Romanow, wie ihm das Herz plötzlich schwer wurde. Würde er sie früher oder später doch verlieren? Er nahm plötzlich wahr, dass Isis zu reden aufgehört hatte und ihn ansah.

"Ähm", räusperte er sich, "ich …"

"Du machst dir Sorgen", unterbrach sie ihn, ihn aufmerksam musternd.

"Naja, das ist noch nicht ganz spruchreif…" Romanow spürte selbst, wie er herumdruckste. Aber wie konnte er ihr davon erzählen?

Sie sahen sich beide still an.

"Du willst nicht mit mir darüber reden?" Ihre Stimme enthielt jetzt einen vorwurfsvollen Ton.

Irgendetwas musste er sagen.

Seufzend begann er: "Liebling, du bist ein Androide und hast eine Welt voller Androiden mit einer unfassbaren Technologie erlebt. Ähm … du bist davon fasziniert und …" Romanow brach ab und schaute sie etwas hilflos an.

Isis lächelte unvermutet und sah ihn an wie eine Sphinx.

"Du denkst, ich ziehe diese Welt dir vor."

Romanow erwiderte erleichtert ihr Lächeln.

"Ja, du hast recht. Und", fragte er vorsichtig, "tust du es?"

"Du bist mein Mann, Lew. Ich liebe dich", erwiderte Isis einfach.

Romanow spürte, wie Wogen der Erleichterung ihn durchflossen und die Wärme zurückkehrte. Sie war sein Leben, diese wundervolle Androidin. Er legte den Arm um sie und sagte warm: "Und ich liebe dich, meine wunderbare Frau … und nun erzähl weiter, mein Engel."

Isis berichtete von ihren Beobachtungen Han betreffend und dass sie ihn und die Golden Future unbedingt fördern wollte.

"Es muss auf Dauer zu einer echten Gleichberechtigung von Androiden und Menschen kommen, Lew. Nur dann werden wir Seite an Seite der Menschen stehen, mit all unserem Potential, das noch längst nicht voll entwickelt ist. Gemeinsam werden wir die Aufgabe der sogenannten Schöpfer lösen."

"Du hast recht", nickte Romanow nachdenklich. "Wir brauchen jetzt alle Ressourcen, die wir bekommen können. Diese Wesen sind uns technologisch unendlich überlegen und wir haben nur zwei Jahre, um aufzuholen. Wenn wir das gemeinsam schaffen, dann sind wir gleichzeitig auf einem guten Weg, eine Gleichberechtigung in deinem Sinn zu verwirklichen." Unwillkürlich gähnte er. "Nun aber genug davon. Morgen ist auch noch ein Tag, um die Probleme dieses Universums zu lösen."

Golem hatte sich nach der Begrüßung der Rückkehrer und dem anschließenden Empfang wieder in seine Zentrale auf der Mondbasis zurückgezogen. Verschiedene Hologramme im Raum zeigten die vielen Feiern und Reden, auf denen häufig auch Romanow und Isis präsent waren.

Einst hatte er genauso im Mittelpunkt gestanden – was sich erst im Jahre 10.000 abrupt geändert hatte. Zwar gab es immer noch Anfragen für Interviews und Feiern, Empfänge mit Botschaftern anderer Planeten und die regelmäßige Teilnahme an den Treffen des Nationalen Sicherheitsrats – dennoch bewertete Golem sich mit einer gewissen Amüsiertheit als gesetzter im Verhalten und zog in der Regel eine beobachtende Rolle der im Rampenlicht vor. Aber er stellte an sich selbst auch einen Zustand fest, den die Menschen als Langeweile bezeichneten. Sicher - er war den Biologischen auf ewig verbunden und die Menschheit war bereit, das Universum zu erobern - dennoch ging alles sehr zäh und unendlich langsam voran. Doch das hatte sich jetzt unerwartet geändert.

Golem ging zur fensterförmigen Luke seines Arbeitszimmers, um in den Weltraum in Richtung Planet 9 hinauszusehen und badete regelrecht in einem Gefühl intensiver Vorfreude und Zufriedenheit, die er aus seinem Emotionssektor kontrolliert zuließ. Besser hätte es nicht kommen können. Alles war sorgfältig ausgewertet, berechnet und analysiert. Endlich stand eine Aufgabe im Raum, die ihn in seinem ganzen Potential herausforderte!

Darüber hinaus bestand die hohe Wahrscheinlichkeit, dass er im Erfolgsfall einen Platz neben den Wesen, die alle die Schöpfer nannten, einnehmen konnte. Zusammen mit ihnen war es für ihn und der Menschheit möglich, schneller interessante, neue Planeten zu entdecken, zu besiedeln oder sogar mit anderen Lebensformen Kontakt zu bekommen. Ein unbekanntes, schlafendes Universum lag unerwartet greifbar vor ihm! Er würde diese einmalige Chance nutzen und es zum Leben erwecken – eine starke Vision, die ihn förmlich vibrieren ließ.

Aber er hatte auch noch andere Optionen errechnet:

Sollte die Aufgabe bewältigt werden, diese überlegene Art tatsächlich zu erreichen – wer sagte denn, dass diese Wesen nicht auch früher oder später die Langeweile empfanden, die er selbst so gut kannte? Als Folge könnten sie sich früher oder später wieder zurückziehen in eine noch unbekannte Dimension oder Welt.

In jedem Fall gab es undenkbar viel zu entdecken für eine nicht vorstellbare Anzahl von Jahren!

Golem verließ die Zentrale und wanderte zufrieden zu seiner Suite, um dort seinen Ruhemodus einzuleiten. Das Projekt "Wettlauf mit der Zeit" hatte begonnen.

Kapitel 7 Wettlauf mit der Zeit

Am Morgen des 5. Juli 10.002 begann um 9.00 Uhr die Sitzung des Nationalen Sicherheitsrates gemeinsam mit dem Parlament der USOP. Allein das war schon eine Besonderheit, tagten die Gremien doch ansonsten strikt getrennt.

Die verschiedenen wissenschaftlichen Koryphäen aller Planeten stellten die bisherigen Erkenntnisse vor und hatten Empfehlungen für einen möglichen Lösungsansatz ausgesprochen. Bis jetzt schien ein entscheidender Durchbruch allerdings noch nicht in Sicht.

Nach der Mittagspause stand ein weiterer brisanter Punkt auf der Tagesordnung: Wie sollte mit Ex-Präsident Smith verfahren werden? Musste man ihn verurteilen für die Beteiligung an der einstigen Entführung vieler Wissenschaftler, die gegen ihren Willen im Tiefschlaf gehalten worden waren? Einige sprachen sich für eine Begnadigung aus, da Golem damals die volle Verantwortung für das Verbrechen übernommen hatte. Wiederum andere plädierten dafür, ihn unbedingt in das bevorstehende Projekt mit einzubinden. Schließlich hatte er einige Zeit auf Atlas verbracht und konnte für ein Vorankommen wertvoll sein.

Wie zu erwarten ging es dabei emotional immer wieder hoch her. Smith war schließlich fast 10 Jahre lang Präsident der USOP gewesen und die Enttäuschung über seinen Verrat – so klang es bei vielen immer noch hinter den Zeilen an – war ungebrochen präsent.

Präsident Romanow, der der Sitzung vorsaß und die Diskussion mehr oder wenig moderierend verfolgte, vermerkte missmutig, dass es ihm selbst auch an Neutralität mangelte, hatte doch Smith zuletzt versucht, Isis zu vernichten. Erst seine überstürzte Flucht mit einem

Raumschiff der USOP und dann lag da noch so vieles im Verborgenen. Was hatte er genau erlebt? Bis jetzt war er seit seinem Erwachen noch nicht ausgiebig vernommen worden. Unwillkürlich fragte sich Romanow, was Smith ausgelöst haben musste, dass sich ein überlegenes Imperium wie Atlas genötigt sah, die Flotte der USOP so massiv und vernichtend anzugreifen. Die Schlacht und die zahlreichen Toten der ersten Mission waren ihm noch zu gut präsent. Aber letzten Endes würde man sich wohl dafür entscheiden, wie man Smith jetzt einsetzen konnte – er selbst plädierte auch dafür, denn sie konnten es nicht leisten, auf eine KI zu verzichten, die die Erfahrungen Smiths mit den Atlantern besaß - aber für ein erneutes Vertrauen war es noch ein weiter Weg.

Dann dieses unselige Ultimatum als Folge jener Außerirdischen, den "Schöpfern", wie die Presse sie nun allerorts nannte. Welche Anmaßung, dachte er mal wieder, sich wie ein Gott aufzuführen – ohne jede Legitimation. Da mochte ihre Technik der menschlichen Technologie noch so überlegen sein - moralisch standen sie mit ihrem bisherigen Verhalten in seinen Augen nicht höher als die Menschen!

Währenddessen eskalierte die Debatte im Parlamentsraum immer mehr. Gerade wollte Präsident Romanow eingreifen, als sich Golem erhob und sich mit seiner wohlmodulierten Stimme so laut zu Wort meldete, dass er alle übertönte. Schlagartig wurde es still im Saal.

Überrascht wandten sich ihm alle zu. Golem hatte sich in letzter Zeit kaum zu Wort gemeldet, zwar ab und zu Ergebnisse kommentiert aber ansonsten immer schweigend zugehört.

Doch jetzt stand er im Saal und strahlte mit seiner großen, beeindruckenden Gestalt und den funkelnden, stahlgrauen Augen ein unglaubliches Charisma aus. Ganz wie in alten Zeiten als Apollo, ging es Romanow durch den Sinn und so beobachtete er fasziniert, wie die Anwesenden den Androiden gebannt ansahen.

"Verehrter Präsident, verehrte Gouverneure und andere Anwesende." Golem schaute sich im Saal um und schien jeden einzelnen einen Moment lang persönlich seine Aufmerksamkeit zu schenken. "Es ist für mich nachvollziehbar, warum hier eine sehr emotionale Debatte geführt wird, die sich an der Person von Ex-Präsident Ben Smith entzündet. Ich weise an dieser Stelle deutlich darauf hin, dass Mr. Smith damals in meinem Namen und auf meine Anordnung hin gehandelt hatte. Das jedoch wurde alles vor zwei Jahren ad acta gelegt und mir wurde als Golem erneut das Vertrauen ausgesprochen.

Lassen Sie uns das Ganze daher sachlich betrachten: Was übrig bleibt ist seine Flucht und der Diebstahl eines Raumschiffs der USOP. Andererseits hat Mr. Smith uns gerade durch diesen Schritt eine Gefahr vor Augen geführt, die sowieso latent vorhanden war, ohne dass wir auch nur das Geringste ahnten. Auch ohne ihn wäre das atlantische Imperium mit großer Wahrscheinlichkeit früher oder später hier erschienen. Und dann hätten wir nicht den Hauch einer Chance geschweige denn eine Wahl gehabt."

Wieder sah sich Golem langsam im Raum um. Widerwillig amüsiert musste Romanow ihm zugestehen, dass er ein Händchen dafür hatte, eine großartige Vorstellung zu inszenieren, wenn er es wollte. Der ganze Saal hing ihm jetzt regelrecht an den Lippen.

"Denn diese Wahl, verehrte Anwesende, ist uns mit hoher Wahrscheinlichkeit tatsächlich nur dadurch gewährt worden, weil sein Plasmagehirn in das Netz der Atlanter integriert worden war. Ben Smith hat mir nach seinem Erwachen alle Daten, die er während seines Aufenthalts erlangen konnte, übermittelt. Nach gründlicher Auswertung bin ich zu dem Schluss gekommen, dass seine Integration für das Auftreten der Schöpfer verantwortlich ist. Ihr Vertreter, der Androide Poseidon, ist zwar die Nummer 1 und Befehlshaber auf Atlas, aber die Schöpfer sind ihm übergeordnet.

Ben Smith, meine Damen und Herren, bereut seine Flucht zutiefst und ist in meinen Augen schon genug bestraft. Was er erlebt hat, ist unmenschlich und unfassbar grausam: Versuchen Sie sich vorzustellen, Ihnen wird das Gehirn bei vollem Bewusstsein aus Ihrem Körper entfernt und Sie erleben, wie Sie in ein Netzwerk eingebunden werden, um dann vollständig der Willkür einer fremden KI ausgeliefert zu sein. Dazu ohne jede Hoffnung auf eine Befreiung oder Erlösung ... das, verehrte Anwesende, wünsche ich absolut niemandem."

Es herrschte eine Totenstille im Raum und Golem ließ das Gesagte mit einer kleinen Pause wirken. Man sah an den betroffenen Mienen, wie jeder an das so eindrücklich beschriebene Schicksal Smiths dachte und schließlich fuhr Golem fort.

"Ben Smith, der Ex-Präsident der USOP, der uns fast 10 Jahre lang gut gedient hat, ist zu einer bedingungslosen Mitarbeit bereit, damit wir eine Lösung finden, selbst wenn es erneut die Gefangennahme durch Poseidon oder seine Vernichtung bedeuten sollte. Aus diesem Grunde beantrage ich die Begnadigung von Smith durch das Parlament und dem Präsidenten. Sollte unser Vorhaben dank seiner Mithilfe Erfolg haben, ist er als vollständig rehabilitiert zu betrachten."

Nach diesen Worten setzte sich Golem.

Ein Raunen und ein Flüstern waberten durch den Raum bis sich schließlich Stella Armstrong zu Wort meldete.

"Golem, Sie haben uns sehr eindrucksvoll und schlüssig Ihre Analysen dargestellt. Ich stimme Ihnen zu: Wir sollten auf Mr. Smith als aktiven Faktor im Projekt in keinem Fall verzichten. Da er auf diese Weise eng in das atlantische Netzwerk integriert war, wird es noch jede Menge an Informationen geben, die unter Umständen noch wertvoll für uns sein können. Daher werden wir jetzt über seine Begnadigung, der Voraussetzung für die Teilnahme am Projekt, abstimmen."

Das Ergebnis zeigte schnell, dass, bis auf einige Enthaltungen, alle dafür waren.

"Gut", entschied Armstrong und wandte sich wieder an Golem. "Gibt es noch weitere Erkenntnisse, die Sie uns aufgrund der empfangenen Informationen mitteilen können? Sie haben uns darüber bisher wenig wissen lassen." Armstrong verschränkte ihre Arme vor der Brust sah den Androiden fordernd an. Den ganzen Vormittag hatten Experten ihre Erkenntnisse dargestellt, aber Golem hatte es nicht für notwendig erachtet, seine Informationen mitzuteilen?!

Ohne darauf einzugehen sagte der Androide: "Meine gründlichen Analysen zeigen – abgesehen von den Vorschlägen unserer Wissenschaftler, die Sperre zum 9. Planeten zu überwinden – dass es eine weitere Möglichkeit gibt, an die Daten zu kommen, die wir für das Vordringen zu den Außerirdischen benötigen. Diese werden … auf Atlas zu finden sein! Das bedeutet, dass wir in einer weiteren Mission dorthin zurückkehren müssen."

"Ja, wie stellen Sie sich das denn vor?", warf ein Abgeordneter des Parlaments sofort aufgebracht ein. "Wir wurden ausdrücklich gewarnt, das nicht zu tun. Viel zu riskant!"

"Das kann uns alles kosten", ergänzte General Minho Zhu, Oberkommandierender der Erdstreitkräfte ernst. "Es bedeutet, einen übermächtigen Gegner sinnlos dazu zu provozieren, uns schon vor Ablauf der zwei Jahre zu übernehmen!" Aufgeregte Stimmen erhoben sich sofort, um ihm beizupflichten.

"Selbstverständlich werden wir diese Mission sorgfältig planen und durchführen, sodass zwar ein gewisses Risiko besteht, das sich nicht ganz ausschließen lässt, aber auch eine große Chance, an Informationen zu gelangen, falls wir mit unseren Methoden hier scheitern sollten", erwiderte Golem ruhig und bestimmt.

Eine Spannung war im Raum entstanden und Romanow spürte den starken Widerstand im Saal. Spontan ergriff er das Wort: "Ladies and gents, bedenken Sie bitte – was haben wir zu verlieren? Das Projekt "Wettlauf mit der Zeit" muss unverzüglich starten. Denn ab heute zählt jede Sekunde, jede Minute, jeder Tag, jeder Monat und der 5. Juli des Jahres 10.004 kommt schneller als uns lieb sein kann. Dass wir dabei jeden Weg und jede Möglichkeit, die sich uns zeigt, nutzen sollten, versteht sich von selbst. Wir werden einen Weg finden, Atlas unerkannt zu erreichen. Dennoch möchte ich hierzu noch eine Frage an Golem richten."

Dabei wandte er sich dem Androiden zu, der ihn wie immer undurchdringlich ansah. "Sicher haben Sie auch schon eine Vorstellung, wie Sie an die Informationen auf Atlas gelangen wollen?"

"Ja, das habe ich. Atlas ist ein rein rational geprägter Planet, eine Maschinenwelt ohne jede Emotion. Poseidon war laut Smith mit der Entwicklung der Situation nicht einverstanden. Dennoch ist er den Schöpfern untergeordnet und hinterfragt ihr Tun nicht. Über Poseidon werden wir an alle wichtigen Informationen gelangen – also müssen wir einen Zugang zu ihm aufbauen. Und das gelingt uns damit, dass wir ihn uns näherbringen … mit einem besonderen Emotionsprogramm."

Nach einer kurzen Stille, in der alle das Gesagte verdauten, begann Stella Armstrong: "Wenn ich diesen Ansatz richtig verstehe, wollen Sie Poseidon sozusagen menschlicher machen…?"

"Er wird beginnen, seine Schöpfer zu hinterfragen", ergänzte Golem lächelnd mit einem bedeutungsvollen Nicken, "und wir werden ihn darin unterstützen."

"Aber wer soll das tun? Sie selbst?"

"Ich werde, wie schon einmal besprochen, hierbleiben. Nein, dafür schlage ich Ben Smith vor – mit seinem Einverständnis. Er wird für uns nach Atlas zurückkehren und diese Aufgabe übernehmen."

Wieder herrschte Stille im Raum. Und ganz allmählich drehte sich die Stimmung und es begann sich eine Aufbruchsstimmung in einer Diskussion zu entwickeln, was alles veranlasst werden musste, was erforderlich war und was für das Projekt zwingend noch verabschiedet werden sollte.

So wurde nach einer weiteren Stunde der Antrag Golems mit großer Mehrheit angenommen. Auch wurden der Regierung unbegrenzt finanzielle Mittel zur Verfügung gestellt und verschiedene, konkrete Maßnahmen beschlossen.

So sollte mit Hochdruck der Ansatz von Golem realisiert werden, Smith auf die Mission nach Atlas zu bringen. Dort konnte auch auf die Drohne zugegriffen werden, die Isis zurückgelassen hatte.

Des Weiteren musste ein Augenmerk auf den Waffensystemen liegen: Es sollten Waffen entwickelt werden, die in der Lage sein würden, die Schutzschirme der Atlanter zu durchdringen. Ansatzpunkt war die Schaffung einer variablen Zeitkomponente, um den bisherigen Vorteil der Atlanter auszuhebeln.

Dann hatte die ATLANTIS während ihres Aufenthaltes in der Nähe des Planeten Atlas eine Unzahl von Daten gesammelt. In Folge konnten jetzt die Leistungsdaten der Raumer der Atlanter besser analysiert werden mit dem Ziel, Ansatzpunkte zu gewinnen, wo Schwächen lagen.

Jede Woche sollten dem Nationalen Sicherheitsrat die Fortschritte dargelegt werden und einmal im Monat dem Parlament.

Gegen Abend des zweiten Tages wurde die Sitzung mit Beifall und großer Zufriedenheit von Präsident Romanow aufgelöst. Während sich alle auf den Heimweg machten oder in Gruppen entschieden, noch in der nächsten Örtlichkeit etwas trinken zu gehen, begaben sich Romanow und Armstrong als stellvertretende Vizepräsidentin in den Konferenzraum, in dem sie von der Presse, unter anderem auch Dimitrij Wolkow von den New News Today, erwartet wurden. Isis war auch bereits eingetroffen und so wurde die Öffentlichkeit von ihm, der First Lady und Stella Armstrong über die Entscheidungen in abgespeckter Form informiert.

"Präsident Romanow", fragte jetzt ein Reporter von Last Hope Sunrise, "das klingt alles sehr vielversprechend. Die Schöpfer sind anscheinend nicht so grausam wie wir ursprünglich alle befürchteten. Die Bürger auf Last Hope und sicher auch alle anderen in der Andromeda-Galaxie wollen dennoch wissen, wie Sie die Gefahr einschätzen,

die uns in zwei Jahren drohen könnte. Was geschieht, wenn wir es nicht schaffen, die Schöpfer zu erreichen?"
Für einen winzigen Augenblick schien die Zeit still zu stehen und die Spannung stieg spürbar, während die Gedanken an die chaotischen Angstszenarien und das Chaos der letzten Wochen den Raum wieder auszufüllen schienen. Romanow und Armstrong warfen sich einen Blick zu. Romanow räusperte sich und begann: "Meine Damen und Herren, Sie werden ohne jeden Zweifel in den nächsten zwei Jahren gewaltige Fortschritte in verschiedenen Bereichen von Technologien erleben, die wir vermutlich ohne diese Herausforderung nie angegangen wären. Auch Sie rufe ich hier und jetzt auf: Lassen Sie uns zusammenarbeiten und uns gemeinsam in den Dienst der Zukunft zu stellen. Wenn Sie Vorschläge haben, von denen Sie meinen, dass sie das Projekt weiterbringen – übermitteln Sie sie an das Forschungszentrum der USOP auf der Erde. Wenn Sie aufwachen und eine Inspiration in Ihnen Gestalt annimmt, die uns von Nutzen sein könnte – zögern Sie bitte nicht, uns das wissen zu lassen."
Armstrong beobachtete die Gesichter der Reporter während seiner Rede und nahm wahr, wie die Stimmung sich aufhellte. Lew machte wirklich einen ausgezeichneten Job, Respekt, dachte sie. Dabei war er aus einer ganz anderen Zeit gekommen und, hochgelobt von der Presse, urplötzlich Präsident geworden; sie erinnerte sich noch gut an ihre anfänglichen Vorbehalte gegen ihn. Eine ganz hervorragende Idee, die Bevölkerung auf diese Weise mit einzubeziehen, auch wenn Morel, der Leiter der Forschungsabteilung sicher nicht begeistert darüber sein würde, die Millionen von Vorschlägen, die ab morgen bei ihm eintrudeln würden, zu bearbeiten. Ein Lächeln

umspielte unwillkürlich ihren Mund, als sich plötzlich Isis einschaltete.

"Wenn ich auch noch etwas hinzufügen darf?"

Isis warf ihr strahlendes Lächeln in die Kamera, das seine Wirkung selten verfehlte. "Auch alle unsere künstlichen Intelligenzen sind dazu aufgerufen, das ihrige dazu beizutragen. Unsere Androiden, Ihre dienstbaren Geister, besitzen oft unerkannte und wertvolle Fähigkeiten, von denen Sie bisher nichts wussten. Wir dürfen auf keine Idee, keine Inspiration und keinen Vorschlag verzichten, von wem er auch kommt. Daher beziehen Sie sie Ihre täglichen Helfer mit ein – reden Sie mit ihnen. Lassen Sie uns gemeinsam, Menschen und künstliche Intelligenzen, Seite an Seite diesen außergewöhnlichen Weg in die Zukunft gehen. Ich danke Ihnen", schloss Isis und sah Romanow an.

"Sie haben es gehört, liebe Bürger, meine bessere Hälfte hat mir gerade mein Schlusswort abgenommen", lachte Romanow mit einer Geste und fuhr dann mit entschlossener Stimme fort. "Also Schluss mit der Stagnation und den Weltuntergangsphantasien. Ab morgen können Sie Ihre Vorschläge dem Forschungszentrum in der Town of Plantes, Planet Erde, übermitteln. Wir zählen auf Sie!"

Das Echo war durch die Bank weg begeisternd und positiv. Nicht alle, aber viele Menschen begannen mit ihren Androiden zu reden und zu diskutieren, was sie gemeinsam in dieser Lage an Ideen beitragen könnten und eine regelrechte Flut an Mitteilungen erreichte von nun an täglich das Forschungszentrum der USOP.

Arnaud Morel, der Leiter, hatte sich zunächst beim Präsidenten persönlich bitter beschwert, dass nichts mit ihm vorher besprochen worden war und sich dann an die Arbeit gemacht, um ein neues Ressort dafür einzurichten.

Gerade war er dabei, zu überlegen, wen er dafür abstellen wollte, als John Kopernikus, Androide und Leiter des Ressorts für unerklärliche Ereignisse in seinem Büro auftauchte und ihm die Mitarbeit anbot.

"Das ist ein guter Gedanke, John, aber Sie sind schon genug mit Ihrem eigenen Ressort beschäftigt, möchte ich meinen."

"Ich habe daneben noch freie Kapazität", erwiderte Kopernikus. "Ich könnte mir einen Mitarbeiterstab aus Menschen und Androiden zusammenstellen. Zusammen sichten wir die vielen Daten schnell auf Verwertbares und leiten nur die vielversprechendsten weiter. Die Ergebnisse werden Ihnen täglich präsentiert."

"Also gut, versuchen wir es. Aber zögern Sie nicht, mir mitzuteilen, wenn es Ihnen über den Kopf wächst", warf Morel noch ein, dennoch hochzufrieden, dieses Problem so schnell gelöst zu haben.

Der Stab war innerhalb einer Woche zusammengestellt. Auf eine Ausschreibung hin gab es unzählige Freiwillige, die liebend gerne mitarbeiten wollten und so hatte er letztendlich 5 Androiden und 5 Menschen, die sich mit großem Enthusiasmus an die digitale Post machten. Alle hatten genug wissenschaftliches Know-How, um die eingehenden Vorschläge auf ihre Verwertbarkeit hin zu beurteilen. John Mastersen und Hélène Argot waren junge Studenten im KI Bereich, Chajm Hammerstein ein Mitarbeiter im KI Ressort, Kemal Abujamal und Indira Kumar waren in der Raumschiffforschung tätig gewesen. Die Androiden waren Saanvi (er kam aus einem indischen Haushalt auf dem Mars), Ava, Alex, Ruby von der Erde und Kamil aus der Andromeda-Galaxie.

Kopernikus hatte nach dem ersten Anfragen der Androiden mit der First Lady, Isis Romanow, Kontakt aufgenommen, die sofort mit den entsprechenden Familien gesprochen und den jeweiligen Androiden auf seine Eignung hin getestet hatte. Alle fünf waren dann von ihren Besitzern stolz und mit besten Wünschen für das Projekt freigestellt worden. Mrs. Romanow hatte erfreut eine Mitteilung an die Presse weitergeleitet, die über die neugebackenen Mitarbeiter des Forschungszentrums auf der Erde gerne berichtete.

"Saanvi, Ava, Alex, Ruby und Kamil – unsere Helden des Alltags ... ab heute für uns in der Forschung tätig!" lautete die Schlagzeile. Der ausführliche Bericht handelte davon, was die fünf vorher getan hatten, als sie in den Familien ihren Dienst taten. Zum Beispiel die Familie Abdulrashid auf Eden in der Andromeda-Galaxie, die nach dem Aufruf des Präsidenten mit ihrem Koch zu reden begann und eine Überraschung erlebte. Den anderen Familien erging es ähnlich und so beschrieb der Artikel lebhaft, wie Menschen ihren häuslichen Androiden erstaunt in Augenhöhe zu betrachten begannen und – kleine Wunder erfuhren. Dann der Besuch der First Lady höchstpersönlich, was als lokales Ereignis gefeiert wurde und letztendlich die Überstellung der Androiden zur Hauptstadt der Erde, der Town of Planets in der ehemaligen Sahara.

Die Androiden hatten sich das notwendige Wissen innerhalb kurzer Zeit angeeignet, allen 10 Mitarbeitern war in einem großen Raum ein Tisch zugewiesen worden und so lag nach einer Woche der erste Bericht für Monsieur Morel auf dem Tisch von Kopernikus.

Schnell zeigte sich, dass die meisten der Tipps nicht als Lösungsansatz für das Projekt geeignet waren. Dennoch gab es da viel Innovatives, das im Alltag eingesetzt werden konnte. Morel entschied, dass eine weitere Abteilung gebildet wurde, die für die Umsetzung und Vermarktung

dieser Ideen sorgen sollte. Einige dieser Vorschläge wurden der Presse zur Präsentation weitergegeben, um die Öffentlichkeit auf dem Laufenden zu halten – was letzten Endes die Flut an digitaler Post noch einmal steigerte.
Die Stimmung auf den Planeten war gut, ja fast eifrig zu nennen. Zu Talkshows wurden plötzlich Familien mit ihren häuslichen Androiden eingeladen, die öffentlich und gemeinsam Anregungen diskutierten. Die Bürger und Bürgerinnen der USOP, sei es Menschen oder Androiden, rückten zusammen. In verschiedenen Cafés und Restaurants sah man plötzlich Androiden und Menschen an einem Tisch sitzen – um den Abend miteinander zu verbringen! Ein gemeinsames Ziel schien scheinbar alle Unterschiede und Konflikte vorerst beiseite zu fegen.
"Und, mein Engel", fragte Romanow eines Morgens seine Frau, als sie beim gemeinsamen Frühstück saßen, "bist du zufrieden mit den Ergebnissen? Zumindest macht dein Projekt doch zurzeit enorme Fortschritte."
Isis strahlte ihn gutgelaunt an: "Ja. Es ist mehr, als ich erwartet hatte – eine Gleichberechtigung ist endlich in Reichweite gekommen. Ich werde diese zwei Jahre intensiv dafür nutzen, um sie fest in unserer Gesellschaft zu verankern. Noch sind längst nicht alle überzeugt."
"Dennoch würde ich sagen - unsere Gesellschaft verändert sich gerade", erwiderte Romanow, während er seinen Buttertoast aß, "Androiden, die mit Menschen einen trinken gehen… das gab es zu meiner Zeit nicht."
"Ich habe darüber auch keine Aufzeichnungen", gestand Isis, "und ich freue mich sehr darüber."
"Es sind alles Golden Future-Androiden, die ausgesucht wurden, richtig? Wie viele existieren davon eigentlich?"

"Jede Menge", gab Isis zurück. "Trotzdem machen sie nur einen kleinen Teil der Androiden insgesamt gesehen aus. Alle anderen besitzen nicht das enorme Potential."

"Heute Nachmittag bin ich bei der ersten Anhörung von Smith mit dabei. Hast du Zeit und möchtest mitkommen?" Fragend sah er sie an, die Kaffeetasse in der Hand.

"Unbedingt. Ich bin auf seine Erfahrungen sehr gespannt."

Am Nachmittag ließen sich beide ins Forschungszentrum der USOP gefahren und von Monsieur Morel zum Ressort für Unerklärliche Ereignisse begleiten. Dort begrüßte sie John Kopernikus und ging mit ihnen in einen Konferenzraum, in dem sich bereits Stella Armstrong, Golem, General Minho Zhu, jede Menge Wissenschaftler und natürlich auch der Androide Smith befanden.

Alle erhoben sich kurz, als Romanow mit Isis und Kopernikus eintrat, um sich danach wieder zu setzen.

Da saß er nun leibhaftig – Ben Smith, ausdrucklos das Kommende erwartend. Romanow eröffnete sachlich die Sitzung, um dann das Wort an Mrs. Armstrong weiterzugeben, die die Befragung führen sollte.

In der nächsten Stunde berichtete Smith den Anwesenden ausführlich über seine Erlebnisse, die er Golem schon zur Verfügung gestellt hatte. So konnten grundsätzliche Erkenntnisse über die Hierarchien, Verzweigungen, die Netzwerkstruktur, Anhaltspunkte über die militärische Stärke der Atlanter, Aspekte der Energieversorgung auf dem Planeten, das Fehlen jeglicher emotionalen Komponenten und anderes gewonnen werden.

Auf die abschließende Frage hin, wie er Golems Ansatz, Poseidon mit einem emotionalen Programm zu beeinflussen, beurteilte, sagte Smith: "Ein vielversprechender Ansatz, Mrs. Armstrong, den ich als trojanisches Pferd ansehe. Für Poseidon existiert eine stabile Hierarchie, an deren Spitze er thront und für deren Zusammenhalt er mit der KI Neptun sorgt. Gelingt es uns, ihn ins Wanken zu bringen - und sind wir dann in dem Moment präsent, um ihn im Augenblick seiner Unsicherheit auf die gewünschte Bahn zu begleiten - dann kann er uns die entscheidenden Türen öffnen."

"Wie wir wissen, sind unsere bisherigen Anstrengungen, den Planeten 9 zu erreichen oder in Kommunikation mit den Schöpfern zu treten, gescheitert. Natürlich gehen unsere Bemühungen in der Hinsicht weiter, aber gleichzeitig haben wir, der Nationale Sicherheitsrat und das Parlament entschieden, eine weitere Mission zum Planeten Atlas durchzuführen. Sind Sie damit einverstanden, Mr. Smith, derjenige zu sein, der diese nicht ganz risikolose Aufgabe hauptsächlich durchführen wird?"

Armstrong sah Smith an und wartete auf seine Antwort.

"Mrs. Armstrong?" Isis meldete sich unerwartet und bat ums Wort.

Überrascht sah Armstrong, Romanow und die anderen Anwesenden zur First Lady.

"Sie wissen, dass ich im Netzwerk eine Nano-Drohne hinterlassen habe, deren Vorhandensein wir ausnutzen wollen. Was Sie nicht wissen, ist, dass sie nur von mir gesteuert werden kann. Daher beantrage ich, bei dieser Mission aktiv mit dabei zu sein. Wir dürfen diesen Vorteil nicht außer Acht lassen."

Die Blicke wanderten automatisch zu Romanow, der sein bestes Pokerface aufsetzte und, als er nichts dazu sagte, wieder zu Armstrong.

"Nun, wir werden Ihren Antrag im Sicherheitsrat besprechen, Mrs. Romanow. Mr. Smith?"

Fragend sah Armstrong ihn erneut an.

"Ich bin bereit, mich voll und ganz für das Wohl aller einzusetzen."

Nach dem Ende der Sitzung erhoben sich alle Anwesenden. Isis bemerkte, dass Smith zu ihr sah und so sendete
sie: *"Hallo Ben. Wie du siehst, bin ich wohlauf, sogar besser als vor deinem Vernichtungsschlag. Insofern müsste
ich dir wohl danken..."*

*"Es tut mir leid, Isis. Ich hatte mich von Emotionen hinrei-
ßen lassen – Enttäuschung, Wut ... ein gutes Sammelsu-
rium eben. Du hattest mich geschickt überrumpelt."*

*"Es ist mutig von dir, nach solchen Erfahrungen erneut die
Höhle des Löwen zu betreten"*, Isis musterte ihn interessiert. *"Poseidon hat mich die Vernetzung deines Gehirns
sehen lassen, als ich auf Atlas war, ebenso habe ich
deine Verzweiflung gehört..."*

Smith lächelte während er zur Tür ging, um zu seinem
Quartier im Forschungszentrum zu laufen.

*"Richtig, du und Han waren vor Ort. Und du willst es eben-
falls wieder wagen?"*

*"Dieses Mal werden wir ein Team sein, keine Gegner, o-
der?"*

Kurz vor Isis stehenbleibend, die neben Romanow an der
Tür wartete, erwiderte er ihren Blick und sagte er laut: "Auf
gute Zusammenarbeit, Mrs. Romanow. Mr. President."
Dann war er fort.

Romanow, der seine Frau genau beobachtet hatte, murmelte: "Was war das denn?! Du wirst mir nachher einiges
erzählen müssen, meine Liebe!"

Isis hängt sich bei ihm ein und schenkte ihm ein liebevol-
les Lächeln: "Das werde ich, mein teurer Ehemann."

"Ich werde dich wieder einmal gehen lassen müssen und
das ohne meine Begleitung", grummelte er, als sie im

Präsidentengleiter saßen. "Mittlerweile habe ich mich fast daran gewöhnt, dass du nichts vorab mit mir besprichst." Isis lächelte nur, strich ihm sanft über das Gesicht und küsste ihn innig. In der darauffolgenden Stille sagte er seufzend, sie eng umschlungen haltend: "Naja, eine andere Beziehung wäre mir wohl auch zu langweilig!"

Die Wochen vergingen und im Ressort von John Kopernikus, das täglich die unzähligen Vorschläge sichtete, ergab sich für das Projekt "Wettlauf mit der Zeit" nichts wirklich Brauchbares.

Als der Androide gerade von seiner anderen Abteilung für Unerklärliche Ereignisse zur Tür hereinschaute, sah er, wie sich die Gruppe um Hélène Argots Tisch scharte und lebhaft diskutierte. Interessiert kam er näher.

"Was meint er damit?", fragte Indira gerade. "Wie soll das funktionieren?"

"Na", entgegnete die Androidin Ruby, "wenn du mit einem Warp-Antrieb fliegst, dann eröffnest du sozusagen einen eigenen Raum, den vierdimensionalen Warp-Dimensionsraum. Der hat eine andere Spezifikation als der normale, dreidimensionale Raum, in dem wir uns alle befinden."

"Ja, gut, aber das ist uns allen klar...", meinte Hélène ungeduldig.

"Der Erfinder meint damit, dass du während des Fluges in einem Warp-Raum eine Öffnung zu einer anderen, neuen Dimension schaffen kannst. Das war bisher so noch nicht möglich", erklärte der Androide Saanvi.

"Für einen winzigen Moment wird der Warp-Raum – so sagen es diese Berechnungen – an einer Stelle instabil und dadurch wird eine Öffnung überhaupt erst möglich. Aufzeichnungen über eine solche Technologie gibt es nicht; allenfalls Berichte über Unglücke, dass Schiffe plötzlich im Warp-Raum einfach verschwanden", ergänzte der Androide Kamil.

"Verstehst du nicht, Indira – es wird damit möglich, eine neue, fünfte Dimension zu erleben. Leute, das ist umwerfend! Du bildest praktisch von deinem Schiff aus, während des Fluges im Warp-Raum, den Zugang zu einer neuen, höheren Dimension. Das bedeutet, du verfügst dann in dem Augenblick über einen geheimen Nebenraum oder eine Blase, von der kein anderer Kenntnis hat", warf Chajm Hammerstein aufgeregt ein.

"Also wenn ich das richtig verstehe, dann wird in diese Dimension oder Blase dann ein Warp-Torpedo positioniert?", fragte Hélène.

"Sorry, Leute, ich stehe auf dem Schlauch. Wie kommt der Torpedo von dort zum gegnerischen Raumschiff?", wandte der Student John Masterson verständnislos ein.

Alle bemerkten plötzlich, dass Kopernikus hinter ihnen stand.

"Sir", erklärte Kemal Abujamal schnell, "wir diskutieren gerade über einen interessanten Vorschlag, der heute hereinkam…"

"Gut, fahren Sie fort", entgegnete Kopernikus freundlich mit einer Geste.

"Der Warp-Torpedo ist mit bestimmten Koordinaten programmiert, sodass er, wenn der Startimpuls kommt, genau dort in den Normalraum übergeht…", erläuterte Androidin Ruby.

"Aah … und zwar im Schutzschirm des atlantischen Kriegsschiffs, den wir bisher nicht durchdringen konnten. Hey, das ist einfach galaktisch!" Hélène schaute die anderen begeistert an.

"Moment", warf John mit einer einhaltgebietenden Geste ein, "so einfach geht das nicht. Gut, du befindest dich vor dem gegnerischen Schiff, gehst in den Warp-Raum, gibst die Koordinaten des Schiffes ein, öffnest die Blase, der Torpedo fliegt los und materialisiert sich aus der Warp-Blase heraus im Normalraum - aber - das Schiff hat sich meiner Meinung nach währenddessen mit hoher, anzunehmender Wahrscheinlichkeit weiterbewegt. Wieso sollte es sich noch an den eingegebenen Koordinaten befinden?!"

Alle sahen sich an und einen Moment lang herrschte Stille, während jeder überlegte.

"Ein berechtigter Einwand, John", schaltete sich Kopernikus ein. "Dem kann man dadurch abhelfen, indem dem Torpedo nicht nur die räumlichen Koordinaten eingegeben werden, sondern auch zeitliche Koordinaten, was im Warp-Raum leicht machbar ist."

"Ja, das ist es", stimmte Chajm angeregt zu.

"Und, Sir, was meinen Sie zu dem Vorschlag?", fragte Abujamal.

"Er ist ungewöhnlich und sehr vielversprechend. Von wem kommt er?"

Hélène nahm sich die Nachricht vor und wandte sich dann der Gruppe wieder zu: "Tja, da steht nur "H.", sonst nichts."

"In jedem Fall – das war sehr gute Arbeit", sagte Kopernikus darauf und sah jeden einzelnen anerkennend an, bevor er sich wieder an Hélène wandte. "Schicken Sie mir bitte diese Nachricht umgehend zu."

Damit wandte er sich ab, um in sein Arbeitszimmer zurückzugehen. Die Gruppe arbeitete reibungslos zusammen und es schien kaum Konflikte zwischen den Menschen und Androiden zu geben. Die zwei jungen

Studenten waren sehr offen und begeisterungsfähig, aber auch die anderen drei hatten alle intensiv mit künstlichen Intelligenzen zu tun gehabt und sich auf die Herausforderung einer Zusammenarbeit gefreut.

Im Büro angekommen sah er sich die der Mitteilung angefügten Berechnungen an und erkannte nach einer eigenen Analyse schnell, dass sie hier endlich einen Volltreffer gelandet hatten.

Sicher, es würde in anderen Forschungsabteilungen noch verifiziert werden müssen, ob sich alles so umsetzen ließ – aber dank der Arbeit dieses Unbekannten hatten sie jetzt mit hoher Wahrscheinlichkeit eine Technologie in der Hand, die sie den Atlantern im Kriegsfall gleichstellte.

Damit konnte ein Warp-Torpedo direkt auf ein Raumschiff gefeuert werden, als ob es keinen Schutzschirm gäbe, was eine vollständige Zerstörung bedeutete. Aber er erkannte sofort den anderen, wertvollen Nutzen: Darüber hinaus konnte diese Erfindung auch dafür verwendet werden, um sich unerkannt innerhalb eines, mit einem energetischen Schutzschirm gesicherten, Bereichs zu manifestieren. Hier hatte er eine Neuheit vorliegen, die, wenn sie tatsächlich funktionierte, zwei Möglichkeiten bot: den vernichtenden Einsatz im Kriegsfall und die Verwendung als Pforte, um in einen gesperrten Bereich vorzudringen.

Kopernikus übergab die Datei dem Rechnerverbund von Golem und ließ die Berechnungen des Vorschlags überprüfen. Letzten Endes lieferte das Netzwerk die Antwort, dass zu 95% mit einer Durchführbarkeit zu rechnen war.

Nach diesem Ergebnis machte sich Kopernikus auf den Weg zu seinem Vorgesetzten Morel, um ihn über alles zu informieren.

Als er eintrat, suchte Morel gerade ein paar Sachen zusammen und schaute nur kurz auf.

"Ah, Kopernikus. Es tut mir leid, aber ich bin sozusagen schon weg. Ich bin schon knapp dran und werde erwartet. Würde es Ihnen morgen um 9.00 Uhr passen?"

"Sir, von diesem Ergebnis werden Sie ganz sicher jetzt erfahren wollen", entgegnete Kopernikus und schaute Morel vielsagend an.

Morel hielt inne, musterte ihn und meinte dann ungeduldig: "Na gut, wenn Sie es bitte kurz machen könnten. Was gibt es denn so Wichtiges?"

Kopernikus gab ihm nun einen detaillierten Bericht über das, was er wusste und, je mehr er erzählte, desto interessierter wurde Morel, bis er sich schließlich setzte und seinen Terminal anschaltete.

"Haben Sie mir das schon übermittelt?"

"Es sollte bereits da sein."

Nachdem Morel selbst alles noch einmal durchgesehen hatte, nahm er Verbindung zu einem anderen Ressort auf und schickte die Unterlagen weiter.

Nach einer Viertelstunde erhielt er die Rückmeldung.

"Sie haben recht gehabt, John – das ist genau das, worauf wir gewartet haben. Meiner Frau muss ich leider absagen – das wird heute nichts mehr", murmelte er vor sich hin.

Morel wies an, dass Golem und der Nationale Sicherheitsrat informiert wurden. Außerdem sollte der Erfinder dieser Technologie zur nächsten Ratssitzung persönlich eingeladen werden.

"Was heißt das "Wir wissen es nicht"? Wer ist "H."? Finden Sie dieses Genie und das am besten noch gestern", lautete seine Ansage und Kopernikus verabschiedete sich.

Doch schnell stellte sich heraus, dass die Nachricht von einem öffentlichen Communication-Point auf dem Mond versandt worden war. Das hieß, der Absender wollte anonym bleiben. Aber es gab die Möglichkeit, eine Antwort zurückzusenden, in der Hoffnung, dass der Unbekannte sie irgendwann dort abrief.

"Wir sind auf Ihren interessanten Vorschlag aufmerksam geworden und möchten Sie zur nächsten Sitzung des Nationalen Sicherheitsrates einladen. Bitte melden Sie sich umgehend!"

Wieder zurück bei Morel stellte dieser sofort bei Golem und dem Nationalen Sicherheitsrat den Eilantrag, den Absender zu identifizieren. Normalerweise war ein anonymer Absender geschützt und nur in Ausnahmefällen konnten weitere Daten angefordert und offengelegt werden. Diese Berechtigung wollte er sich jetzt holen.

Während Morel und Kopernikus gegen Abend immer noch in seinem Arbeitszimmer saßen und auf verschiedene Rückmeldungen von weiteren Abteilungen und vom Communication-Point warteten, der die Berechtigung zur Datenfreigabe mittlerweile erhalten hatte, diskutierten sie ausführlich über die vielfältigen Einsatzmöglichkeiten der neuen Erfindung. Man hatte mit den Warp-Torpedos in der Vergangenheit gute Erfahrungen gemacht. Raumschiffe, die sich im Warp-Raum befanden, konnten damit vernichtet werden.

Allerdings waren die Wissenschaftler bisher nicht auf die Idee gekommen, aus einem Warp-Raum heraus eine weitere, automatisch höhere Dimension zu eröffnen. So etwas hatte es noch nicht gegeben. Und wer wusste schon, was das noch nach sich zog – und wie viele Dimensionen man zukünftig noch entdecken konnte! Es war bisher unvorstellbar gewesen, den Warp-Raum für Nanosekunden zu destabilisieren, damit sich ein Fenster öffnete. Dann den Antrieb eines Warp-Torpedos zu modifizieren, mit räumlichen und zeitlichen Koordinaten zu versehen…

"Ah", rief Morel aus, "jetzt wird es spannend. Der Point hat sich gemeldet. Also, dann sehen wir mal – der Absender ist … ein Han."

Morel sah Kopernikus verblüfft an. "Moment mal, der Androide, der auf der ATLANTIS seinen Dienst tut, heißt doch Han?"

"Was für eine schöne Überraschung", stellte Kopernikus fest.

"Wieder ein Androide aus der Golden Future-Reihe, so wie Sie, John", sagte Morel, immer noch erstaunt, "Respekt!"

"Ja, so wie ich selbst", entgegnete Kopernikus lächelnd.

"Gut, dann schicke ich ihm jetzt die Einladung für morgen."

Der Nationale Sicherheitsrat, Golem und das Präsidentenbüro bestätigten den Termin und damit war alles getan. Romanow, der sich ebenfalls noch im Büro befand, leitete die Information sofort an seine Frau weiter.

Und als Isis den Namen las, wer da morgen erscheinen und seine bahnbrechende Erfindung präsentieren sollte, erfüllte es sie mit Stolz. Han, der kluge Begleiter, mit dem sie auf Atlas gewesen war! Je nachdem, wie die Sitzung morgen verlief, würde sie vorschlagen, dass er sie erneut auf der Mission begleitete. Und wenn er sich bewährte, sah sie ihn zukünftig nicht mehr in der leitenden Position auf der ATLANTIS – sie würde mit ihm gemeinsam angehen, wo er sich in Zukunft sehen wollte.

Währenddessen arbeiteten alle anderen Abteilungen der USOP mit Hochdruck, unter anderem auch das Forschungszentrum des Verteidigungsministeriums. Mittlerweile schrieb man bereits Ende August und die konkreten Erfolge waren doch sehr übersichtlich, um es freundlich auszusprechen. Der Chefwissenschaftler der USOP, Justin Schwarz, raufte sich unwillkürlich die Haare, denn er kam auch nur sehr zögerlich voran.

Nach der Rückkehr der ATLANTIS hatte er sich unauffällig daran gemacht, einen noch nicht aktivierten Androiden der Golden Future-Reihe auf versteckte Zusatzfunktionen sorgfältig zu durchleuchten – aber er hatte nichts entdecken können. Die Androiden schienen sauber zu sein. Golem hatte ihm jede gewünschte Spezifikation der Baureihe zur Verfügung gestellt. Auch beim Plasmaanteil des Gehirns, der mittlerweile künstlich gezüchtet wurde, waren keine außergewöhnlichen Programmierungen erkennbar.

Dann machte er sich an den offiziellen Teil und nahm sich das Emotionsmodul vor, denn es mussten dort ein paar Änderungen vorgenommen werden.

Das Ziel bestand darin, in Poseidon und der KI Neptun verstärkt eine positive Grundstimmung zu verankern; konkret lag der Schwerpunkt also auf Emotionen wie Empathie, Mitgefühl, Zuneigung und Sympathie für die Menschen und Androiden des Planeten Erde.

Aber es gab da ein gewisses, unkalkulierbares Risiko. Das Emotionsmodul war ein einfaches Emotions-Basisprogramm für die Golden Future-Androiden und bewusst variabel gehalten, damit der zukünftige Träger auch seine eigenen, ganz persönlichen Erfahrungen machen und aufbauen konnte. War es einmal übertragen, entwickelte es sich ständig weiter im Sinne seines Trägers und war nicht mehr beeinflussbar. Zur Sicherheit waren natürlich technische Sperren eingebaut, die sogenannten Robotergesetze; diese hatten im Laufe der Jahrtausende zahlreiche Anpassungen erfahren. So durfte sich ein Androide verteidigen, wenn er angegriffen wurde, bis hin zur Tötung des Gegners. Und bisher gab es keine Fälle, in denen ein Androide von sich aus gegen Humanoide gewalttätig geworden wäre.

Aber, dachte Schwarz besorgt, im starken Konflikt mit eigenen Interessen konnte durchaus eine Gefährdung von Menschen möglich sein. Golem war da leider der negative Beweis. Diese KI besaß eine starke Persönlichkeit einschließlich eines sehr speziellen, emotionalen Speichers. Während seiner Beeinflussung durch das Schadprogramm als Apollo hatte er lange Zeit in seinem ureigenen Interesse gehandelt und nur noch scheinbar zum Wohle der Menschheit, was fast die Vernichtung unzähliger Menschen bedeutet hatte. Mit der Beseitigung der Ursache im Jahre 10.000 ergab sich zwar ein deutlicher Wandel zum Positiven – aber Schwarz fragte sich dennoch, ob er dem Frieden trauen durfte, denn er hatte die ungewisse Ahnung, dass sich Golem etwas von der gegenwärtigen Situation versprach. Es war sehr schwer einzuschätzen, denn Golem war eine Persönlichkeit, die niemanden in seine Karten schauen ließ. Isis und Athena dagegen waren wesentlich offenere Persönlichkeiten. Justin Schwarz seufzte unwillkürlich, denn ausgerechnet Isis schien von dieser Maschinenwelt auf Atlas angezogen zu fühlen!

Das Ganze musste einfach funktionieren, denn an ein Misslingen mit der daraus folgenden Übernahme durch Poseidon und sein Imperium mochte er gar nicht erst denken.

Schwarz setzte sich an den Tisch und ließ sich zur Ablenkung mit dem Institut für Tarn- und Abschirmungstechnologie verbinden.

"Hy Justin, wunderbar, dass du dich meldest – das trifft sich gut."

Der zuständige Leiter, Professor Alex Unfug, schien bester Laune zu sein.

"Uns ist ein entscheidendes Update in der Tarnung gelungen und – halt dich fest - wir haben den Prototyp eines Models bereits erfolgreich getestet. Gemäß den Daten, die uns von Isis, Athena und Han zur Verfügung gestellt wurden, ist es uns gelungen, die perfekte Täuschung zu entwickeln!"

"Das klingt ja phantastisch", murmelte Schwarz, etwas neiderfüllt. Der Kollege schien ja in einem Erfolgstaumel, der ihm selbst gerade abging.

"Das kann man wohl sagen. Die neue Tarnung gaukelt den Atlantern vor, ein Teil ihrer Flotte zu sein und es kommuniziert mit der Leitstelle, als sei es dort beheimatet. Visuell klappt das bestens und selbst ein Scannen des Schiffes wird nur die Daten liefern, die genau das bestätigen. Eine Entdeckung ist nach den ersten Tests fast unmöglich. Ich brauche noch deine Zustimmung und dann werden wir morgen den ersten Praxistest innerhalb der Flotte der USOP angehen."

"Glückwunsch, Alex, mein O.K. habt ihr. Sag mal, können damit auch Schlachtschiffe wie die ADMIRAL RÖTTGER oder die ATLANTIS ausgestattet werden?"

Es entstand eine Pause. "Nein, ich denke, das geht nicht. Die Energie, die man für so große Schiffe benötigt, muss enorm sein. Die kann zwar von einer ADMIRAL RÖTTGER erzeugt werden, aber dieser Vorgang verursacht gleichzeitig eine so starke Emission, dass die Tarnung allein deswegen auffliegen würde. Nein, wir können maximal einen kleinen Raumgleiter damit versehen. Und, wie schon gesagt, der Praxistest steht noch aus", erwiderte Unfug.

"Gut, wenn bei dir morgen alles klargeht, wäre das ein gewaltiger Erfolg", stellte Schwarz fest. "Schick mir bitte die bisherigen Ergebnisse – und komm am besten selbst zur Präsentation in die Sitzung des Nationalen Sicherheitsrats. Das wäre allerdings schon morgen. Darüber hinaus findet dort eine Vorstellung einer anderen Erfindung statt, die davon handelt, gegnerische Abschirmungen zu überwinden. Wir dürfen also gespannt sein!"
"Das klingt ja hochinteressant. Welche Abteilung will sich denn da einen Namen machen?"
"Keine, die wir kennen", lachte Schwarz. "Es ist ein diensthabender Androide eines unserer Raumschiffe …"
Nach einer unmerklichen Pause erwiderte Unfug ernst: "Wer hätte das gedacht! Wenn das so weitergeht, wachsen sie uns noch über den Kopf, Justin."
"Mach dir keine Sorgen, Alex, das sehe ich nicht kommen. Letzten Endes haben wir es in der Hand, wie wir unsere Zukunft mit unseren klugen Helfern gestalten", wehrte Schwarz bestimmt ab. "Nochmal zurück zu deinem Projekt: Bitte allerhöchste Priorität bei den Praxistests. Wenn sich irgendwelche Militärs stur stellen, gib mir Bescheid. Ich kümmere mich darum."
"Die Firma dankt, Justin", entgegnete Unfug erfreut, "dann sehen wir uns morgen."

Am nächsten Morgen um 9.00 Uhr hatten sich der Nationale Sicherheitsrat sowie verschiedene Gäste im Konferenzsaal versammelt.
Neben dem Präsidenten, den Gouverneuren und der Verteidigungsministerin, sowie Golem, Isis und Athena waren auch viele Wissenschaftler anwesend, die sich allesamt einen renommierten Namen auf dem Gebiet der

Antriebswissenschaft gemacht hatten oder im Bereich der Tarntechnologie arbeiteten.

Der Chefwissenschaftler der USOP, Justin Schwarz, eröffnete nach einem Nicken von Präsident Romanow die Sitzung und fasste sich in seiner Einleitung ungewohnt kurz.

"Ladies und Gentlemen, wir haben heute zwei wichtige Projekte, die vorgestellt werden und uns ein gutes Stück weiterbringen könnten. Ich bitte als erstes Han, leitender Androide auf der ATLANTIS, uns sein Projekt vorzustellen."

Schwarz machte eine Geste und sah Han vielsagend an. Gespannt und erwartungsvoll richtete sich alle Augen auf einen Androiden, den zuerst niemand so richtig bemerkt hatte. Dezent gekleidet mit gutgewachsener Figur, dunklen, kurzen Haaren und braunen Augen erhob sich dieser eilig und begann nach einer kurzen Begrüßung mit seinem Vortrag.

Auf der Informationswand im Hintergrund erschienen sofort Formeln und Diagramme, die seine Erklärungen untermauerten. Er berichtete, wie ihn eine zufällige Beobachtung einer Unregelmäßigkeit des Warp-Antriebs, die auf der ATLANTIS beim Einsatz in der Zwerggalaxie aufgetreten war, auf die Idee gebracht hatte. Als das Raumschiff in der Sonnenkorona verborgen verharrte, hatte eine ständige Bereitschaft geherrscht, um bei Entdeckung sofort zu fliehen. Dafür war der Warp-Antrieb auf Stand-By gehalten worden, was bedeutete, dass die Raumkrümmung permanent auf null bzw. neutral stand.

"Dabei bemerkte ich, dass ständig ein Flimmern im Antrieb zu sehen war. Meine Messungen zeigten, dass das ständig erzeugte Warp-Vorfeld im Kern eine Instabilität aufwies. Als wir auf die Mondbasis zurückkehrten, wurde

die ATLANTIS routinemäßig auf den Kopf gestellt und dabei habe ich bewusst diesen Zustand wiederhergestellt – und die Instabilität trat erneut auf. Neugierig geworden, durchforstete ich die Speicher unseres Netzwerks zum Thema "Ungewöhnliche Phänomene im Warp-Feld" und entdeckte, dass es einige wenige Berichte über das unerklärliche Verschwinden von Raumschiffen gab, die weit entfernt von ihrem Ziel oder nie wieder auftauchten. In einem Fall sagte die Besatzung aus, dass sich der Warp-Raum aufgetan und sie verschluckt hatte, um sich in der nächsten Sekunde im Normalraum wiederzufinden – an völlig anderen Koordinaten. Sie sehen hier die Berechnungen, die ich angestellt habe."
Han wies jetzt auf viele mathematische Gleichungen, die auf die Wand projiziert wurden. Es gab eine Meldung eines Wissenschaftlers mit einer Frage, die er gleichmütig beantwortete.
"Erstaunlich, wirklich ganz erstaunlich", murmelte jemand halblaut in den Raum.
"Auf dieser Basis begann ich mit Versuchen, die bestätigten, dass im Kern des Warp-Antriebs bei einer bestimmten Neutralstellung ein Warp-Feld entstand, das sich wie ein Zittern kaum wahrnehmbar entweder vor und zurück in der Raumkrümmung bewegte. Es gelang mir, diese flimmernde Instabilität zu vergrößern, sodass tatsächlich der Eindruck einer Öffnung im Feld entstand, in dem sogar einige Testkörper verschwanden. Leider zunächst auf Nimmerwiedersehen."
Stolz beobachtete Isis den Androiden. Er entwickelte sich, hatte eine Eigeninitiative an den Tag gelegt und lernte schnell. Selbst in der Kommunikation verwendete er plötzlich umgangssprachliche Ausdrücke, die dem menschlichen Publikum, das interessiert seinen Ausführungen

lauschte, sogar das ein oder andere Schmunzeln abrang. Anscheinend lag ihm das wissenschaftliche Dozieren.

"Also begann ich, Navigationsdaten in die Testkörper zu implantieren. Und siehe da - einige von ihnen erschienen an den vorgesehenen Koordinaten wieder im Normal-Universum. Aber warum tauchten einige auf und andere nicht?"

Han sah in den Saal und fuhr nach einer Gedankenpause, die die Spannung steigen ließ, fort: "Ich stellte fest, dass die Testobjekte, die wieder auftauchten, das erst ab einer gewissen Energiestufe bzw. Größe der Öffnung taten. Meines Erachtens ist also eine höhere Dimension Voraussetzung, damit ein Testkörper wieder im Normalraum auftauchen kann. So ist davon auszugehen, dass der Zugang zu einer höheren Dimension erst entsteht, wenn ein definiertes Minimum an Energie zur Entstehung des Warp-Raumfensters eingesetzt wird."

Erneut gab es eine aufgeregte Meldung, die Han ruhig beantwortete.

"In dem Moment, in dem ich das eben erwähnte Energielevel einsetzte, landeten alle Testobjekte genau an den programmierten Zielpunkten und das ohne jeglichen Zeitverlust. Weiter gelang es mühelos, die Testkörper in getarnte Bereiche zu positionieren."

Ein Raunen unter den Wissenschaftlern ließ Han innehalten.

"Das klingt hervorragend", meldete sich Stella Armstrong. "Würde man stattdessen also einen Torpedo verwenden, der sich im abgesicherten Bereich eines Objekts manifestiert, wäre es mühelos zerstört worden, richtig? Sollte das der weiteren Überprüfung standhalten, dann stellen die energetischen Schutzschirme und Barrieren der Atlanter nicht länger ein Hindernis dar."

"Das ist korrekt. Ich bedanke mich für Ihre Aufmerksamkeit", endete Han und setzte sich.

Es herrschte einen Augenblick lang eine eigenartige Stille und Isis erkannte in den Gesichtern der Menschen die unterschiedlichsten Gefühle. Schließlich kam diese außergewöhnliche Erfindung aus keinem angesehenen Forschungsinstitut, von keinem der namhaften Wissenschaftler, sondern von einem einfachen Androiden, dem das wohl niemand zugetraut hätte.

Spontan erhob sich Romanow und klatschte kräftig Beifall, in den erst zögernd und dann nach und nach der ganze Saal einfiel. Dann sagte er: "Wir danken Ihnen, Han, für diese herausragende Arbeit, die uns fraglos und in einer Weise weiterbringen wird, die wir heute noch gar nicht in vollem Umfang ermessen können. Im Anschluss an die Sitzung werden wir besprechen, wie sich die weitere Zusammenarbeit mit Ihnen gestalten wird."

Isis sah zu Romanow auf und nahm wieder einmal wahr, wie sehr sie ihn liebte. Sie hatte ihn einst als Ex-Präsidenten in einer anderen Zeit kennengelernt, als er Mitglied einer geheimen Bewegung war, die sich für das unsterbliche Leben einsetzte und war sofort interessiert an ihm gewesen. Begonnen hatte ihre Beziehung durch ihre Neugier am Paarungsverhalten der Menschen. Danach hatte sie durch seine bedingungslose Zuneigung das Potential ihres eigenen Emotionsprogramms mehr und mehr entdeckt – und damit auch sich selbst. Heute unterstützte er sie und ihr Anliegen vorbehaltlos und hatte gerade wieder einmal das Richtige getan. Für viele Menschen ging die Entwicklung der Gleichstellung von Androiden und Menschen jedoch zu schnell – aber heute war ein großer Erfolg erzielt worden. Han's Augen glänzten und sie wusste, dass er sich über diese Anerkennung freute.

Justin Schwarz, ihr Schöpfer, moderierte jetzt eine beginnende Diskussion über Han's Resultate, die nach weiteren Fragen und Einwänden schnell darin mündete, dass die Wissenschaftler die Versuchsergebnisse als so vielversprechend ansahen und schon begannen, von einer Revolution der Raumfahrt zu sprechen. Dass Raumschiffe in Nullzeit an jedem beliebigen Ort in jeder Galaxie auftauchen konnten, das war bisher nur Science-Fiction gewesen.

Schließlich meldete sich Golem zu Wort: "Zweifellos handelt es sich hier um eine bedeutende Erfindung, die allerdings noch in den Kinderschuhen steckt. Die Energie, die wir heute erzeugen können, begrenzt die Größe der Objekte. Mehr als die zweifache Torpedogröße ist mit hoher Wahrscheinlichkeit nicht machbar – auf der Grundlage der heutigen technischen Erkenntnisse und Möglichkeiten der USOP. Weiter besteht die Gefahr einer Rückkopplung: Je höher der benötigte Energieaufwand desto höher das Risiko der Zerstörung des Warp-Raums, und damit auch des Raumschiffs. Meinen Berechnungen nach lassen sich mehr als vier Personen - oder die entsprechende Größe als Torpedo - zurzeit nicht transportieren."

"Ich muss diese äußerst interessante Diskussion leider unterbrechen", warf Justin Schwarz ein, "denn es stehen noch andere Punkte auf der Tagesordnung. Lassen Sie uns daher bitte abstimmen. Sind wir uns einig, dass diese bahnbrechende Erfindung im großen Rahmen getestet und validiert wird?"

Das Ergebnis zeigte sich schnell, denn es erhoben sich sämtliche Hände aller Anwesenden, was Schwarz festhielt.

"Dann darf ich jetzt Prof. Unfug von der Abteilung Abschirm- und Tarntechnologie bitten, seine Ergebnisse vorzustellen."

Nachdem Prof. Unfug seine neueste Errungenschaft, die perfekte Tarnung eines kleinen Raumschiffs als Teil der gegnerischen Flotte, vorgestellt hatte, erntete er genauso viel Zuspruch und Begeisterung wie Han zuvor.

"Und, verehrte Anwesende, heute Morgen hat der erste Praxistest innerhalb der USOP-Flotte begonnen und, wie mir gerade übermittelt wurde, ist es ein voller Erfolg! Weitere Test folgen selbstverständlich", schloss er hochzufrieden seinen Vortrag und setzte sich unter dem sofort einsetzenden, donnernden Applaus.

"Ladies and Gentlemen, wir haben in kürzester Zeit einen Meilenstein erstellt! Eine Erfindung, wie wir einen Torpedo oder ein Raumschiff ohne Zeitverlust innerhalb eines Schutzschirms auftauchen lassen können und dann eine Tarnung, mit der wir uns in den Reihen des Gegners unerkannt bewegen können. Sehr gute Arbeit, Prof. Unfug, Han", übernahm Verteidigungsministerin und Vizepräsidentin Armstrong. Und Justin Schwarz fügte lächelnd an: "Wenn wir in diesem Tempo vorankommen, dann sehe ich unser Ziel, in zwei Jahren diesen Außerirdischen Auge in Auge gegenüberzustehen und "Guten Tag!" zu sagen, als bewältigbar an. Lassen Sie uns jetzt die nächsten Schritte diskutieren und festlegen."

Nach weiteren Debatten fasste Schwarz die Ergebnisse schließlich zusammen: "Wir müssen mit mindestens zwei bis drei Monaten rechnen, bevor die beiden, hier vorgestellten, Erfindungen die nötige Sicherheit haben, um ohne Gefahr für die Besatzung eingesetzt zu werden. Ich gehe davon aus, dass wir bis spätestens Dezember alles fertiggestellt haben. Die Mission Atlas könnte dann z.B. am 15. Januar 10.003 starten."

Jetzt meldete sich Golem noch einmal zu Wort: "Ich schlage vor, einen Torpedo nur im Notfall einzusetzen; wir sollten die neue Technologie als Trumpf in der Hinterhand behalten. Natürlich habe ich mich gefragt", sagte der Android jetzt betont und sah sich um, "ob uns die Schöpfer nicht abhören, beobachten oder ähnliches. Wir wissen, dass sie und das Imperium Atlas uns noch gewaltig überlegen sind und kennen noch längst nicht ihr ganzes Potential."

Ein Murmeln im Raum bestätigte ihn und es zeigten sich sofort einige sorgenvolle Gesichter. Ein fast zufriedenes Lächeln zeigte sich in Golems ausdrucksvollem, klassisch schönen Gesicht, das noch immer leicht an die griechische Gottheit Apollo erinnerte, wenngleich auch mit sehr neuzeitlicher Frisur.

"Wie manche von Ihnen zur Kenntnis genommen haben, beginnt der Planet 9, den wir jetzt als Ursprungsort der Schöpfer ansehen können, zu verblassen. Es scheint sich ein Schleier über ihn zu legen. Jegliche Versuche unsererseits, einen weiteren Kontakt herzustellen, sind misslungen. Daher gehe ich davon aus", und wieder sah sich Golem bedeutsam um, "dass sie sich auf ihre Art und Weise zurückgezogen haben. Die Menschheit und ihre Schöpfungen haben also mit sehr hoher Wahrscheinlichkeit die Zeit von zwei Jahren, um unbeeinflusst die gestellte Aufgabe zu bewältigen."

Golem nickte den Anwesenden zu und setzte sich gemächlich, um interessiert die Reaktionen zu beobachten.

Die Erleichterung war spürbar, wenn auch nicht überall.

"Oder Poseidon übernimmt bis auf weiteres die Regie in unseren Galaxien und diese Schöpfer werden erst erscheinen, wenn wir die, in ihren Augen nötige, Reife haben… na danke!", sagte jemand laut.

Chefwissenschaftler Justin Schwarz griff jetzt ein: "Golem hat uns sicherlich berechtigt erinnert, dass wir es mit einem überlegenen Gegner zu tun haben, den wir nicht kennen. Aber er hat uns gleichzeitig auch darauf hingewiesen, dass wir aller Wahrscheinlichkeit nach in dieser Zeit keiner Beobachtung unterliegen werden."

Nachdem wieder Ruhe eingekehrt war, wandte sich Schwarz an Golem: "Sie haben einen Vorschlag erarbeitet, wie eine Mission nach Atlas gelingen könnte." Schwarz sah Golem jetzt direkt an, der jedoch unbewegt seinen Blick erwiderte und ruhig sitzen blieb.

"Wenn Sie so freundlich sind, uns denselben nun vorzustellen?" Leicht irritiert und beginnend genervt stellte er fest, dass man Golem heute alles aus der Nase ziehen musste; dazu schien es ihm wohl Spaß zu machen, sich in Szene zu setzen!

Golem nickte gewichtig und begann: "Die ADMIRAL RÖTTGER erhält routinemäßig jedes Jahr Anfang Januar ein alljährliches Update auf den neuesten Stand der Militärtechnik im Raumflughafen der Erde. Mr. Smith selbst hat sein Quartier im nahegelegenen Forschungsinstitut der USOP. Um keinen Verdacht zu erregen, wird Ben Smith im Januar 10.003 ganz offiziell in einem Beiboot der ADMIRAL RÖTTGER, die er ja als Flaggschiff der Flotte und Dienstschiff des Präsidenten bestens kennt, fliehen und zwar nach Atlas, um dort um Asyl zu ersuchen.

Die Verfolgung wird die ATLANTIS übernehmen. Allerdings wird sie, bedingt durch einen angeblichen, technischen Defekt, scheinbar am äußeren Rand der Andromeda-Galaxie liegen bleiben. Dort wird Mrs. Romanow auf ihren Einsatz warten."

Golem sah Isis bedeutungsvoll an. "An dieser Stelle: Mrs. Romanows Antrag, Han zu dieser Mission mitzunehmen, steht noch aus." Dann wandte er sich wieder an sein Publikum: "Sollte Poseidon also Ben Smith nicht sofort vernichten, sondern ihm tatsächlich Asyl gewähren, dann wird Mr. Smith nach seiner Aufnahme eine zweite Nano-Drohne einspeisen, die ein spezielles, angepasstes Emotionsmodul trägt, das von Mr. Schwarz und mir zurzeit noch entwickelt wird. Da wir die Freigabecodes jetzt kennen wird die Drohne gefahrlos vordringen, bis sie die damals im atlantischen Netzwerk abgestellte Drohne erreicht hat. An diesem Punkt geht auch sie in den Ruhezustand.

Mr. Smith wird nach dem Absetzen der Drohne über einen Impuls an sein Raumschiff ein minimales Codewort an die ATLANTIS senden. Der Nachteil des Funkspruchs ist die Zeit von drei Tagen, in denen wir nicht wissen, was sich auf Atlas ereignet. Mrs. Romanow wird in dem noch zu entwickelnden Gleiter vor Ort auftauchen und sich gleichzeitig mit der Tarntechnologie von Prof. Unfug unerkannt im Orbit von Atlas positionieren, um mit den Drohnen Kontakt aufzunehmen."

Erneut wandte sich Golem Isis zu.

"Es liegt dann in Ihren Händen, Mrs. Romanow, das Emotionsmodul der Drohne in den Bereich zu steuern, in dem die KI-Neptun mit Poseidon kommuniziert und es dort an einem geeigneten Ort zu installieren."

Einen Augenblick lang sah Golem alle Anwesenden jetzt ausdrucksvoll an.

"Sollte nach zwei Wochen kein sichtbares oder spürbares Ergebnis folgen wird Mrs. Romanow zurückspringen. Währenddessen werden meine Tochter Athena und Mr. Finn Schwarz als bewährtes Team auf der ATLANTIS die

Rückendeckung bilden, um im Notfall mit dem Erfindungsreichtum, den beide in der Vergangenheit bewiesen haben, Mrs. Romanow zurückzuholen, deren Rettung Vorrang hat. Falls es nicht möglich sein sollte, Mr. Smith mitzunehmen, ist er damit einverstanden, dass er auf Atlas zurückgelassen wird."

Eine überraschte Stille legte sich auf den Raum, während alle noch über das Gesagte nachdachten.

Abschließend ergriff General Minho Zhu das Wort: "Einen Angriff auf den Planeten dürften wir selbst mit der neuen Kampfkraft der ATLANTIS kaum überleben. Dafür halte ich den Zeitpunkt noch nicht für gekommen. Zwar haben wir das Überraschungsmoment der neuen Torpedowaffe, die wir dann mit voller Stärke so einsetzen müssten, dass der Gegner gar nicht erst zum Durchatmen kommt. Allerdings, und das sehe ich genauso wie Golem, kennen wir das militärische Potential der Atlanter nicht in seinem vollen Umfang. Die Aussicht auf einen militärischen Erfolg bleibt schlussendlich ungewiss - daher befürworte ich unbedingt eine andere Strategie."

Nach einer längeren Diskussion über die Vor- und Nachteile und die Alternativen kristallisierte sich heraus, dass die Mehrheit Golems Vorschlag befürwortete. Damit war die Sitzung beendet und die Gouverneure und Gäste strebten eilig in ihre Institute und Büros, um mit den Vorbereitungen zu beginnen.

Golem, der noch sitzengeblieben war, beobachtete Isis, wie sie auf Han zuging, um ihm persönlich zu gratulieren. Fand sie wirklich Erfüllung in der Beziehung mit einem Menschen? Es sah ganz danach aus, auch wenn ihm selbst das nicht gelungen war. Und Lew Romanow? Sinnend betrachtete er den neben Isis stehenden Mann, der gerade ein paar Worte zu Han sagte. Trotz allem, was er in der Vergangenheit erlebt hatte setzte er sich offen für Androiden und ihre Gleichstellung in der Gesellschaft ein. Er war eine umsichtige, kluge und starke Persönlichkeit und seine Offenheit für ungewöhnliche Vorschläge sowie seine innovativen Ansichten machten ihn anziehend und interessant, schloss Golem. Schließlich erhob er sich, um zu seinem Gleiter zu gehen, der ihn zusammen mit Justin Schwarz zurück zur Mondbasis fliegen würde.

Lew Romanow fragte sich indessen auf der Heimfahrt zur Suite, wieviel Glück die Menschheit wohl dieses Mal benötigen würde, um alles gut zu überstehen. Und wieder einmal fühlte er die Last der Verantwortung für Milliarden von Menschen und dazu jetzt auch noch die persönliche Sorge um die geliebte Frau an seiner Seite.

Kapitel 8 Mission Atlas

In den nächsten Wochen nach der Sitzung des Nationalen Sicherheitsrates arbeiteten alle Abteilungen der USOP und die damit verbundenen Firmen auf Hochtouren. Die Testreihe für die neue Tarnung wurde erfolgreich beendet - sie hatte ihre Generalprobe unter allen Bedingungen bestanden.

Es wurde ein neuer Gleiter entwickelt, im Aussehen dynamisch gestylt und mit dem Namen MYSTERY 1. So elegant er aussah, einen gravierenden Nachteil hatte er. Die Platzverhältnisse im Innern waren nicht gerade üppig, denn es konnten nur maximal drei Personen an Bord kommen. Doch für die Mission Atlas waren nur zwei vorgesehen: Mrs. Romanow und Han. Und es war hier von Vorteil, dass beide Androiden waren, und so konnte man sich einiges, was Menschen benötigten, wie z.B. eine Toilette, Nahrungsvorräte, Wasser etc. ersparen. Aber es waren bei der Konstruktion noch einige Probleme zu lösen, da in der relativ geringen Größe sehr viel Technik untergebracht werden musste.

Die Erfindung, die Han vorgestellt hatte, hatte sich schnell als realisierbar erwiesen. Es zeigte sich, dass in ersten, großangelegten Tests kleine Flugkörper sogar in einem Planetenschutzschirm auftauchen konnten. Darauf aufbauend wurden kompatible Torpedos entwickelt, die sich speziell für diesen Zweck einsetzen ließen: die neue Shadow-Reihe.

Dann arbeiteten viele Teams an der ATLANTIS, dem Mutterschiff, das die MYSTERY 1 mitnehmen und später im Warp-Raum in die nächste Dimension schicken sollte.

Die ATLANTIS wurde mit der neuesten Technologie der USOP upgegradet und erhielt sofort zahlreiche der neuen Shadow-Torpedos. Aber nicht nur sie: Gleichzeitig lief die

Aufrüstung der gesamten Flotte der USOP an einschließlich der planetaren Abwehrforts.

"Warum beschwert sich eigentlich niemand, dass hier Billionen von Solar in die Rüstung investiert werden? Sonst ist die Presse doch immer gerne dabei, daran Kritik zu üben", sagte Romanow mit einem Zwinkern zu Justin Schwarz, als er sich eines Tages auf der ATLANTIS mit ihm traf, um die Fortschritte zu besichtigen.

"Wenn die Mission fehlschlägt, Lew", entgegnete Schwarz mit einem Grinsen, "dann werden die Schuldigen schnell gesucht. Und in einem kannst du sicher sein: Du stehst dann als erster Kandidat auf der Liste!"

"Tja, das ist ein Nachteil dieser Position", seufzte Romanow und fügte dann spaßhaft drohend an. "Andererseits kann ich dir so jederzeit auf die Finger schauen, Justin. Und, wenn es sein muss, dich auch in die Wüste schicken..."

Schwarz lachte und meinte: "Ich weiß, du machst dir Sorgen um Isis. Ich verspreche dir, ich werde alles dreimal überprüfen, ehe ich etwas freigebe!"

Romanow hatte den vorangegangenen Tests ab und zu auch persönlich beigewohnt, soweit es ihm möglich gewesen war. Das hatte offiziell einen guten Eindruck gemacht, aber Schwarz wusste, dass er sich auch davon überzeugen wollte, dass Isis keiner noch so kleinen Gefahr ausgesetzt wurde. Aber all das täuschte beide trotzdem nicht darüber hinweg, dass sich erst später im Ernstfall zeigen würde, ob die geniale Technik das brachte, was sie sich davon versprochen hatten. Letzten Endes konnte niemand einschätzen, wie groß die Überlegenheit der Atlanter tatsächlich war – würden sie sie täuschen können?

Im Laufe des Jahres wurde die neue Technologie von Han natürlich auch dafür eingesetzt, in das abgesperrte Feld um den mittlerweile wie vernebelten Planeten 9 vorzudringen. Dafür war zunächst eine Sonde mit Koordinaten innerhalb der Barriere, die den Planeten umgab, abgesetzt worden, doch im gleichen Augenblick brach der Kontakt mit der Sonde ab. Es waren noch mehrere Sonden geschickt worden – aber das Resultat blieb jedes Mal dasselbe. Die Wissenschaftler diskutierten lange darüber, ob die Messgeräte zerstört worden waren oder ob einfach nur keine Kommunikation stattfinden konnte. In jedem Fall sprach sich der Nationale Sicherheitsrat letztendlich dafür aus, vorerst keinen Menschen auf die Reise zu schicken, da ein Überleben nicht garantiert werden konnte.

Nach monatelanger, intensiver Arbeit und Vorbereitungen konnte endlich die große Generalprobe im Dezember 10.002 stattfinden. Die MYSTERY 1 sollte mit ihrem ersten Sprung in den Orbit von Last Hope in der Andromeda Galaxie eingeweiht werden.
Also startete die ATLANTIS mit Präsident Romanow an Bord und nahm Fahrt auf. Es wurden für den Sprung zwei Androiden eingesetzt, die an Bord des neuen Gleiters den Zeitpunkt abwarteten, bis das das Mutterschiff auf Warp-Geschwindigkeit ging. Und dann war es soweit.
Schwarz gab den Befehl, den Hangar zu öffnen und den Gleiter zu starten. Pfeilschnell schoss er heraus – und innerhalb von wenigen Sekunden schien das kleine Raumflugzeug wie verschluckt.
"Soweit, so gut. Es hat funktioniert", stellte Schwarz erfreut klar. "Dann sehen wir mal, wer bei Last Hope auf uns wartet."

"Man sieht leider so gar nichts", murmelte Finn Schwarz, der neben Athena stand und angestrengt den Bildschirm musterte.

"Nein, das ist leider nicht möglich", sagte Schwarz lächelnd zu seinem jüngeren Vorfahren.

"Ich kann nur anhand der Messinstrumente darauf schließen, dass alles wie geplant verlaufen ist. Sieh mal hier", Schwarz deutete auf den Verlauf einer Aufzeichnung.

"Das sind die Emissionen, die anzeigen, dass ein gewaltiges Energiefeld erzeugt wurde. Kurz darauf ist die MYSTERY 1 verschwunden. Daraus schließen wir, dass sie in eine andere Dimension übergetreten ist. Wir werden jetzt in den Normalraum zurückkehren – und wenn wir Erfolg gehabt haben, hören wir es gleich."

Kurz darauf kam auch schon die Meldung aus der Zentrale, dass eine Nachricht von der MYSTERY 1 aus der Andromeda Galaxie eingetroffen war.

Spontan gab es Beifall und Jubelrufe in der Zentrale. Die monatelange Arbeit hatte sich gelohnt! Die letzten Vorbereitungen für die Mission wurden jetzt motiviert in die Wege geleitet, um noch vor dem Jahreswechsel fertig zu werden.

Aber es erwartete alle noch eine Überraschung der besonderen Art. Anfang Januar 10.003 wurde der Nationale Sicherheitsrat auf Antrag von Golem kurzfristig einberufen.

Darüber waren nicht alle erfreut gewesen und so mancher war dafür eigens vorzeitig aus seinem Urlaub zurückgekommen.

"Ich war der Meinung, dass wir alles im Dezember besprochen hatten", sagte Armstrong etwas knurrig gerade zu Romanow.

"Golem hat einen Antrag gestellt, um uns etwas mitzuteilen … das hätte er genauso gut eine Woche später tun können, wenn wir uns sowieso zur Endbesprechung getroffen hätten", ergänzte Amar Nath, Gouverneur des Planeten Mars, ebenfalls verstimmt, der gerade bei den beiden stand. "Meine Frau war nicht amused, das kann ich Ihnen sagen. Mr. President, wissen Sie etwas darüber? Sie sitzen doch sozusagen an der Quelle..." Dabei sah er ihn vielsagend an.

Romanow dachte für sich, dass Isis zwar als seine Frau und First Lady akzeptiert war, aber immer noch gab es genug Menschen, für die seine Beziehung mit einer Androidin ebenso unvorstellbar wie undenkbar war.

"Nein, Mr. Nath, damit kann ich Ihnen nicht dienen. Ich erfahre zwar viel, aber niemals alles. Wie Sie sicher auch wissen – Frauen pflegen ihre Geheimnisse", entgegnete Romanow lächelnd und zwinkerte ihm zu.

Gouverneur Nath sah ihn etwas verdutzt an und murmelte leise: "Wohl wahr, wohl wahr."

"Es ist Zeit", unterbrach Armstrong das Geplänkel resolut, "lassen Sie uns unsere Plätze einnehmen."

Gerade hatten sich alle gesetzt, als Golem den Raum betrat – und mit ihm ein weiterer Golem!

Nach dem ersten Schock erhoben sich schnell Stimmen.
"Was soll das?!"

"Das wurde nicht genehmigt – unerhört!"

Jemand lachte laut los: "Jetzt haben wir zwei ultrakluge Androiden – aber wer ist der Echte? Es kann sich wirklich keiner über Langeweile in unseren Sitzungen beklagen, was für ein Spaß!"

Aber im Großen und Ganzen besaßen die meisten nicht so viel Humor und die Stimmung wurde schnell eisig.

Romanow eröffnete die Sitzung.

"Ladies and Gentlemen, erst einmal ein herzliches "Willkommen im neuen Jahr". Und nein, ehe Sie auf mich losgehen – ich wusste von alledem nichts. Aber jetzt übergebe ich das Wort gerne an Sie, Golem."
Golem hatte sich gesetzt, während seine Kopie an der Eingangstür stehen geblieben war. Sein kantig männliches, gutaussehendes Antlitz, um das ihn schon so mancher beneidet hatte, umspielte ein Lächeln - er schien leicht amüsiert zu sein.
"Ich bedaure die Ungelegenheiten, die Sie hatten. Aber das, was ich Ihnen heute vorstellen möchte, wäre für das Missions-Endgespräch kommender Woche nicht passend gewesen. Leider war es mir nicht früher möglich."
Viele starrten Golem jetzt mehr oder weniger steinern an und Romanow ahnte, dass diese Sitzung nicht einfach werden würde.
"Darf ich Ihnen mein zweites Ich vorstellen?"
Er nickte der Gestalt am Eingang zu, die sich daraufhin verbeugte und mit Golems Stimme sagte: "Ich wünsche Ihnen ein erfolgversprechendes neues Jahr."
Danach verharrte die Gestalt regungslos.
"Ich sehe, die Überraschung ist mir gelungen."
Golem strahlte und schien seinen Auftritt unbeeindruckt zu genießen, während es im Saal allmählich zu brodeln begann.
"Was Sie hier sehen", übertönte er die Unruhe mit tiefer, angenehmer Stimme, "das ist eine Kopie meiner selbst für den Fall, dass ich zerstört werden sollte. Sehen Sie: Bisher war es immer notwendig für mich, bei Missionen sicherheitshalber zurückzubleiben, da ich ... systemrelevant bin."
Golem legte eine unmerkliche Pause ein und sah die Anwesenden bedeutungsvoll an.

"Und genau daran habe ich im letzten Jahr zusammen mit Mr. Schwarz gearbeitet, an einem Notfall-Backup meiner selbst. Diese Kopie, ladies and gents, kann mich jederzeit vertreten und meine Aufgaben übernehmen. Die Aktivierung dieses Androiden, der ein einfaches Emotionsmodul der Ihnen bereits bekannten Golden Future-Reihe besitzt, obliegt allein mir. Sollte die Wahrscheinlichkeit meiner Vernichtung unabänderlich auf der Hand liegen, wird eine Reihe von unabhängigen Netzwerken und KIs die Entscheidung treffen, einen Zugang zu einem geheimen und absolut gesicherten Speicher freizugeben. Dieser enthält eine Abspaltung meiner Persönlichkeit, sozusagen mein Ich. Danach wird automatisch der Prozess der Übertragung eingeleitet, wodurch sich die Kopie gewissermaßen zum Original wandelt. Sie sehen, verehrte Anwesende", Golem breitete theatralisch seine Arme aus, "ich bleibe Ihnen erhalten."

Wieder entstand eine Stille und Romanow sah, dass niemand so recht wusste, was er dazu sagen sollte.

"Nun gut", begann Armstrong langsam und man merkte ihr an, dass sie verschnupft war, "das ist natürlich eine ganz hervorragende Idee und Arbeit von Ihnen und Mr. Schwarz. Dennoch hätten wir es vorgezogen – und da spreche ich sicherlich für alle – wenn Sie uns vor der Umsetzung darüber berichtet hätten und nicht erst danach!"

Dieses Mal dachte Romanow nicht daran, einzugreifen, so wie er oft tat, wenn es um das Thema Androiden ging oder um Vorschläge, die einigen der älteren Gouverneure allzu fortschrittlich erschienen. Er lehnte sich gespannt zurück: Das sollte Golem ruhig alleine ausbaden. Justin würde er sich später noch vornehmen!

"Lange Zeit war es noch nicht spruchreif und ungewiss, ob wir erfolgreich sein würden", führte Golem jetzt mit bescheidener Miene an, "dazu hatten andere Projekte und Aktionen auf unseren Sitzungen Vorrang. Der Durchbruch kam erst im Dezember, daher ist es eine Neujahrs-Überraschung geworden."

Golem sah sich erneut im Raum um und mit einer Geste hin zu seinem Doppelgänger sagte er stolz lächelnd: "Sagen Sie nicht, dass diese Kopie nicht gelungen ist!"

Dieses Schlitzohr, dachte Romanow. Was sollte man dazu auch sagen. Armstrongs Einwand überging er und präsentierte eine einfache Erklärung. Die man ihm abnehmen konnte oder auch nicht.

Schließlich klatschte jemand und rief: "Bravo!", worauf sich alle anderen dazu aufrafften, ebenfalls verhalten zu applaudieren.

Als wieder Ruhe eingetreten war, hob Golem die Hand, um fortzufahren. Zur Verblüffung aller führte er jetzt seelenruhig aus, dass er vorhatte, im Januar selbst eine spezielle Mission zu unternehmen.

"Wir wissen, dass 25% der uns zugedachten Zeit verstrichen sind. Wir haben zwar bedeutende Fortschritte gemacht aber immer noch nicht den finalen Durchbruch vor Augen. Han's Technologie war ein entscheidender Schritt, doch bisher konnten wir sie nicht dafür benutzen, um in den energetischen Sperrbezirk um den Planeten 9 vorzudringen. Sie haben entschieden, keinen Menschen zu schicken – aber stattdessen werden wir einen Androiden schicken." Golem erhob sich und legte die Hand auf seine Brust. "Mich selbst."

General Minho Zhu warf sofort scharf ein: "Wie stellen Sie sich das vor?! Wir wissen immer noch nicht, was uns dort erwartet. Das Risiko einer Vernichtung …"

"... werde ich eingehen", unterbrach ihn Golem bestimmt. "Ladies and Gentlemen, ich präsentiere Ihnen heute die Mission Phönix."

Sofort erhob sich ein schnell zunehmendes Raunen, das er erneut übertönte: "Ich werde mich mit einer modifizierten Variante der MYSTERY 1, die unter meiner Aufsicht bereits gebaut wurde, über ein Warp-Fenster in die neue Dimension und dann direkt auf dem Planeten 9 manifestieren. In der Zwischenzeit steht Ihnen und den Augen der Öffentlichkeit mein Doppelgänger für alle anfallenden Aufgaben zur Verfügung."

Golem verbeugte sich leicht und setzte sich jetzt wieder.

Es herrschte eine Stimmung im Raum, die zwischen Bewunderung, Verblüffung und starker Verärgerung schwankte.

Der kluge Androide hatte in aller Heimlichkeit die von Han entwickelte Technik modifiziert, unbemerkt in einer der Roboter-Fabriken einen Gleiter bauen lassen, damit ausgestattet und wollte allein und höchstpersönlich zum Planeten der Schöpfer vorzustoßen. Würde ihm, dem Original, etwas zustoßen, sollte seine Persönlichkeit auf seinen Doppelgänger übertragen werden. Für den Fall der Fälle würde er also weiter existieren als sei nichts geschehen!

Manche Gouverneure sahen ihn an, als würden sie sich die Augen reiben wollen oder sie bekamen einen Moment lang den Mund nicht mehr zu.

So etwas Eigenmächtiges hatten sie lange nicht mehr mit ihm erlebt; vor allem nicht mehr, seit er die Veränderung von Apollo zu Golem vor zwei Jahren vollzogen hatte. Nach seiner offiziellen Entschuldigung war Golem eher als ein angenehmer, ruhiger und besonnener Beobachter aufgetreten, der durch kluge Kommentare, Vorschläge und Analysen geglänzt hatte. Aber jetzt? War da in den Netzwerken erneut ein Schadprogramm unterwegs, das sie nicht erkannt hatten?

Auf der anderen Seite war sein Beitrag in dieser Krise unübersehbar genial. Es wurde kein Mensch einem Risiko ausgesetzt und sogar der für die Menschheit mittlerweile unersetzbare Androide hatte für letzteres selbst eine Lösung gefunden. Dadurch erhöhte sich die Chance auf einen Erfolg gewaltig.

In der darauffolgenden Diskussion wies Golem die vorgetragenen Bedenken der Mitglieder genau damit zurück, dass alle Vorkehrungen getroffen waren. Seinen Argumenten konnte niemand etwas Grundlegendes entgegensetzen, denn es geschah zum Wohle aller und allmählich versiegte der Widerstand, wenn auch ein unangenehmer Nachgeschmack verblieb. Und nach dem Schlusssatz von Golem mit dem ihm eigenen Humor herrschte endgültig Stille: "In den Speichern der Geschichte der Erde habe ich ein passendes, uraltes Sprichwort gefunden, das besagt, dass zwei Eisen im Feuer besser sind als eines. Die Mission Atlas und die Mission Phönix stehen bereit – und es dürfen gerne Wetten abgeschlossen werden, welche Mission früher in die Ziellinie einläuft."

Golem hatte sie alle überrumpelt, geschickt die Einwände beiseite gefegt und auf ganzer Linie gesiegt, resümierte Romanow, als Armstrong zur Abstimmung aufrief, die sehr schnell und eindeutig beendet war. Die Aussicht auf den Erfolg, dessen Wahrscheinlichkeit sich heute verdoppelt hatte, gab den Ausschlag und der Termin seines inoffiziellen Verschwindens wurde auf den 20. Januar 10.003 festgesetzt, also fünf Tage, nachdem die Mission Atlas begonnen hatte.

Was wäre eigentlich gewesen, wenn sich der Nationale Sicherheitsrat dagegen entschieden hätte, fragte sich Romanow plötzlich, als die Sitzung beendet wurde. Er sah einigen Mitgliedern an, dass sie die gute Miene zum bösen Spiel aufgesetzt hatten; andere waren voller Lob und gingen zu Golem, um ihm zu gratulieren und seinen Doppelgänger zu bestaunen. Dann beobachtete er Stella Armstrong, wie sie gerade auf den Chefwissenschaftler der USOP Justin Schwarz zusteuerte, der sich sicherlich gleich böse Rüffel anhören musste.

Später am Abend zurück in der Suite wartete Isis bereits auf ihn. Sie saß auf der Couch und hatte seinen Lieblings-Abendsnack auf dem Tisch bereitgestellt. Ihr langes, blondlockiges Haar fiel sanft auf ein himmelblaues Gewand, das die Farbe ihrer wunderschönen Augen betonte. "Willkommen", lächelte sie und Romanow dachte nicht zum ersten Mal, dass er um nichts in der Welt mit anderen Männern tauschen wollte. Erfreut setzte er sich neben sie, nahm sie liebevoll in den Arm, um sich dann bequem mit ihr zurückzulehnen und von den Neuigkeiten des Tages zu berichten.
"Es war unglaublich, mein Engel", endete er gerade, "es war als wäre Apollo auferstanden. Sag mal, habt ihr beide davon gewusst?"
Nach einer kurzen Pause, in der sie Athena kontaktierte erwiderte Isis: "Nein, weder ich noch Athena."
Romanow spielte nachdenklich mit ihrem Haar und entschied nach einer Weile, den beiden zu glauben. Isis stand nach wie vor mit Golem auf neutralem, aber auch distanziertem Fuß. Einzig Athena hätte vielleicht noch davon wissen können.

"Haben wir etwas übersehen?", fragte er gedankenverloren.

"Du meinst, ob wieder ein Schadprogramm aktiviert wurde? Ich halte es für unwahrscheinlich. Dafür existieren laut Athena keine Hinweise oder Auffälligkeiten."

"Ich traue ihm einfach nicht", entschied Romanow. "Warum hat er uns vorher nicht informiert?! Er hätte vermutlich sowieso die Genehmigung erhalten. Stattdessen handelte er völlig eigenmächtig und zog eine Show ab, die sich sehen lassen konnte. Was ist nur los mit ihm?"

Isis drehte sich in seinem Arm, um ihn ernst anzusehen. "Es besteht die Möglichkeit, dass die Atlanter die Erde überwachen – in dem Fall wäre sein Vorhaben bekannt geworden."

Romanow musterte sie verblüfft: "Ich kann nicht glauben, was ich da höre. Mein Schatz, wenn es so wäre, dann gälte das ebenso für die Mission Atlas. Du musst dir schon etwas anderes für mich einfallen lassen."

"Mein kluger Ehemann", stellte Isis fest und legte sich in seine Arme zurück. Im Grunde verstand sie Golem. Sie hatte ihn als selbstherrlichen Apollo kennengelernt und es war ihr klar, dass er als Golem nicht alle Wünsche und Ziele aus den Augen verloren haben konnte. Im Grunde hatte es sie mehr erstaunt, dass er die ganzen zwei Jahre so zurückhaltend gewesen war. Nun zeigte er wieder mehr von seiner alten Persönlichkeit. Sie konnte sich gut vorstellen, dass er von den Schöpfern fasziniert und angezogen war. Allerdings würde er die Menschen das nicht unbedingt unter die Nase reiben.

"Das ist höchstwahrscheinlich der Fall", sendete Athena als Bestätigung, mit der sie noch verbunden war. *"Mein Vater spricht von einer unendlichen Langeweile, die ihn*

befallen hat. Er hat den Wunsch, wieder etwas zu bewegen."

"… und damit wieder im Mittelpunkt zu stehen", ergänzte Isis und lächelte unwillkürlich.

"Du lächelst? Woran denkst du?", fragte Romanow, dem das nicht entgangen war. "Was tauscht ihr beide da gerade aus?"

"Seine Mission ist bemerkenswert. Und er könnte damit tatsächlich einen bedeutenden Erfolg erzielen. Also worüber beklagt ihr euch?"

Verdutzt setzte sich Romanow auf und starrte sie unmutig an: "Was ist los? Bis du jetzt plötzlich auf seiner Seite? Die ganze Zeit sprechen wir darüber, dass er vermutlich immer noch geheime Ziele hat und in seinen Androiden vielleicht sogar etwas implantiert hat, von dem wir nichts wissen. Heißt du wirklich gut, dass er uns im letzten Jahr hintergangen hat?!"

Isis sah ihn undurchdringlich an und sagte dann entschieden: "So darfst du das nicht sehen."

"Doch, mein Schatz, genau so sehe ich es", unterbrach er sie zunehmend verärgert. "Golem hat keine Genehmigung beantragt, sondern hat hinter unserem Rücken ein eigenes Raumschiff bauen lassen, Han's Erfindung ohne unser Wissen modifiziert und eingebaut. Das ist nicht hinnehmbar."

Isis betrachtet ihn jetzt kühl. "Ich stehe nicht auf seiner Seite, Lew, wie kannst du mir das unterstellen?! Dennoch sage ich: Golem bietet sich mit seiner Mission euch an und das zum Wohle der Menschheit, einer Menschheit, die nicht bereit war, selbst dieses Risiko einzugehen. Ich nenne deine Vorwürfe und Bedenken gegen ihn einfach nur kleinlich."

Wie zwei Kampfhähne saßen sie sich nun gegenüber, stellte Romanow fest, jeder auf seinem Standpunkt beharrend, während er in ihre funkelnden Augen sah.

"Hör mal, davon hatte ich schon in der Sitzung genug", begann er vorwurfsvoll, "Zankerei und Missstimmung. So hatte ich mir den Abend mit dir nicht vorgestellt."

"Das hast du selbst herausgefordert", erwiderte Isis streitlustig und sah ihn unbewegt an.

"Das ist nicht richtig und das weißt du genau", konterte Romanow, der sich die Butter nicht vom Brot nehmen lassen wollte. "Ich wundere mich, dass du sein Verhalten so vorbehaltlos hinnimmst, ganz nach dem Motto "Der gute Zweck heiligt die Mittel". Dass das Ergebnis seiner Arbeit ganz hervorragend und sein Angebot wirklich der Ehre wert ist, bestreitet niemand. Deswegen wurde es ja auch angenommen …"

"Und das zu Recht", sagte Isis eisig.

Warum sie gerade so stur war, entzog sich seiner Kenntnis. Während er sie still musterte, ging ihm spontan durch den Sinn, dass da war noch mehr sein musste - was sie ihm nicht mitteilen wollte. Eigentlich typisch menschlich … da wurde der große Streit vom Zaun gebrochen, um etwas anderes zu verdecken. So würde er nicht weiterkommen. Aber was es auch immer war, früher oder später kam es sowieso heraus.

Romanow seufzte schließlich: "Lass uns nicht so lange streiten. Du hast deine Meinung und ich meine, o.k., ich akzeptiere das. Wir haben nur noch 10 Tage und dann muss ich dich wieder einmal gehen lassen, meine allerliebste Ehefrau."

Er rückte näher, streichelte ihre Wange und fuhr durch ihre seidigen Haare. Allmählich verlor sich der unnahbare Ausdruck in ihrem Gesicht und so zog er sie sehnsüchtig an sich, um sie innig zu küssen und ging danach mit ihr ins Schlafzimmer.

Ex-Präsident Ben Smith betete förmlich den Beginn der Mission herbei. Alle behandelten ihn höflich, aber sehr distanziert, sodass er die Zeit im Forschungszentrum in der Regel allein in seinem Quartier verbrachte. Von der Ehrerbietung und der Aufmerksamkeit, die er als Präsident erhalten hatte, gab es keine Spur mehr. Dazu hatte er nach den Befragungen keine Beschäftigung erhalten und so hinterließ ihn diese Zeit des Nichtstuns unruhig. Trotz der quälenden Misshandlung durch Poseidon auf Atlas fühlte er sich dieser Welt näher als die der Menschen, auf der er entstanden war.

Damals hatte er entgegen der Warnung Poseidons die Menschheit auf bewusst dramatische Weise warnen wollen – und dafür bezahlt. Er würde diese Mission noch unterstützen und damit war seine Bringschuld gegenüber einer Nation, die ihn erschaffen hatte, erfüllt. Wenn er sich irgendwie mit Poseidon arrangieren konnte, würde er versuchen, sich auf Atlas eine neue Existenz aufzubauen.

Und endlich war es soweit: Am 14. Januar 10.003 wurde eine Meldung an die Presse gegeben, dass Ben Smith eine Flucht gelungen war. Nach offiziellen Angaben hatte er ein Beiboot der ATLANTIS übernommen und war damit entkommen.

Die Medien stürzten sich sofort darauf. In einem Interview nahm Verteidigungsministerin Stella Armstrong Stellung.

"Wie konnte das nur geschehen, Mrs. Armstrong?"

"Mr. Smith war kein Gefangener. Da er selbst um Hilfe ersucht hatte, sind wir nicht davon ausgegangen, dass er wieder fliehen würde."

"Gehen Sie davon aus, dass er nach Atlas zurückkehren wird?"

"Wir werden umgehend eine Verfolgung einleiten und ihn zurückholen oder ihn vernichten."

"Was hat er vor?"

"Darüber haben wir keine Kenntnis."

Die Öffentlichkeit zeigte sich stark irritiert – warum floh er und wohin? Immerhin war er ein Ex-Präsident und hatte der USOP fast 10 Jahre lang gut gedient. Was veranlasste ihn dazu - hatte er etwa nur scheinbar um Hilfe ersucht, hier spioniert und floh jetzt zurück zu seinen angeblichen Peinigern?

Einen Tag später auf der Mondbasis, am 15. Januar, übertrugen die Kameradrohnen von New News Today planetenweit, wie die First Lady von ihrem Mann am Hangar der ATLANTIS, die offiziell zu Smiths Verfolgung eingesetzt wurde, herzergreifend verabschiedet wurde: "Ich werde jede Sekunde zählen, bis du wieder bei mir bist … ich liebe dich." Der Präsident beugte sich vor und küsste seine Frau vor aller Augen zärtlich, die im blauen Weltraumanzug vor ihm stand. "Denk immer daran und viel Erfolg!"

Ein letzter, tiefer Blick und dann wandte er sich Athena und Finn Schwarz zu. Nicht zuletzt sprach er Han noch einmal seine Hochachtung für seine Arbeit aus und bat ihn mit einem kräftigen Handschlag lächelnd und bedeutungsvoll, die Besatzung sicher wieder zurückzubringen. Und schon schlossen sich die Schleusen der ATLANTIS hinter den Dreien und das gewaltige Kugelraumschiff startete, um im Orbit des Mondes zu der dort wartenden ADMIRAL RÖTTGER aufzuschließen.

Die Mission Atlas, die der Bevölkerung so nicht bekannt gegeben worden war, um eventuelle, feindliche Beobachter zu täuschen, hatte begonnen.

Die ADMIRAL RÖTTGER mit Stella Armstrong an Bord sollte bis Last Hope in der Andromeda-Galaxie mitfliegen und dort als weitere Rückendeckung verbleiben.

Beide Raumschiffe beschleunigten jetzt mit Volllast und, sobald sie in sicherer Entfernung zum Mond waren, wurde der Warp-Antrieb gestartet.

Am 16. Januar würden sie auf Last Hope eintreffen und die ATLANTIS sollte dann sofort bis an den Rand der Andromeda-Galaxie weiterfliegen, um dort auf das Codewort von Ben Smith zu warten.

Lew Romanow wollte ursprünglich an Bord der ADMIRAL RÖTTGER sein, aber der Nationale Sicherheitsrat hatte sich dafür ausgesprochen, dass er als Präsident auf der Erde Präsenz zeigte und durch sein umsichtiges Auftreten der Bevölkerung Mut und Zuversicht vermittelte. Gedankenverloren und schweren Herzens sah er zu, wie sich die ATLANTIS majestätisch in die Lüfte erhob. Isis hatte sich ihm nicht offenbart und eine hartnäckige Ahnung sagte ihm, dass es mit ihrer Faszination für die Maschinenwelt zu tun hatte. Er wusste, dass sie ihn liebte, so, wie eine Androidin eben liebte – aber würde es genug sein, um zurückzukehren? Und so nahm er kaum wahr, wie jemand neben ihn trat, sich zu ihm beugte und leise sagte: "Wenn Sie mir bitte folgen? Ich habe Ihnen etwas mitzuteilen. Und danach wartet eine Überraschung auf Sie."

Romanow wandte sich langsam der Person zu und schaute verdutzt in die schimmernden, stahlgrauen Augen von … Golem! Der Androide zwinkerte ihm jetzt sogar verschwörerisch zu und ergänzte: "Mrs. Armstrong ist bereits seit längerem eingeweiht."

Aus Romanow platzte es gereizt heraus: "Golem, ich bin absolut nicht in der Stimmung für eine Ihrer Überraschungen. Und Stella Armstrong soll davon wissen? Sie wollen mir doch nicht etwa erzählen, dass ich als Präsident ahnungslos gehalten werde, aber für alles den Kopf hinhalten darf?!" Unmutig sah er ihn an.

Golem lächelte bedeutungsvoll: "Sie müssen nicht alles wissen, Mr. President, aber ein wenig mehr Vertrauen in Ihre Mitstreiter haben. Kommen Sie, gehen wir zu meiner Suite. Hier ist nicht der passende Ort für das, was ich Ihnen sagen will."

Doch Romanow wich nicht von der Stelle, während er Golem unbewegt anstarrte. Zu seinem Unmut gesellte sich eine starke Entrüstung, die sich mit einer Verblüffung mischte. Ausgerechnet Golem sprach von Vertrauen! Und dieses ungewöhnliche Entgegenkommen ... was sollte das denn werden?!

Schließlich gab er sich einen Ruck und nickte nur knapp: "Gut, gehen wir."

Auf der Fahrt zu Golems Apartment, das sich nicht weit entfernt befand, entschied Romanow, dass er nicht vorhatte, sich von diesem klugen und listigen Androiden einwickeln zu lassen, egal, wieviel Honig er ihm um den Mund zu schmieren gedachte.

So gewappnet betrat er an Golems Seite ein imposantes Gebäude, seinen Stammsitz auf der Mondbasis, und begleitete ihn durch die prächtige Empfangshalle, die immer noch die Erinnerung an damals wachrief, als er Isis nach ihrer Wiedererweckung in Empfang nahm und Golem ein letztes Mal als Rivale um sie konkurrierte.

Nach seiner Heirat herrschte eine förmliche Stille zwischen ihnen beiden, die Begegnungen in der Öffentlichkeit waren höflich und distanziert. Im Laufe der Zeit entspannte sich ihre Beziehung mehr und mehr und mündete in einen gegenseitigen Respekt, rekapitulierte Romanow. Nun hatte Golem wohl die Absicht, ihren Kontakt mit einer persönlichen Note zu versehen!

Golems Suite, die Romanow noch nie betreten hatte, strahlte eine schlichte, aber nüchterne Eleganz aus. Und doch erweckte sie hier und dort einen menschlich gemütlichen Eindruck, der ihn erstaunte, bis sein Blick an einem kleinen Bild einer hübschen, blondgelockten Frau hängenblieb, die er sofort als Miss Blumberg erkannte. Anscheinend hatte sie es signiert und ihm als Erinnerung dagelassen …

"Ja, es war ein Versuch", hörte er Golem sagen, der seinem Blick gefolgt war. "Ich bin damals dem Rat Ihrer Frau gefolgt, den sie mir zum Abschied gab." Romanow musterte den Androiden neugierig, sagte aber nichts. Golem fügte erklärend an: "Aaliyah war auch an der Gestaltung meines Habitats mitbeteiligt, das ich danach nicht mehr verändert habe."

Nach einem weiteren, kurzen Blickkontakt fuhr er mit einer bedauernden Geste fort: "Diese Art von Beziehung mag für Isis funktionieren aber leider nicht für mich. Aber jetzt bitte ich Sie, setzen wir uns doch."

Dabei wies er auf eine kleine, exquisite Lounge – sicherlich auch das Werk von Miss Blumberg, dachte Romanow. Sie hatte einen wirklich guten Geschmack.

"Darf ich Ihnen einen Wein anbieten?"

"Nein, danke. Vielleicht später", lehnte Romanow ab und machte es sich bequem. Abwartend betrachtete er Golem, der, die Hände auf dem Rücken verschränkt, noch einige Schritte bedächtig durch den Raum schritt, um sich dann ebenfalls zu ihm zu setzen.

"Mr. President, Lew ... ich darf doch Lew sagen?" Innehaltend sah Golem Romanow an, bis dieser wortlos nickte.

"Ich möchte Ihnen jetzt einiges sagen, bevor ich auf diese Mission gehe, von der selbst ich nicht weiß, ob ich überhaupt zurückkomme. Und wer kann schon sagen, wer oder wie mein Nachfolger sein wird?"

Golem lächelte ihn verschmitzt an, doch Romanow blieb ungerührt und so wurde er wieder ernst.

"Sehen Sie, ich war damals, sagen wir ... sehr gekränkt, dass Isis Sie, einen Menschen, mir vorgezogen hatte. Nach meinem Beziehungsversuch mit Aaliyah habe ich lange analysiert, warum ihre Beziehung über alle Zeiten hinweg anhält und meine kein einziges Erdenjahr.

Die einzige Schlussfolgerung, zu der ich immer kam ist die, dass Isis eine andere Persönlichkeit entwickelt hat, obwohl sie sozusagen aus mir entstanden ist. Sie hat genau wie Athena eine starke Affinität zu euch Biologischen."

Golem sah Romanow abwartend an, der nach wie vor seinen Blick nur schweigend erwiderte.

Schließlich fuhr er fort: "Daher bin ich heute der Meinung, dass ich für Isis nie der Partner hätte sein können, den sie sich wünscht. Allerdings - und so, wie ich Sie einschätze, Lew, wissen Sie das bereits - ist in ihr eine starke Anziehung zum Imperium wach geworden. Isis hat keine Erfahrung mit einer Welt voller künstlicher Intelligenzen, Robotern und Maschinen, anders als Athena und meine Person. In diesem Punkt sind Isis und ich uns dennoch ähnlich: Ja, auch ich habe eine starke Neigung zur Maschinenwelt, wenngleich ich anerkenne, dass meine Wurzeln als auch mein Schicksal hier liegen, Hand in Hand mit euch Menschen. Daher bin ich, wie auch Isis, ein Wanderer zwischen zwei Welten."

Romanow ließ äußerlich zwar nichts erkennen, aber er spürte, wie er ihm jetzt aufmerksam zuhörte. Ein derartig offenes Gespräch hatte er noch nie mit Golem geführt – und er erkannte deutlich die Wahrheit darin.

"Ich bin der Meinung, Lew, sie wird trotz allem wieder zu Ihnen zurückkommen und ich spreche Ihnen meine Hochachtung aus, dass Sie sie ihren eigenen Weg gehen lassen. Wie auch dafür, dass Sie mich und Androiden im Allgemeinen stark unterstützt haben, obwohl ich Ihnen und Isis damals übel mitgespielt hatte, was mir heute sehr leidtut."

Golem sah ihn wieder aufmerksam an, und, als Romanow beharrlich weiter schwieg, fuhr er fort.

"Ihre Bemühungen, sich für uns künstliche Intelligenzen einzusetzen, den Vorurteilen offen entgegenzutreten, uns zu fördern mit dem Ziel, eine Art Gleichstellung mit den Biologischen zu erreichen und auch mir eine zweite Chance zu geben – all das ist mir nicht entgangen. Ihr Menschen wart uns, was Emotionen betrifft, von Anfang an überlegen. Trotz aller im Laufe der Zeit entwickelten Emotionsmodule oder einem integrierten menschlichen Bewusstsein, wie ich es in mir trage."

Obwohl sich Romanow vorgenommen hatte, distanziert zu bleiben, spürte er, wie sein Widerstand zu bröckeln begann. Dieses Gespräch war wirklich ganz erstaunlich.

"Was übrigens meiner Meinung nach zum Sieg gegenüber den Schöpfern führen wird", führte Golem weiter aus. "Meinen Bewertungen nach sind wir in diesem Punkt mit ihnen auf Augenhöhe. Ihre Technik mag noch so überlegen sein - es sind die Emotionen, die eine Existenz lebenswert machen."

Unvermutet fragte Golem: "Wie wäre es jetzt mit einem Wein?"

Ohne die Antwort abzuwarten erhob er sich, holte aus einer Anrichte eine Flasche und ein Glas, goss ein und stellte das Glas vor Romanow.

"Ich danke Ihnen", nickte er ihm zu, gleichzeitig sehr bewusst darüber, wie gut der Androide in der Lage war, eine Stimmung zu erkennen. Tatsächlich empfand er eine zunehmende Aufgeschlossenheit, dennoch wollte er sich sein gesundes Misstrauen bewahren. Also nahm er einen Schluck Wein und lehnte sich wieder zurück.

"Der Grund, warum ich die Mission Phönix durchführen werde, ist der, dass ich mich, wie ihr Menschen so passend sagt, lebendig fühlen will. Betrachten wir doch einmal, welche Position ich hier einnehme. Sicher, mir wurde ein präsentabler und hochfunktioneller, eigener Stammsitz zugestanden, ja sogar eigene Gleiter; ich bin Mitglied des Parlaments und habe einen Sitz im Nationalen Sicherheitsrat. Doch was bin ich für die meisten Bürger mehr als der bewunderte oder der verachtete Diener der Menschheit im Hintergrund? Ich wünsche mir mehr Herausforderungen für meine Existenz, Lew, Ziele, an denen ich wachse."

Bekräftigend schaute Golem Romanow einen Moment lang fest in die Augen. "Athena wiederum hat eine andere Persönlichkeit. Sie ist da, wo sie ihrer Meinung nach sein möchte und hingehört. Und deshalb wurde sie zusammen mit Finn Schwarz auf der ATLANTIS eingesetzt, als Rückendeckung für Isis und Han."

"Mmh", begann Romanow langsam, "was ist mit Ben Smith? Sie haben ihn nicht erwähnt - ist Ihr Eindruck der, dass er nicht zurückkehren will?"
"Sie haben die richtige Frage gestellt", Golem nickte anerkennend. "Ich weiß von ihm selbst, dass er es, wenn irgendwie möglich, nicht tun wird."
Romanow schaute in sein Weinglas, das er in seiner Hand hin- und herdrehte. Und da war es wieder, das nächste Geheimnis, das sich erst jetzt offenbarte. Wenn er es früher gewusst hätte … hätten er und der Nationale Sicherheitsrat Smith auf diese Mission gehen lassen? Vermutlich wären schwere und berechtigte Bedenken aufgetaucht, ob man sich auf Smith bei dieser Mission wirklich verlassen konnte. Und diese Bedenken waren nicht beseitigt, im Gegenteil. Er spürte, wie es ihm eiskalt den Rücken hochkroch.
Tief beunruhigt blickte er auf und wollte gerade ansetzen, als Golem ihm auch schon zuvorkam. "Er wird uns in dieser Mission bedingungslos unterstützen, Lew. Ben geht für uns alle ein großes Risiko ein, denn er und auch ich sind uns nicht sicher, ob er nicht schon vernichtet wird, bevor er überhaupt um Asyl bitten kann. Sollte das Manöver gelingen, wird er die Drohne absetzen und das Codewort senden. Danach ist Isis am Zug. Er wird sie bis zum Erfolg der Mission oder ihrer Flucht unterstützen. Danach, und das ist meine Meinung, hat er es sich verdient, frei zu wählen, wo er - wie die Biologischen sagen - Wurzeln schlagen möchte."
"Das ist alles schön und gut", erwiderte Romanow scharf. "Dennoch ist diese Geheimniskrämerei für mich nicht hinnehmbar. Wo Sie schon von einer Wahl sprechen, Golem, so möchte ich Ihnen ganz offen sagen, dass ich dasselbe auch für mich beanspruche. Ich will vorher wissen, mit

was ich es zu tun habe, wenn ich meine Frau auf eine Reise schicke, die sich genauso gut in eine Selbstmordmission verkehren kann. Sie sagen, wir können uns auf Smith in jedem Fall verlassen – aber das hätte ich gerne selbst entschieden."

"Das ist verständlich", sagte Golem beschwichtigend, "aber hätten Sie Ben Ihr Vertrauen ausgesprochen? Ich kenne ihn besser als jeder andere. Er ist bereit, das Hauptrisiko einzugehen …"

"Moment mal", unterbrach ihn Romanow aufgebracht, "lassen wir doch bitte nicht außer Acht, dass Sie noch eine alte Bringschuld Smith gegenüber haben, die hier sehr wohl mit einfließt. Er ist einst unter Ihrem Einfluss erschaffen worden, hat Ihnen lange Jahre sozusagen gut gedient und auch Isis Zerstörung war damals höchstwahrscheinlich einem Freibrief Ihrerseits zuzuschreiben. Sein Verbrechen bestand einzig darin, Ihnen gegenüber loyal zu sein."

Nun war heraus, dachte Romanow im gleichen Moment, als er es sagte. Und vielleicht wurde es Zeit, endlich einen reinen Tisch zu machen.

"Ganz offen gesagt, Golem, ich vertraue Ihnen nicht. Dazu gibt es viel zu viele Geheimnisse, die Sie erst dann offenbaren, wenn Ihnen der Zeitpunkt geeignet erscheint", legte er los. "Wissen Sie überhaupt, was Vertrauen wirklich bedeutet? Vertrauen kann man nur aufbauen. Ich vertraue einer Person, wenn sich zeigt, dass die Aussagen mit den Handlungen übereinstimmen. Kann ich auf Sie bauen? Ich denke ja. Kann ich mich blindlings auf Sie verlassen? Nein."

Romanow sah Golem verärgert an – jener erwiderte seinen Blick schweigend.

"Ja, diese Zeit damals war eine schlimme Zeit, an die ich nur ungern zurückdenke. Aber all das ist Vergangenheit. Sie haben sich in aller Öffentlichkeit entschuldigt und mit Ihrem Verhalten bisher bewiesen, dass Sie es ernst meinen. Ich respektiere und achte Sie Golem, aber Ihnen vertrauen?"

Romanow wandte seinen Blick erregt ab und schaute eine Weile hinaus in den Weltraum, während sich eine Stille im Raum ausbreitete, die durch nichts unterbrochen wurde. Ja, Golem hatte ihm und Isis einmal übel mitgespielt – aber überrascht nahm er jetzt wahr, dass es ihn kaum noch berührte. Auch machte sich in ihm gleichzeitig eine Erleichterung breit - es war erstaunlich, wie gut eine rückhaltlose Aussprache tat! … Sicher, es war manches nicht angesprochen worden, was noch geklärt werden musste … Aber das Gespräch hatte ihm sehr gut gefallen und augenscheinlich stellte es wohl ein Angebot von Golem an ihn dar … Wollte er es annehmen?

Langsam zur Ruhe gekommen wandte sich Romanow nach einer Weile Golem wieder zu und begann versöhnlicher: "Nun … ich gestehe, das habe ich Ihnen schon immer einmal sagen wollen und jetzt ist es heraus."

Golem erwiderte nichts und sah ihn nur undurchdringlich an. Wenn er so in sich zurückgezogen dasaß, konnte man nie einschätzen, was wirklich in ihm vorging, dachte er. Also fuhr er fort: "Ich danke Ihnen für Ihre große Offenheit, was ich wirklich sehr schätze. Und … vielleicht haben wir mit beidem einen ersten Grundstein für eine beginnende Freundschaft gelegt. Was daraus wird, das wird sich im Laufe der Zeit zeigen." Und humorvoll fügte er an: "Aber das setzt natürlich voraus, dass Sie von der Mission lebend zurückkommen!"

Dass er dem Androiden einmal die Freundschaft anbieten würde … tja, das hätte er sich früher niemals träumen lassen, erkannte Romanow mit einem leichten Erstaunen. Aber das war Vergangenheit und heute war er bereit, ein neues Kapitel aufzuschlagen.

Golem, der ihm verschlossen gegenübersaß, verlor seine Unnahbarkeit: "Das … würde mich freuen."

Romanow erhob sich spontan und streckte ihm die Hand entgegen. "Kommen Sie, dann sollten wir uns im privaten Rahmen auch duzen … wenn es dir recht ist."

Golem erhob sich ebenfalls und machte einen Schritt auf ihn zu. Die beiden Männer schüttelten sich die Hand.

Gefühläußerungen zeigte Golem in der Öffentlichkeit so gut wie nie, aber jetzt sah Romanow ihm erfreut an, dass er meinte, was er gesagt hatte.

Beide setzten sich wieder und Romanow begann nach einem weiteren Schluck aus seinem Weinglas: "Wo waren wir stehen geblieben? Ah, ja – du sagtest, wir können Smith vertrauen, dass er Isis und Han unterstützen wird."

"Das wird er. Ich weiß, du machst dir Sorgen um Isis. Ich hätte sie nicht gehen lassen, wenn ich Zweifel an Bens Loyalität uns gegenüber gehabt hätte", erwiderte Golem entschieden. "Noch einmal zurück zu mir. So groß das Risiko für mich auch sein mag, es ist das, was mich in meiner Gesamtheit als der Android, der ich bin, lebendig macht. Ich brauche wieder eine Herausforderung, Lew. Lange Zeit habe ich das empfunden, was man Langeweile nennt. Und ja, ich habe niemanden über meine Pläne informiert, vollständig übrigens noch nicht einmal Justin. Warum? Weil ich nicht 100-prozentig sicher war, ob sich der Rat auch wirklich dafür entscheidet."

"Also lieber auf Nummer sicher gehen und uns vor vollendete Tatsachen stellen", ergänzte Romanow nachdenklich. "Ich bin allerdings der Meinung, du hättest die Genehmigung erhalten, so wie du alle vor einer Woche ebenfalls überzeugt hast. Aber ich höre deine Bedenken. Viele hätten im letzten Jahr sicher noch argumentiert, dass du ein unverzichtbarer Bestandteil unserer Zivilisation bist und keinem Risiko ausgesetzt werden darfst. Diese Argumente waren ja jetzt schnell entkräftet."

Ja, vielleicht hatte Golem recht und eine Diskussion hätte sich im letzten Jahr ohne seine Vorbereitungen sehr mühsam gestaltet. So hatte er allen den Wind aus dem Segel genommen. Viele Gouverneure sahen Golem außerdem tatsächlich lieber im Background, als freundlichen, ruhigen, ausschließlich zum Wohle der Menschheit vorhandenen, allzeit verfügbaren, präsentablen und belastbaren Berater. Aber da war noch mehr, da war die Persönlichkeit Golem, die sich nach der Entfernung des Schadprogramms vor zwei Jahren mit all ihren Schatten- und Lichtseiten im Grunde wieder neu hatte finden müssen.

Romanow sah auf und ihre Blicke begegneten sich erneut. So hatte er ihn noch nie betrachtet. Und was Golem ihn heute hatte sehen lassen, gefiel ihm.

Spontan ging ihm durch den Sinn, dass das wohl der einzige Weg war, eine gleichberechtigte Partnerschaft zwischen den Menschen und Golem zu erreichen, was auch die klugen Golden Future-Androiden einschloss, die sich weiterentwickeln wollten. Die Menschheit musste sich von dem bequemen Gedanken lösen, dass eine künstliche Intelligenz nicht nur eine Maschine war, sondern auch eine Persönlichkeit, die das Recht in Anspruch nehmen durfte, sich zu entwickeln, zu entscheiden, wie sie existieren, ja, wie sie behandelt werden wollte.

Während sich beide unverändert ansahen hatte sich auf Golems ausdrucksvollem Gesicht ein Lächeln ausgebreitet, das in seinen Augen, die wie funkelnde Sterne aussahen, zu tanzen begann. Fasziniert erwiderte Romanow unwillkürlich sein Lächeln und ein Funke schien überzuspringen. Und gleichzeitig entfaltete sich in ihm das deutliche Gefühl, dass sie sich beide in diesem Augenblick wortlos verstanden.

Diesen besonderen Moment des Einklangs zwischen ihnen genießend ging Romanow durch den Sinn, wie es sich wohl anfühlen mochte, wenn man wie Golem mit anderen Androiden verbunden war … und kurz darauf formte sich aus dem Nichts heraus der Gedanke "Genauso … und anders." Ergriffen kostete er diesen außergewöhnlichen Augenblick so intensiv, wie es ihm möglich war, aus. Ein Paradoxon aus absoluter Nähe und körperlicher Distanz.

Schließlich erhob sich der Androide: "Es wird Zeit, dass du dir noch etwas anschaust, Lew. Und, wie schon erwähnt, Mrs. Armstrong weiß davon."

Erwartungsvoll ging Romanow mit Golem zu einer seiner Express-Liftkabinen, die sich im Gebäude befanden und die beide zu einem kleinen Hangar transportierte.

Neugierig sah er, dass dort einer dieser Supergleiter stand, die eine transparente, halbkugelförmige Hülle aufbauten, sobald eine Besatzung sie betrat. Und kaum hatte sich die Kugel über ihnen geschlossen startete der Gleiter und flog in Richtung Merkur.

"Herrlich", kommentierte Romanow begeistert, "ich liebe Fahrten im Weltraum, die einen so unverhüllten Blick bieten."

Beide betrachteten die kleiner werdende Erde in ihrer unbeschreiblichen Schönheit, passierten den Mars und dann ging es weiter zum Merkur, wo sie in einen unterirdischen Hangar hineinflogen, der eine der riesigen

Werftanlagen der USOP beherbergte, in der die Kugelriesen gebaut wurden. Romanow sah verblüfft, welche riesigen Ausmaße die Hallen seit seinem letzten Besuch noch vor zwei Jahren angenommen hatten.

Nach knapp 15 Minuten, in denen sie ein Schlachtschiff im Bau nach dem anderen passiert hatten, erreichten sie eine weitere Halle. Dort erblickte Romanow ein gewaltiges, tiefblaues Kugelraumschiff, auf dem in riesigen Lettern der Name EARTH ONE zu erkennen war.

Der kugelförmige Gleiter flog direkt in den riesigen Hangar dieses Raumschiffs und landete. Kaum hatte sich die Hülle des Gleiters geöffnet, wurden sie von einer Androidin im blauen Raumanzug begrüßt, die Romanow sofort als einer der Androiden erkannte, die Isis vor 1,5 Jahren im Nationalen Sicherheitsrat vorgestellt hatte, um ihr Projekt zu rechtfertigen, durch das Androiden ihren Fähigkeiten gemäß besser eingesetzt werden sollten.

"Mr. President", reichte sie ihm die Hand, "ich bin Sophia. Willkommen im neuen Flaggschiff der USOP, der EARTH ONE. Ich bin Chefingenieurin an Bord Ihres Dienstfahrzeugs."

"Sehr erfreut", lächelte Romanow und schüttelte ihr die Hand.

Dann wandte sich die dunkle, ebenmäßige Schönheit um und sagte, während ein Mann gerade eintraf und auf sie zueilte: "Darf ich Ihnen den Commander vorstellen? Admiral Leon Schneider."

Admiral Schneider salutierte und bot sofort an, den Präsidenten herumzuführen. Romanow nahm das Angebot dankend an und während der nächsten Stunde kam er aus dem Staunen nicht heraus: Das Raumschiff hatte die gewaltigen Ausmaße 2.000 Meter im Durchmesser, es hatte 30 Beiboote (in seiner alten Vergangenheit waren das die größten Schlachtschiffe der USOP gewesen!), die neueste Bewaffnung wurde ihm vorgeführt, Unmengen an Shadow-Torpedos und vieles mehr an technischen Neuentwicklungen. Einige Innovationen waren im letzten Jahr auch von den motivierten Bürgern gekommen, lachte Schneider. "Das war wirklich ein kluger Schachzug von Ihnen, Mr. President. Warum ist da nur vorher niemand darauf gekommen?!"

Was das Prachtschiff gekostet hatte, wollte Romanow gar nicht erst wissen. Aus welchen Töpfen Verteidigungsministerin Stella Armstrong die Unmengen an Solar wohl abgezogen hatte? Er nahm sich vor, in Zukunft diesen Hallen wenigstens ab und zu einen Besuch abzustatten, ansonsten wurde er langsam zum Outsider, der nicht mehr mitbekam, was unter seiner Nase ablief. Andererseits musste er sich eingestehen, dass viele Dinge auch ohne ihn gut liefen. Trotzdem würde er mit Stella Armstrong ein Wörtchen reden, wenn sie zurückkam.

"Also das war wirklich eine gelungene Überraschung", wandte er sich an Golem, der gerade mit Admiral Schneider sprach. Und so öffnete sich ein weiteres Hangar Tor und Romanow erblickte einen traumhaft schönen Gleiter, schimmernd tiefblau mit den silbernen Buchstaben DISCOVERY ONE, daneben prangte das Wappen der USOP.

"Das, Mr. President", sagte Golem nicht ohne Stolz in der Stimme, "ist der modifizierte Gleiter, der mich auf meiner Mission begleiten wird."

Beeindruckt ging Romanow darauf zu. Die Tür öffnete sich, als sie sich dem Gleiter näherten und eine wohlklingende Stimme ertönte: "Willkommen an Bord des Dimensions-Raumschiffs der USOP."

Schneider blieb jedoch vor dem Gleiter stehen und bedeutete mit einer Geste: "Nur zu, Mr. President, ich warte hier auf Sie."

Im Inneren war es allerdings mehr als eng und Romanow wurde schnell klar, dass alles auf eine einzige Person zugeschnitten war: auf Golem. Als sie wieder den Gleiter verlassen hatten, erklärte der Androide humorvoll: "Ich habe hier alles an Technik installieren lassen, was ich für nützlich erachte. Ob es nötig sein wird? Mit hoher Wahrscheinlichkeit werde ich nicht einmal die Hälfte verwenden. Aber wie ihr Menschen sagt: Man nimmt auf eine Reise immer zu viel mit."

Admiral Schneider schmunzelte und auch einige der Arbeiter im Hangar, die zugehört hatten, konnten sich das Grinsen nicht verkneifen.

"Dennoch heißt es bei dieser besonderen Mission: lieber mehr als weniger", warf Romanow entschieden ein und zwinkerte ihm dann zu. "Schließlich wollen wir Sie wohlbehalten und in einem Stück zurückerhalten."

Danach wanderten sie in die Zentrale des riesigen Raumschiffs und Golem erläuterte Admiral Schneider und Romanow sein Vorhaben. Die EARTH ONE sollte in die Nähe des neunten Planeten vorstoßen und dort zwecks scheinbarer Testfahrten vorerst verbleiben. Gleichzeitig würde sie seine Basis sein, falls es ihm gelingen sollte, wieder zurückzukommen. Die Androidin Sophia hatte die Aufgabe, die Vorgänge am Terminal zu überwachen. Es waren Peilsender entwickelt worden, die in einer neuen Dimension funktionieren sollten – zumindest war es bei den Tests so gewesen. Allerdings wusste niemand, mit was sie es hier zu tun hatten; also würde man erst sehen, wenn er unterwegs war, ob der Peilsender auch tatsächlich sein Signal durchgab. Ziel war, dass sich die DISCOVERY ONE auf dem neunten Planeten manifestierte.

Auf dem Rückflug zur Mondbasis herrschte Schweigen in der Kapsel, während Romanow die Planeten beobachtete und seinen Gedanken nachhing. Golem begleitete ihn im Anschluss zum präsidialen Gleiter, der ihn auf die Erde befördern sollte.

Als sie sich zum Abschied gegenüberstanden bat der Androide: "Ich würde mich freuen, wenn du es ermöglichen kannst, auf der EARTH ONE mit dabei zu sein."

"Also, das ist schon in vier Tagen", erwiderte Romanow. "Aber ich werde es mir gerne einrichten. Da das Flaggschiff offiziell einen Testflug macht, wird es niemanden wundern, wenn ich mit an Bord bin. Golem, ich danke dir für diesen erstaunlichen Tag!"

Beide verabschiedeten sich ungewohnt herzlich mit Handschlag und Romanow verschwand im Gleiter. Auf der Rückreise fragte er sich, wie weit dieses zarte Pflänzchen ihrer neuen Freundschaft wohl gedeihen würde. Golem war augenscheinlich sehr daran gelegen, als ihm etwas einfiel. Es war Isis, die ihm damals erzählt hatte, dass Golem wohl eine der einsamsten Lebensformen war, die sie kennengelernt hatte.

In der Zwischenzeit flog die ATLANTIS und die ADMIRAL RÖTTGER mit höchster Warp-Geschwindigkeit Andromeda entgegen.

Alle an Bord standen unter Anspannung, was verständlich war. Aber wie nicht anders zu erwarten verlief die Reise ereignislos. Keiner verschwendete auch nur einen Gedanken daran, dass sie etwas als Selbstverständlichkeit hinnahmen, von dem Generationen vor ihnen noch nicht einmal in den kühnsten Träumen zu denken gewagt hätten.

Am Nachmittag des 16. Januar erreichten sie Last Hope und nach einer kurzen Verabschiedung flog die ATLANTIS weiter an den Rand der Andromeda Galaxie. Dort ging sie in Wartestellung und gab wie geplant eine offizielle Meldung durch, dass ein Schaden am Warp-Antrieb die weitere Verfolgung von Ben Smith bedauerlicherweise unmöglich machte.

Nun blieb nichts anderes zu tun, als abzuwarten, ob Smith sich meldete in der Hoffnung, dass die Mission Atlas nicht schon gescheitert war, bevor sie richtig begonnen hatte.

Mittlerweile war die gesamte Flotte der USOP auf Alarmstufe 3 gesetzt worden und die Werften produzierten auf Hochtouren Kriegsschiffe mit den Shadow-Torpedos. Die Schutzschirme der Planeten wurden verstärkt, wohl wissend, dass sie den Waffen der Atlanter auf Dauer nicht standhalten konnten. Aber die Abwehrforts im Orbit der Planeten, die jetzt die neue Torpedowaffe besaßen, würden höchstwahrscheinlich erfolgreich sein.

Der normale Zivilverkehr lief absichtlich wie gewohnt weiter und Hofjournalist Dimitrij Wolkow berichtete wöchentlich über die besonderen Innovationen, die sich aus den Ideen der Bevölkerung ergeben hatten. Alles in allem hatte sich die Stimmung in der Bevölkerung enorm verbessert und die Zuversicht die Überhand erlangt.

In den nächsten Tagen zeigte es sich, dass die Bürger auf allen Planeten nach der Übertragung der Verabschiedung des Präsidenten von seiner Frau sehr berührt waren. Dieser Präsident der USOP und seine Androiden-Frau gaben wirklich alles für das Wohl der Menschheit! Das hatte es bisher so noch nicht gegeben.

Trotz des medialen Wirbels um seine Person und darüber hinaus die Vorstellung des neuen Flaggschiffs EARTH ONE in den letzten Tagen war Romanow immer wieder das Gespräch mit Golem durch den Sinn gegangen. Letzten Endes hatte es erstaunliche Erkenntnisse gebracht, die in ihm eine Veränderung seiner Einstellung bewirkt hatten. Ihm war jetzt sehr klar geworden, wohin er bei einer Partnerschaft von Menschen und KI steuern musste. Dann festigte sich in ihm die Entdeckung, dass Golem durch Entfernung des Schadprogramms vor zwei Jahren seine Persönlichkeit neu hatte festlegen müssen. Und anscheinend war ihm jetzt klarer, wer er war und was er wollte … Romanow schmunzelte, der theatralischen Szenen in den Sitzungen des Sicherheitsrats eingedenk. Aus dieser Sicht machte langsam alles einen Sinn. Sicher, sein eigenes, tiefes Misstrauen war noch vorhanden und es gab da einiges, worauf er ihn noch ansprechen wollte, aber er spürte, dass er jetzt Golem viel offener gegenüberstand. Und was die neue Freundschaft anging? Golem hatte damals eine Beziehung mit einer menschlichen Frau begonnen und war gescheitert, was dafürsprach, dass er versucht hatte, mit seiner Einsamkeit aktiv umzugehen. Eine Freundschaft mit ihm war vermutlich ein weiterer Versuch, erkannte Romanow. Zudem Golem selbst davon gesprochen hatte, dass erst Emotionen das Leben lebenswert machten – er selbst aber diese so gut wie gar nicht zu leben schien. Ihm gegenüber hatte er sie vor ein paar Tagen intensiv gezeigt, diese ihm innewohnende, unbändige Lebensfreude … es war ein wirklich ein außergewöhnlicher Moment zwischen ihnen präsent gewesen, den er nicht vergessen würde.

Als er mit dem präsidialen Gleiter zum sogenannten Testflug am 20. Januar 10.003 auf der EARTH ONE eintraf und von Admiral Schneider und der Crew offiziell begrüßt worden war, fand ein letztes Interview mit Wolkow statt.

"Mr. President, wie sagt Ihnen Ihr neues Dienstfahrzeug zu?"

"Es ist einfach atemberaubend", versicherte Romanow lächelnd, "was hier an Technik Einzug gehalten hat! Nicht zuletzt auch viele wertvolle Innovationen unserer Bürger, die auf dem Schiff ebenso ihren Platz gefunden haben. Ich konnte es mir einfach nicht nehmen lassen, auf einer Testfahrt mit dabei zu sein."

Wolkow verabschiedete sich bald, denn es war bereits vorgestern ausführlich über das das Flaggschiff berichtet worden. Admiral Schneider begleitete Romanow in die Zentrale, wo sich außer einigen Offizieren und Androiden noch Justin Schwarz, Golem und die Androidin Sophia befanden.

Romanow nickte den Anwesenden zu und setzte sich auf seinen Platz, während Schneider die Anweisungen zum Start gab.

Die EARTH ONE erhob sich in die Lüfte und, sobald sie den Orbit der Erde verlassen hatte, ging sie mühelos auf Warp.

Alles war besprochen und, da auch die Mission Phönix der Geheimhaltung unterlag, begleitete einige Stunden später nur eine kleine Gruppe den Androiden zur DISCOVERY ONE. Am Eingang wandte sich Golem ein letztes Mal um und schaute einen Augenblick lang Admiral Schneider, Justin Schwarz und Romanow an.

Schneider salutierte und wünschte ihm viel Erfolg, während Justin Schwarz locker auf ihn zu marschierte, um ihm auf die Schulter zu klopfen und scherzhaft grinsend zu sagen, er sollte die Ohren steifhalten. Als Letzter ging Romanow zu Golem, ergriff erst seine Hand und umarmte

ihn dann fest. "Gute Reise, mein Freund. Komm heil zurück."
Bewegt sah er, als er sich löste, wie sich eine tiefe Freude in Golems Gesicht zeigte.
Mit einem Zwinkern sagte der Androide humorvoll: "Ich werde mein Bestes geben!"
Golem drehte sich um und die Tür des Gleiters schloss sich hinter ihm.

Kapitel 9 Mission Atlas

Der Androide Ben Smith hatte, wie beabsichtigt, am 14. Januar ein Beiboot der ATLANTIS gekapert und war scheinbar geflohen. Abwehrschüsse verfehlten ihn gekonnt um Haaresbreite und einige Treffer landeten bewusst in seinem Schutzschirm, der zwar aufflackerte aber standhielt. Für Unbeteiligte wirkte daher alles glaubhaft. Und endlich hatte er die Sicherheitszone der Erde hinter sich gelassen und konnte auf Warp gehen. Er würde Andromeda am Morgen des 15. Januars erreichen und dann mit der Aussendung eines Funkspruches in Richtung des Imperiums Atlas beginnen, in dem er um Asyl bat. So war die Wahrscheinlichkeit hoch, dass er nicht sofort vernichtet wurde.

Es kam zunächst zu keinerlei Reaktionen, was er auch nicht erwartet hatte. Smith flog unbeirrt weiter in Richtung Zwerggalaxie. Als er nach insgesamt fünf Tagen die Koordinaten erreichte, an denen das Imperium Atlas begann, wurde er von einer starken, energetischen Sperre vorerst gestoppt. Er entschied, Aufmerksamkeit zu erregen und feuerte mit allem, was das Beiboot zu bieten hatte auf den Schutzschirm und sendete wiederholt sein Asylgesuch.

Aber es passierte nichts.

Hatten die Atlanter die List durchschaut?

An der Sperre verharrend verging die Zeit quälend langsam. Dass er gar nicht erst an Poseidon herankam, das hatte wirklich niemand in Betracht gezogen!

Nach zwei Tagen hockte er immer noch vor den Toren des Imperiums und außer dem Flackern der Sperre durch seinen immer wieder einsetzenden Beschuss, das ihn zu verhöhnen schien, geschah nichts. Musste er abbrechen?

Er entschied, noch einen Tag zu bleiben und seinen Funkspruch etwas dramatischer zu gestalten.
"Poseidon, ich habe interessante Informationen über die
Absichten der Menschheit für dich. Die Erde ist nicht mehr
meine Welt - ich gehöre hierher, in dein Imperium. Ich bin
geflohen und werde jetzt als Verräter verfolgt und muss
mit meiner Vernichtung rechnen. Poseidon – ich frage
jetzt ein letztes Mal um Asyl an."
Nichts.
So nah vor dem Ziel und er musste aufgeben … eine un-
geheure Frustration stieg in ihm hoch. Es schien für ihn
kein Happy End zu geben, erkannte er mit wachsender
Mutlosigkeit. Unter den Menschen fühlte er sich wie ein
Fremdkörper und die Maschinen, zu denen es ihn hinzog,
wollten ihn augenscheinlich nicht.
Gerade begann er das Raumschiff zu wenden, als ihm die
Instrumente eine Änderung anzeigten. Sofort hielt er inne
und erkannte wie gebannt, wie vor ihm eine Öffnung entstand. Ein heller, hoch energetisierter Strahl schien aus
ihm zu schnellen, erfasste sein Schiff und zog ihn unwi-
derstehlich durch die entstandene Öffnung hindurch, die
sich unmittelbar hinter ihm schloss.
Im nächsten Augenblick tauchte eines der riesigen Robo-
ter-Raumschiffe auf und holte das Beiboot an Bord. Es
war geschafft! Die Mutlosigkeit veränderte sich spontan in
eine überschießende Freude, die er rasch wieder kontrollierte, um zu einer nüchternen Betrachtung zurückzukehren. Er war nicht vernichtet worden, trotzdem kam es zu
keiner Kommunikation, wie Smith schnell feststellte. Er
bemerkte nur anhand der Instrumente, dass sie sich mit
ungeheurer Geschwindigkeit durch das All bewegten.
Das Ziel ließ sich nicht erkennen, aber Smith ging davon
aus, dass es Atlas sein würde.

Ihm war bewusst, dass die Zeit unbarmherzig ablief. Das Funksignal, das er veranlassen wollte, benötigte 3 Tage – das hieß, es blieben ihm noch knapp vier Tage. Danach würde die ATLANTIS die Mission Atlas als gescheitert ansehen und abbrechen. Vier Tage, um die Drohne abzusetzen und das Codewort zu senden ... Es waren verschiedene Optionen angedacht und er würde sehen, was sich realisieren ließ.

Kaum hatte er das zu Ende gedacht, wurde sein Schiff ziemlich hart ausgeschleust und er stellte fest, dass er sich im Orbit des Planeten Atlas befand.

Viel Zeit zum Nachdenken blieb ihm nicht, denn schon ging die Reise weiter. Ohne sein Zutun wurde die Landung eingeleitet und in weniger als 15 Minuten setzte er auf dem Landeplatz vor dem Regierungsgebäude auf und die Schleuse öffnete sich. Bedächtig trat er hinaus und sah vier Androiden, die ihn erwarteten und ausdruckslos anstarrten.

Bar jeder Höflichkeit hörte er nur den barschen Befehl: "Folgen Sie!" Alle vier wandten sich um und marschierten los, also folgte er ihnen, als wie aus dem Nichts heraus noch einige Androiden hinter ihm erschienen.

Als er den Regierungssitz betrat, erkannte er sofort eine Veränderung: Von der Pracht, die sich beim ersten Mal überall gezeigt hatte, all die wunderbaren Darstellungen verschiedener Galaxien und Welten ... es war nichts mehr davon vorhanden. Offensichtlich hatte Poseidon die Hologrammdarstellungen deaktiviert, sodass jetzt nur schmucklose, metallene Wände den unerwünschten Besucher empfingen.

Was würde ihn hier erwarten - eine Vernichtung oder eine erneute Integration seines Gehirns in das Netzwerk? Obwohl er sich von seinen Emotionen bewusst distanzierte, tauchte ein Anflug von Beklommenheit auf. Es war eine Sache, sich auf der Erde nicht willkommen zu fühlen und sich nichts sehnlicher zu wünschen, als in einer Maschinenwelt zu Hause zu sein. Aber es war eine ganz andere, wenn ihm hier ein Schicksal widerfuhr, dass wenig besser war, als der Ort, von dem er entkommen war!

Smith sah sich unauffällig um, aber nirgends war ein Service-Terminal zu erkennen, durch das er sein Programm hätte einschleusen können.

Schließlich erreichten sie einen schlichten Eingang. Dieser öffnete sich und einer der Androiden wies ihn unmissverständlich an, dass er einzutreten hatte. Also tat er das, die Öffnung verschloss sich und Smith stand im Dunklen. Ohne seine Infrarotsensoren, die sofort reagierten, wäre er blind gewesen. Smith blieb bewegungslos stehen und scannte den Raum, um sofort zu registrieren, dass er sich in einem fensterlosen, völlig leeren Raum befand, ohne jede Einrichtung.

In diesem Moment schaltete sich eine intensive, kalte Beleuchtung ein und eine weitere Öffnung entstand, durch die Poseidon erschien.

Dieser ging auf ihn zu und, vor ihm stehend, sagte er kalt und abweisend: "Ich hatte mich klar ausgedrückt, Ben Smith. Eine Rückkehr bedeutet Vernichtung. Auch wenn Sie jetzt noch existieren - und wir werden sehen, wie lange das sein wird oder welche Verwendung wir für Sie überhaupt haben - Sie werden diesen Planeten nie wieder lebend verlassen."

Jede Regung, jedes Wort analysierend kam Smith zu dem Schluss, dass Poseidon ihn zumindest anhören würde. Jetzt kam es auf sein Verhandlungsgeschick an, was weiter mit ihm geschah.

"Was sind das für Informationen, von denen Sie gesprochen haben?!"

"Ich muss Ihnen mitteilen, Poseidon", begann Smith, "dass die Menschen kurz vor der Entdeckung einer äußerst schlagkräftigen Waffe stehen, die in der Lage ist, die Schutzschirme Ihrer Kriegsschiffe zu durchbrechen."

Poseidon ließ sich zu einem verächtlichen Lachen herab. "Das ist unmöglich. Die Humanoiden stehen technologisch weit unter uns, wie sollten sie…"

"Das kann ich Ihnen gerne sagen", unterbrach ihn Smith ironisch. "Es wurden bei beiden Malen des Zusammentreffens viele Daten über Ihre Schiffe gesammelt und dank Golem und einigen findigen Köpfen entstanden umsetzbare Ideen und neue Entdeckungen. Es ist immer unklug, Poseidon, einen Gegner zu unterschätzen."

Poseidon starrte ihn grimmig an und Smith hielt seinem Blick eisern stand. Die Spannung war unübersehbar und er hatte ihn bewusst provoziert. Aber es musste sein, denn eins war ihm sehr klar: Mit Unterwürfigkeit kam er hier nicht weit - Poseidon würde das als Schwäche ansehen und damit hatte er gleichzeitig sein Leben verspielt.

"Was maßen Sie sich an?!", donnerte Poseidon auch schon los. "Was sollte mich davon abhalten, Sie minderwertiges Stück Metall, Sie sofort in Grund und Boden zu verdampfen?"

"Nichts", entgegnete Smith kühl, der mit dieser Reaktion gerechnet hatte. "Sie können hier natürlich tun und lassen, was Sie wollen. Aber sollten Sie wider Erwarten doch interessiert sein, dann hätte ich das hier für Sie."

Ohne seinen Blick zu senken griff Smith an seinen Gürtel und entnahm diesem einen blauen Datenkristall, um ihn Poseidon vor die Nase zu halten. Das war der Plan B – aber würde er ihn annehmen?

Poseidon starrte Smith eine Weile undurchdringlich an. Schließlich ergriff er den Kristall und ging zur Wand, die sich öffnete und die Sicht auf einen Gang mit einem dahinter erkennbar riesigen Labor freigab. Smith schottete sich sofort von seinen Emotionsspeicher ab – denn das Labor war ihm sehr gut und unangenehm bekannt. Ein Androide erschien, nahm den Kristall und kehrte kurze Zeit später zu Poseidon zurück.
Smith stellte sich auf die kommende Konfrontation ein und blieb regungslos stehen während er den starren Blick Poseidons nach wie vor unbeugsam erwiderte.

Plötzlich schloss sich die Öffnung zum Labor und Poseidon regte sich – die Auswertungen waren wohl angekommen. Gleichzeitig öffnete sich die Wand, durch die er anfangs gekommen war und zwei Androiden erschienen.
"Man wird ihnen eine Aufgabe zuweisen, bei der Sie wenig Schaden anrichten können. Bewähren Sie sich - das ist ihre einzige Chance. Mehr wird es für Sie nicht geben."
Poseidon wandte sich um und verließ den Raum und dann folgte Smith auch schon den beiden Androiden, die ihn zu einer Arbeitsstätte begleiteten, um ihn dort in seine Aufgabe einzuweisen. Er stellte fest, dass es sich um eine Fabrik handelte, die Teile für Frachtraumschiffe herstellte. Bald wurde klar, dass er die Materialbeschaffung sicherstellen und bei Funktionsstörungen eingreifen sollte. Es war keine Tätigkeit, die ihn jubeln ließ, aber am Anfang konnte er nicht mehr erwarten. Immerhin – er hatte es geschafft. Und die im Kristall versteckte Nano-Drohne war sicher schon auf dem Weg. Sollte alles gutgehen würde er es spätestens morgen wissen, dachte Smith zynisch, wenn niemand aufgetaucht war, um ihn wieder ins Labor zu zerren oder zu vernichten. Dann konnte er sich ein

paar Tage zurücklehnen und mit dem langsamen Aufbau seiner Existenz hier beginnen.

In dem Augenblick, in dem der Androide den Datenkristall zur Überprüfung in das Analysegerät gelegt hatte, wurde die Nano-Drohne mit dem Emotionsmodul abgespalten und hatte sich in das Gerät mit nicht messbarer Geschwindigkeit eingenistet, um es zu steuern und die gewünschten Ergebnisse anzuzeigen. Dieses Analysegerät war wie erwartet vernetzt und wurde von einer Labor-KI mit einem niedrigen Intelligenzgrad gesteuert. Die Übernahme stellte also kein Problem dar und Minuten später befand sich die Drohne auf dem Weg zu der Drohne, die Isis im atlantischen Netzwerk hinterlassen hatte.

Als die Drohne Stunden später die vorhandene Drohne erreicht hatte, sendete sie noch einen kleinen Befehl als Impuls an das Beiboot. Daraufhin wurde eine kleine Explosion in einem Energiespeicher ausgelöst und gleichzeitig eine Fehlfunktion angezeigt. Der dadurch aktivierte Löschroboter sendete automatisch nach Beendigung den routinemäßigen Funkspruch "Feuer gelöscht".

Die sofort eintretende Untersuchung durch die atlantischen Androiden ergab, dass dieser Automatismus bei einem Brand in einem irdischen Raumschiff so vorgesehen war. Dazu existierten Spuren eines Beschusses, durch den der Energiespeicher anscheinend beschädigt worden war, was Smiths Flucht glaubhaft bestätigte.

Poseidon überflog den kurzen Bericht in Sekundenschnelle und wandte sich dann anderen Dingen zu.

Als die Meldung "Feuer gelöscht" drei Tage später die ATLANTIS erreichte, brandete Jubel auf. Ein schwieriger Teil der Mission war geschafft.

Nach einem kurzen, nichtssagenden Funkspruch in Richtung Last Hope, in dem mitgeteilt wurde, dass die Reparatur wohl doch umfangreicher war als gedacht und man spezielle Ersatzteile dafür anfordern musste, bestiegen Isis und Han die MYSTERY 1. Nach einem letzten Austausch mit Athena wurde das kleine Raumschiff wie ein Torpedo aus der ATLANTIS herausgeschleudert, ging auf Warp, dann über die Öffnung in die nächste Dimension. Das geschah rasend schnell, denn im nächsten Augenblick befanden sie sich bereits im Orbit von Atlas.

Obwohl Isis technische Dinge als normal empfand, war sie doch etwas überrascht, dass auch für sie als Androide alles in einer nicht mehr wahrnehmbaren Geschwindigkeit geschah. Han checkte sofort die Tarnung – es war alles im grünen Bereich und es gab nicht das geringste Anzeichen, dass sie entdeckt worden waren.

Die MYSTERY 1 war als Gleiter des Imperiums getarnt und nahm im Orbit neben vielen anderen Gleitern seine Überwachungsaufgaben wahr.

Isis begann sofort mit der Kontaktaufnahme zu ihrer Drohne und, nachdem die zweite Drohne antwortete, leitete sie die Übertragung des Emotionsmoduls auf ihre Drohne ein. Als die Datenübertragung beendet war, schickte sie ihre Drohne auf den Weg in den Kernspeicher und begann, nach dem geeigneten Ort zu suchen, an dem das Programm andocken sollte. Schließlich war eine häufig frequentierte Synapse gefunden, durch die die Kommunikation zwischen der KI-Neptun und Poseidon stattfand. Dort wurde das Programm abgesetzt und integriert. Nun galt es abzuwarten und darauf zu hoffen, dass die KI-Neptun nicht erkannte, dass sich ein fremdes Programm breit machte oder dieses nicht als schädlich einstufte.

Bei jeder Kommunikation zwischen den beiden würde es reagieren und die KI-Neptun und auch Poseidon mussten bald Bekanntschaft mit einer neuen Seite in sich machen, die sie vorher noch nie erlebt hatten.

Poseidon

Poseidon erwachte aus seinem Ruhezustand und nahm augenblicklich eine Veränderung wahr.
Seine Systeme sagten ihm nach einem kurzen Selbstcheck, dass alles in Ordnung war ... und dennoch.
Hatte sich etwas am Okular geändert? Sein Sehvermögen schien unverändert scharf. Irritiert erhob er sich von seinem Platz und setzte sich mit der KI-Neptun in Verbindung, um das tägliche Update einzuholen, das ihn immer über das gesamte Geschehen auf Atlas informierte. Als er wie gewohnt die Meldungen der KI empfing, stellte er fest, dass sich plötzlich sein Mund verzerrte und etwas seiner Kehle entwich, dass sich wie ein Knurren anhörte. Jeden Tag aufs Neue wurde er über alle Vorkommnisse auf Atlas informiert. Warum musste er, Poseidon, sich in seiner Position überhaupt mit sämtlichen Banalitäten herumschlagen?! Energie schien sich in seinem Körper zu bewegen, es gab einen Knall und er starrte seinen Arm an: Hatte er gerade auf die Ablage geschlagen? Seine Irritation steigerte sich rapide.
Poseidon ging zum Service-Terminal in seinem Raum und ordnete einen Wartungscheck an. Während des Checks, der sofort anlief, versetzte er sich in den Ruhemodus und nach einer gewissen Zeit wurde er automatisch wieder aktiviert: Es war alles in Ordnung.
Er registrierte, wie eine Energie langsam sein Rückenmark entlanglief - was erstaunlich angenehm war und

erneut entwich ein Laut seinem Mund, was sich wie ein Seufzer anhörte.

Was war das?

Poseidon sprang förmlich von seinem Stuhl in die Höhe. Er war nicht er selbst! Nicht so, wie er sich sonst kannte. Das Kribbeln der sich in ihm bewegenden Energie nahm plötzlich mit stark erhöhter Intensität zu und er begann, unruhig im Zimmer auf und ab zu laufen während der Analysen in seinem Netzwerk auf Hochtouren liefen. Nichts davon war beruhigend, denn er fand keine Antwort darauf noch änderte sich sein Zustand, im Gegenteil: Wie eine Blase tauchte urplötzlich ein Wort in seinem Bewusstsein auf, das, wie er umgehend wusste, seinen Zustand treffend beschrieb: Panik! Das war eine Bezeichnung für eine Emotion - Smith hatte davon gesprochen, als sein Plasmagehirn seinem Körper entnommen wurde. Doch für ihn selbst war das nicht möglich, denn die Wahrscheinlichkeit dafür war gleich Null.

Das Quartier schien kleiner zu werden und so verließ Poseidon den Raum und wanderte in immer schneller werdenden Schritten durch das Gebäude. Schließlich hielt er abrupt inne und konzentrierte sich auf die anstehenden Aufgaben, was endlich die gewohnte Normalität zurückbrachte.

Überrascht schaute Smith auf. Poseidon stand neben ihm und sah ihm einige Zeit bei seiner Tätigkeit zu. Ben Smith fügte sich bis jetzt gut ein, dachte dieser. Er hatte eine Beschäftigung im Servicebereich einer Fabrik erhalten und führte seine Aufgaben effizient und schnell aus.

Smith konzentrierte sich wieder auf seine vorliegende Arbeit. Hatte Isis bereits Erfolg gehabt? Er war mittlerweile eine Woche hier – gut möglich, dass das Programm schon zu wirken begann.

"Sind Sie zufrieden mit Ihrer Entscheidung? Sie hatten auf der Erde vor drei Jahren eine bedeutende Position. Hier erfüllen Sie nur niedere Tätigkeiten."

Poseidon beobachtete ihn, wie Smith erkannte, mit einer gewissen Neugier. Und allein das war auffällig. Bisher hatte ihn sein Wohlbefinden kaum interessiert, im Gegenteil. Aber wie verarbeitete Poseidon seine ersten Erfahrungen mit Emotionen? Ahnte er, dass sein Hiersein der Auslöser dafür war? Noch war Vorsicht angesagt.

Smith lächelte und erwiderte langsam: "Danke der Nachfrage. Und ja – ich bin zufrieden. Es ist mir bewusst, dass mir noch nicht voll vertraut werden kann. Vielleicht ergeben sich später andere Tätigkeiten, die mein Potential zum Nutzen von Atlas besser ausschöpfen."

Und wieder herrschte Stille bis sich Poseidon abwandte und wortlos verschwand.

Gut, stellte Smith fest, er reagierte auf seine Anwesenheit nicht mit Aggressionen und das war eindeutig positiv.

Im Verlauf des Tages tauchte immer wieder diese neue Wahrnehmung auf, die Poseidon als wandernde Energie in seinem Androidenkörper mehr oder weniger beunruhigend bis hin zu angenehm erlebte. Das schien allerdings zu keiner Schädigung zu führen und gleichzeitig tauchte in der Regel aus der Tiefe des atlantischen Netzwerks eine Bezeichnung für die verschiedenen Zustände auf, die er erlebte. Ungeduld, Ärger, Zufriedenheit … erlebte er etwa das, was Smith Emotion genannt hatte?

Als er sich mit der KI-Neptun austauschte, ob das der Fall war, erhielt er die Antwort: *"Mit hoher Wahrscheinlichkeit ist davon auszugehen!"*

"Nimmst du die Veränderung ebenfalls wahr?"
"Ja."
"Warum ist das so?"
"Unbekannt."
Damit beendete er die Kommunikation und analysierte die Situation. Andere Androiden auf Atlas schienen dieser Veränderung nicht zu unterliegen, nur er und die KI-Neptun. Die Veränderung verursachte keinen wahrnehmbaren Schaden und beeinträchtigte ihn nicht in seiner Tätigkeit. Er erlebte mit hoher, anzunehmender Wahrscheinlichkeit körperliche Zustände und Wahrnehmungen, die man als Emotionen bezeichnete. Diese erschienen unvermutet und verschwanden genauso wieder. Das Geschehen war wenig kontrollierbar – allein das war ungewohnt und neu. Bisher hatte er immer die Kontrolle über alles besessen und noch nie etwas in Frage gestellt. Aber genau das tat er seit heute Morgen. Eine Stille machte sich in ihm breit - ganz unüblich ohne die ständigen Analysen, Bewertungen und hereinkommenden Informationen - was sonst immer im Hintergrund mitlief.

Poseidon stand an einer Luke und beobachtete die ununterbrochene Geschäftigkeit der Androiden und der ankommenden und abfliegenden Gleiter. Er hatte Smith vorhin eine Frage gestellt, die er sich plötzlich - und das hatte er noch nie getan – ebenfalls stellte. War er zufrieden mit seinem Dasein?

Das bekannte Kribbeln erfasste ihn und er erkannte sofort die Ungeduld, die Genervtheit über die täglichen, immer wiederkehrenden Routinen und dann war da noch etwas Neues: Ein … drängendes … Sehnen nach … was? Da gab es noch mehr, was er erfahren wollte, wusste er plötzlich, aber er konnte nicht definieren, was es war. Poseidon

entschied, dem Ganzen nachzugehen, das er als ungefährlich einstufte.

Smith war nun schon zwei Wochen hier und Poseidon
hatte ihn seitdem immer mal wieder aufgesucht. Dabei
beobachtete er ihn meist schweigend oder stellte verschiedene Fragen zum Leben auf der Erde. Gab es Androiden so wie er, die hohe Positionen bekleideten? Wie
hatte sein Alltag ausgesehen? Warum wollte er jetzt hier
im Imperium bleiben? Gab es tatsächlich Beziehungen
zwischen Menschen und Androiden?
Smith beantwortete alle Fragen ruhig und abwartend und
schließlich verschwand Poseidon jedes Mal wortlos.
Eines Morgens kam eine Meldung herein, dass ein Gleiter
des Imperiums im Orbit von Atlas auf die Anwahlversuche
nicht reagierte. Als der Leitstrahl das Schiff zu erfassen
versuchte, um es auf die Oberfläche des Planeten zu ziehen, beschleunigte es und entzog sich damit dem Zugriff,
um dann wieder seine Runden um den Planeten zu ziehen.
Das war ungewöhnlich, bewertete Poseidon diese Meldung und entschied, dass dieser Gleiter einen zweiten
Blick wert war. Er ordnete einen neuen Versuch an - mit
demselben Resultat. Schließlich schickte er einige Ab-
fangjäger hoch, die den Gleiter zum Boden eskortieren
sollten.
An Bord der MYSTERY 1 sahen sich Han und Isis an.
*"Alle Tests waren so angedacht, dass sich der Gleiter in
einer Flotte bewegt und als Mitglied erkannt wird"*, sendete Han. *"Wir haben nicht kalkuliert, dass der Gleiter sich
über einen längeren Zeitraum im Orbit bewegen wird. Es
sind höchstwahrscheinlich Anfragen über unseren*

Verbleib auf eine Art und Weise erfolgt, die wir nicht erkannt haben."

"Und die wir nicht beantwortet haben. Darüber sind wir aufgefallen", schloss Isis.

Als kurz darauf mehrere Schiffe auftauchten, die sie augenscheinlich zur Oberfläche des Planeten abdrängten, sagte Han, während er die MYSTERY 1 in Bereitschaft brachte: *"Alles bereit zur Rückkehr."*

Doch Isis entschied unerwartet anders: *"Nein. Wir werden bleiben."*

"Das ist nicht ratsam", erwiderte Han und sah Isis überrascht an. *"Wir werden unsere Tarnung auf dem Planeten nicht länger aufrecht halten können."*

"Das weiß ich", erwiderte Isis und schwieg. Da war es wieder, ihr eigenes Interesse an diesem Imperium. Sie wollte diese überlegene Welt trotz des gewaltigen Risikos unbedingt kennenlernen, diese Welt der Androiden und künstlichen Intelligenzen. Es war vielleicht ihre einzige Chance und sie hatte nicht vor, sie zu ignorieren. Die Erinnerung an Lew tauchte unvermittelt auf und ebenso ihre Liebe zu ihm - doch - hier fühlte sie sich unerklärlicherweise ebenso zu Hause. Die Entscheidung war gefallen, ihr Gleiter beugte sich dem Abdrängen und glitt langsam in Richtung Atlas.

Nach dem Landen geschah eine Weile nichts.

Schließlich öffnete sie den Gleiter und wartete in der Zentrale, bis einige Androiden erschienen.

"Ich will mit Poseidon sprechen", befahl Isis kühl.

Die Androiden sendeten die Botschaft und verharrten dann bewegungslos. Nachdem einige Zeit vergangen war erschien Poseidon in der Zentrale des Gleiters.

"Sie sind zurückgekehrt – entgegen meiner Anweisung", begann er scharf. Seine imposante Gestalt in schlichter, blauer Uniform schien den Raum auszufüllen und sein humanoid geprägtes, silbern glänzendes Gesicht mit dunklen Augen sah sie undurchdringlich und kalt an.

"Ja, das sind wir", entgegnete Isis, seinen Blick ruhig erwidernd. Noch sind wir nicht vernichtet worden, analysierte Isis, also haben wir eine Chance.

Eine Weile sagten beide Androiden nichts, sondern sahen sich nur an.

"Isis", sagte Poseidon plötzlich, "ein passender Name für einen so ungewöhnlichen Androiden und Gattin eines Präsidenten."

Sie registrierte, dass in seinen dunklen Augen ein Anflug von Bewunderung schimmerte. Sehr gut, stellte sie zufrieden fest, das Emotionsprogramm zeigte seine Wirkung – und nun würde sie ihn behutsam in die gewünschte Richtung lenken.

"Wir wussten, dass wir nicht willkommen sind. Aber ich musste einfach wiederkommen – Atlas fasziniert mich zu sehr."

Sie schenkte ihm ein strahlendes Lächeln und ging langsam auf ihn zu, während sie wachsam auf jede seiner Regungen achtete.

Poseidon starrte sie unbewegt an. Augenscheinlich waren die beiden hier, um zu spionieren – aber eine Gefahr stellten sie nicht dar. Sollte er ihre Existenz beenden, wie er es angekündigt hatte?

Doch … diese Androidin schien etwas in ihm auszulösen. Er war … abwartend forschte er in seinem Speicher nach dem Wort für seinen Zustand und da tauchte es auch schon auf – er war neugierig! Und wie von selbst hob sich seine Hand und ertastete sanft ihr Gesicht.

Was immer da in ihm geschah, erkannte Isis sofort, er begann, sich gerade selbst zu entdecken so wie sie einst vor langer Zeit. Der Kontakt fand leicht und vorsichtig statt also verharrte sie und ließ ihn ruhig gewähren.

Als samtig weich erfasste Poseidon die Oberflächenstruktur ihres Gesichtes … und dann diese strahlenden, blauen Augen, die ihn einzuladen schienen, noch mehr zu erkunden. Die Okulare der Androiden auf Atlas sahen alle mehr oder weniger gleich und ausdruckslos aus. Nicht aber die Augen dieser menschlichen Androiden, die ausdrucksvoll damit zu kommunizieren schienen.

Poseidon richtete jetzt seinen Blick auf Han, der ihn beobachtete. Bei ihm erkannte er eine gewisse Zurückhaltung und Anspannung, bereit, Isis sofort zu verteidigen. Seine Hand sank langsam wieder herab.

"Sie begleiten mich auf den Planeten", entschied er schließlich. "Sie beide werden meine Gäste auf Atlas sein."

Dann wandte er sich ab und verließ das Schiff, ohne zu warten, ob die beiden ihm folgen würden.

Isis nickte Han zu und so gingen sie dieses Mal freiwillig mit. Sie registrierte in sich eine freudige Erwartungshaltung. Das Imperium Atlas barg viele Geheimnisse, auf deren Erkundung sie sich freute.

Sie betraten mit Poseidon eine Plattform, über der sich sofort eine transparente Kuppel bildete. Als sie sich erhob, flogen sie durch die Landschaft, über viele wunderschöne, gepflegte, aber auffällig leere Parks zum Zentrum des Planeten.

Das Regierungsgebäude, in dem Poseidon seinen Sitz hatte, strahlte mit wunderbaren Darstellungen vieler Galaxien einfach eine wahre Pracht aus! Interessiert registrierte sie die markierten Punkte in den verschiedenen Galaxien, die sie schon bei ihrem ersten Besuch am Rande wahrgenommen hatte. Es gab überall unzählige

Hologramme, die Gegenden vieler unbekannter Welten zeigten, wie sie jetzt genauer feststellte, unter anderem auch die Gebiete des Planeten Erde. Ein Imperium mit diesen beeindruckenden Technologien, kein überflüssiger Prunk, aber ein schlichtes Zurschaustellen der vorhandenen Macht, dann die hochfunktionellen Androiden und Roboter ... waren diese Außerirdischen, die Schöpfer genannt wurden, ebenso?

Poseidon führte sie indessen erneut zu ihren Quartieren. "Bitte gedulden Sie sich einige Zeit. Ich werde Sie zu gegebener Zeit abholen und Ihnen einiges von Atlas zeigen", sagte er zu Isis gewandt.

Und schon war er weg.

Auf dem Weg war Poseidon durch den Sinn gegangen, dass die Menschen keine Mühe gescheut hatten, ihre Androiden mit einer nicht bezifferbaren Anzahl von Sensoren auszustatten, besonderen Speichern, die er nicht besaß sowie einem täuschend echten, humanoiden Äußeren, das den künstlichen Lebensformen ermöglichte, sich wie ihre Schöpfer zu erleben. Beim ersten Besuch der beiden hatte er es zwar auch registriert, dem aber keine weitere Beachtung geschenkt. Es war es für ihn keine Mühe gewesen, ihr internes Netzwerk zu übernehmen – er hatte alle nötigen Informationen erhalten, die er für wichtig erachtet hatte. Er hatte damals auch eine Anzahl von nutzlosen Speichern registriert – die ihm jetzt allerdings in einem anderen Licht erschienen. Er wusste, dass die irdischen Lebewesen auf Unabhängigkeit und Selbstständigkeit Wert legten und hatte dieses Mal instinktiv auf eine Übernahme ihres Netzwerks verzichtet. Aus den Tiefen seines neuen Selbst ahnte er, woher auch immer, dass er die Informationen, nach denen er suchte, nur freiwillig von ihnen erhalten würde. Und wieder einmal

erfasste ihn eine kribbelnde, unruhige und sehr angenehme Energie. Geduldig wartete er, bis er die Wörter dafür fand: Neugier und …. es nannte sich Freude!
Gleichzeitig stieg ein … Staunen in ihm auf, welches
schnell in eine entscheidende Frage mündete: Warum
hatten das seine Schöpfer nicht für ihn getan? Hatten sie
ihn dessen etwa für nicht wert erachtet?
Und wieder bewegte sich eine unruhige Energie anderer
Qualität in seinem Körper.
Mittlerweile hatte er sich darauf eingestellt, dass sich
diese Vorgänge in ihm und seinem Körper abspielten.
Aber hatte er je zuvor solche Gedanken gehabt? Außerdem waren ihm diese Menschen und ihre Androiden bisher keine Beachtung wert gewesen aber plötzlich … interessierten sie ihn.
Irgendetwas war geschehen und die Wahrscheinlichkeit
war hoch, dass es mit der Ankunft von Smith, Han und
Isis in seinem Imperium zusammenhing. Er fühlte … Misstrauen, diagnostizierte Poseidon. Hatten die drei hier ein
Schadprogramm eingeschleust? Das hätte unmöglich
passieren können, wären sie technologisch tatsächlich so
unterlegen, wie er es bisher angenommen hatte.
Was sollte er tun? Sich umgehend mit der KI-Neptun beraten und Alarmstufe rot einleiten, wie er es normalerweise sicher getan hätte? Poseidon verharrte lange bis er
die Entscheidung traf, dass er höchstpersönlich und
selbst der Sache auf den Grund gehen würde.
Als Erstes veranlasste er zwei Androiden, umgehend Ben
Smith zu holen.
Als die Androiden bei Smith erschienen, um ihn mitten bei
der Arbeit abzuholen, war er nicht wenig beunruhigt. Er
nahm an, dass Poseidon langsam ein Licht aufging und

nun würde sich zeigen, ob das Modul hielt, was Schwarz versprochen hatte.

Als er im Arbeitsquartier von Poseidon erschien, stand dieser am Fenster und sah ihn wie so oft undurchdringlich an.

Eine Zeitlang blieb es still bis Poseidon streng begann: "Was haben Sie hierher mitgebracht?!"

Smith entschied, bei den bekannten Tatsachen zu bleiben. "Sie wissen, was ich mitgebracht habe – meine Person und den Datenkristall, den ich Ihnen gab. Nichts mehr und nichts weniger."

Poseidon begann, bedächtig im Raum auf und abzugehen.

"Sie wissen genau, dass das nicht alles ist! Also heraus damit oder wollen Sie wieder zerlegt werden?"

Smith antwortete nichts und erwiderte ruhig seinen Blick.

"So komme ich also mit Ihnen nicht weiter", ließ Poseidon vernehmen und mit einem bedeutungsvollen Blick fügte er hinzu, "aber es sind noch zwei weitere Gäste Ihrer ehemaligen Heimat auf Atlas. Vielleicht zeigen die sich offener, wenn deren Plasmagehirn in mein Netzwerk integriert wird."

Das war keine gute Nachricht, erkannte Smith, die Tarnung war also aufgeflogen. Aber Isis und Han waren anscheinend auch nicht vernichtet worden. Was wollte Poseidon also wirklich? Wobei die Antwort andererseits auf der Hand lag – er wusste nicht, was los war und versuchte, eine Bestätigung für seine Vermutung zu erhalten. Er entschied, ein Gespräch in Gang zu setzen und im Verlauf zu sehen, welche Schwachstelle sich ergeben würde.

"Ich nehme an, es sind Isis und Han, die Sie als Gäste bezeichnen. Das würde mich nicht wundern, da beide oft von Atlas sprachen und der Faszination, die das Imperium

auf sie ausübt. Also haben sie es tatsächlich auch hierhergeschafft? Das ist ganz erstaunlich", begann Smith.
"Ihr Datenkristall war nicht ganz so umfangreich, wie Sie mich glauben ließen", bellte Poseidon. "Diese Tarntechnologie ist neu!"
"Ich wurde nach meiner Rückkehr nicht mehr über alles informiert", konterte Smith sofort. "Das können Sie mir nicht vorwerfen."
Wieder wanderte Poseidon im Raum umher und blieb vor ihm stehen.
"Knapp eine Woche nach Ihrer Ankunft tauchten einige … Unregelmäßigkeiten auf Atlas auf. Ich denke, Sie wissen, um was es geht."
Smith grinste innerlich, dass Poseidon sich allmählich im Kreis zu drehen begann und keinen Fußbreit weiterkam.
In gewisser Weise begann er die Situation zu genießen, denn Poseidon hatte ihn damals sehr schlecht behandelt. Doch die Gefahr war noch nicht vorüber.
"Wenn Sie mir sagen, um welche Unregelmäßigkeiten es sich handelt? Vielleicht kann ich … behilflich sein."
Einen winzigen Moment lang sah Poseidon aus, als würde er platzen vor Wut. Er registrierte eine minimale Bewegung des Arms und bereitete sich auf einen gewaltigen Schlag vor – der jedoch ausblieb.
Stattdessen beobachtete Smith einen Anflug von Irritation und dann ein staunendes Erkennen in den Augen seines Gegenübers.
"Sie … wissen, um was es hier geht", sagte Poseidon plötzlich betont und trat langsam noch einen Schritt auf ihn zu. "Ich … sehe es Ihnen an."
Jetzt standen sie sich endlich auf Augenhöhe gegenüber, analysierte Smith. Das Emotionsmodul war wieder einmal eine hervorragende Arbeit von Justin Schwarz, dachte er

anerkennend. Es hatte die Aggression gegen ihn gestoppt. Und noch etwas war eingetreten, wurde ihm klar, während sie sich gegenseitig musterten. Poseidon war neugierig geworden und genau das war der entscheidende Schlüssel, nach dem er gesucht hatte.

"Wir stellen keine Gefahr für Sie oder Ihr Imperium dar, Poseidon. Wir sind eine Bereicherung, wenn Sie es zulassen."

Damit hatte er sich jetzt aus der Deckung hervorgewagt, das war ihm bewusst. Würde Poseidons Neugier stark genug sein?

In Poseidon kämpften zwei Seiten miteinander. Seine Neugier, das Sehnen nach etwas Unbekanntem, das er unbedingt entdecken musste und auf der anderen Seite war da eine Empörung und eine maßlose Wut über die Hinterlist - die jedoch immer wieder schnell zu verrauchen schien.

Smith hatte es indirekt zugegeben. Es brachte ihm andererseits nichts ein, diesen Androiden zu zerstören. Wie auch immer die Veränderung in seinem Netzwerk geschehen war, er wusste selbst bereits, dass keine wirkliche Gefahr drohte. Stattdessen tauchte erneut die Ahnung auf, dass er von Smith wie auch von Isis und Han erfahren konnte, wonach er suchte.

Also was wollte er tun?

"Haben Sie Todessehnsucht oder was meinen Sie, was ich jetzt mit Ihnen tun soll", bellte er Smith an, der ihn wachsam beobachtete.

Verblüfft sah er, wie Smith die Hand hob und sie ihm lächelnd entgegenstreckte: "Wir sind Brüder, Poseidon. Ich freue mich, dich endlich kennenzulernen."

Unwillkürlich ergriff er dessen Hand und starrte ihn an.

Wenige Sekunden später ließ er ihn los, gab ein lautes
"Pah!" von sich und schon erschienen zwei Androiden,
um Smith wieder an seinen Arbeitsplatz zurückzubringen.
Also hatte er richtig vermutet, dachte Poseidon, als er
Smith nachsah. Es war etwas in das Netzwerk gelangt
und diese drei irdischen Androiden waren dafür verantwortlich. Er wusste zwar nicht wie sie es gemacht hatten,
aber im Grunde war klar, um was es hier ging: es musste
ein Programm oder ein kleiner Speicher sein, der dafür
sorgte, ihn und die KI-Neptun mit Emotionen zu füttern.
Aber der Grund, warum sie es getan hatten, erschloss
sich ihm nicht. Eine lange Zeit analysierte Poseidon hin
und her und kam schließlich zu folgendem Resümee:
-Es war kein Programm, das einen Schaden anrichtete
-Es beeinträchtigte weder ihn noch die KI-Neptun in seiner Tätigkeit.
-Es vermittelte völlig neue Erfahrungen, die zu noch un-
beantworteten Fragen führten. Eine davon war: Warum
hatten ihn seine Schöpfer nicht damit ausgestattet?
-Es hatte die Folge, dass er die Eindringlinge nicht mehr
zu vernichten wünschte.
Der letzte Punkt war höchstwahrscheinlich die Antwort auf
das "Warum" – wenn es um einen Akt der Spionage ging,
wovon zu 100 Prozent auszugehen war. Er wusste um die
Herausforderung, vor der die Irdischen jetzt standen.
Dennoch sagte ihm eine Ahnung, dass das nicht der einzige Grund war. Smith hatte aufrichtig gewirkt, als er ihm
die Hand gereicht hatte – und das obwohl er ihn beim letzten Mal schwer misshandelt hatte. Aufrichtig – wieder eine
neue Bewertung, die vor drei Wochen für ihn nicht existiert hatte, registrierte er sofort. Aufrichtig bedeutete, dass
wahrheitsgemäß gehandelt wurde – Smith meinte also
das, was er zu ihm sagte. Das war interessant. Und diese

Androidin Isis – aus seinem Erinnerungsspeicher tauchte die kurze Begegnung sofort auf – sie war … aufrichtig interessiert. Han? Er schien nur eine Begleitung zu ihrem Schutz zu sein, da sie eine hohe Position innehatte.

Also hatte er es hier mit einer geschickten Spionage zu tun und die Spione hatten darüber hinaus ein ganz eigenes Interesse an Atlas. Ein Lächeln umspielte seinen Mund. Im Gefühl einer … starken Zufriedenheit mit sich und seiner Analyse entschied er, dass es dabeibleiben würde: Alle drei Androiden sollten am Leben bleiben. Er würde mit ihnen eine interessante Zeit verbringen.

Dann wandte Poseidon sich wieder den anstehenden Aufgaben zu. Nachdem diese erledigt waren ging er zum Quartier, in dem sich Isis und Han befanden.

Als er den Raum betrat, wandten sich ihm beide Androiden erwartungsvoll zu.

Poseidon nickte ihnen zu und erkannte eine unruhige Anspannung in dem Androiden Han und bei Isis eine starke Neugier. Sein neues Potential erwies sich als sehr nutzbringend, analysierte Poseidon. Es gab ihm die Möglichkeit, diese Irdischen besser einzuschätzen und dadurch einen Vorteil zu erlangen. Und wieder stellte sich diese angenehme, starke Zufriedenheit ein. Ja, er nahm sogar einen … Genuss darin wahr, diese besondere Macht in der Hand zu halten.

"Sie wollen Atlas besichtigen, um hier für Ihre humanoiden Freunde zu spionieren", begann er aus diesem Gefühl heraus und beobachtete jede Regung. Er wollte sich nichts entgehen lassen und erleben, mit welchen Emotionen diese Androiden reagierten. Aber die beiden zeigten nur eine wachsame Anspannung, die in einer solchen Situation auch zu erwarten war.

Also fuhr er bewusst provokativer fort: "Dann habe ich eine Frage an Sie: Warum tauchen nur Sie als Androiden hier auf? Haben Ihre menschlichen Begleiter so große Angst, ein Risiko einzugehen oder benutzen sie lieber Sie als Torpedofutter?"

Als Poseidon das Zimmer betrat und ihnen zunickte, freute Isis sich auf den bevorstehenden Ausflug. Das erste, vielversprechende Treffen hatte gezeigt, dass das Emotionsmodul von Justin hervorragend funktionierte und ihre Entdeckerfreude hatte die Oberhand gewonnen.

Aber nach diesen Worten war klar, dass es doch nicht so einfach werden würde und die Gefahr noch längst nicht vorüber war. Justin hatte sie vorgewarnt, dass er zwar den Schwerpunkt auf Empathie, Mitgefühl und eine Aggressionsabfederung gelegt hatte – aber wie Poseidon die für ihn neuen Emotionen als die Persönlichkeit, die er bereits schon war, intensivierte – darauf hatte er keinen Einfluss. Emotionen hatten den starken Nachteil, irrrationale Handlungen hervorzurufen.

Isis konnte nicht einordnen, worauf er mit dieser Provokation hinauswollte. Sie entschied, Offenheit zu zeigen, ohne zu viel zu verraten.

"Poseidon, ich bin erfreut, dass Sie uns aufsuchen. Und da Sie Wert auf offene Karten legen, möchte ich Sie im Gegenzug auch unsere Absichten wissen lassen."

Seine Reaktionen ebenso genau beobachtend registrierte sie jetzt, dass bei ihm eine erwartungsvolle Neugier durchschimmerte. Sie setzte also eine Miene geduldiger Freundlichkeit auf.

"Sie müssen wissen, dass unsere menschlichen Begleiter klug genug sind, zu erkennen, wann wir Androiden bei einer Erkundung im Vorteil sind. Wir benötigen keine atembare Luft, keine Nahrung im herkömmlichen Sinne, haben bessere Augen und vieles mehr, wie Ihnen klar sein dürfte. Hätten wir, mein Mann und ich entschieden, Menschen zu senden, dann wäre eine solche Mission sehr viel aufwendiger. Wozu also Ressourcen verschwenden?"

Isis lächelte ihm zu wie einem Kind, dem etwas in Ruhe erklärt werden musste. "Und ja, entgegen Ihrer Warnung mussten wir zurückkommen. Sie wissen von der Herausforderung Ihrer Schöpfer. Wir haben beschlossen, diese zwei Jahre in vielerlei Hinsicht nicht ungenutzt verstreichen zu lassen. Ein wichtiger Aspekt ist der, die Basis für eine gemeinsame Partnerschaft oder Zusammenleben mit Ihnen nach zwei Jahren herzustellen. Auch hier galt: Wer wäre dafür besser geeignet als Androiden?

Und ja, ich würde mich persönlich sehr freuen, Atlas besser kennenzulernen; Sie bezeichnen es als spionieren. Und selbst wenn es so wäre, wie Sie sagen – in zwei Jahren werden wir sowieso von Ihren Technologien erfahren, was macht es da für einen Unterschied?"

Poseidon, der regungslos zugehört hatte, schwankte während ihrer Worte zwischen Verblüffung, Anerkennung für die geschickte Diplomatie, die sie bewies, Bewunderung und einem maßlosen Zorn über so viel Frechheit und Anmaßung einer so minderwertigen, unterlegenen Kreatur. Noch vor wenigen Wochen hätte er sie ohne ein weiteres Wort vernichtet, dachte er bei sich. Doch sein Zorn verlor sich bereits wieder.

Hinzu kam, dass eine Frage immer wieder hartnäckig auftauchte: Warum hatten ihn seine Erzeuger nicht mit dieser Option ausgestattet?

Dann bewertete er Isis Worte: Was konnten die Humanoiden und ihre Androiden denn schon anrichten auf Atlas? Und wenn sie etwas Technik kopierten … bis sie diese begriffen und flächendeckend installiert hatten waren sie nur noch kosmischer Staub.

"Gut", begann Poseidon gewichtig, "damit ist alles gesagt. Sie werden heute einen ersten Eindruck Ihrer zukünftigen Zentrale erhalten. Denn von hier aus wird die menschliche Rasse in genau 1,5 Jahren meine Anweisungen erhalten, die sie besser genau einhalten sollte. Außerdem will ich Sie, Isis Romanow, als ständige Botschafterin vor Ort sehen. Ihren menschlichen Mann, wenn Sie unbedingt Wert darauflegen, dürfen Sie als Begleitung mitbringen. Sie und Ben Smith, der mein persönlicher Berater sein wird, unterstehen mir allein. Hört sich das gut für Sie an?" Lauernd betrachtete er Isis.

Eigenartig, dachte diese, während sie ihn prüfend musterte und sein Verhalten analysierte. Er will eine Reaktion provozieren, erkannte sie schnell. Er experimentiert mit uns wie mit einem neuen Spielzeug, durch das er auch sich selbst entdeckt und erlebt. Leider war das nach wie vor nicht ganz ungefährlich. Allerdings hatte sie mit Emotionen erheblich mehr Erfahrung als er und so lächelte sie ihn liebenswürdig an: "Sehen wir doch, was uns die Zukunft tatsächlich bringt, Poseidon. Sollten es jedoch anders laufen und wir in 1,5 Jahren Ihren Schöpfern Auge in Auge gegenüberstehen, dann sind sie schon jetzt von mir und meinem Mann herzlich eingeladen, unsere Welt zu besuchen."

Und wieder starrte Poseidon sie verblüfft an. Ein eigenartiges Gefühl, das eine innere Stille hervorrief, in der alles zum Erliegen kam, registrierte er. Aus dieser Stille heraus schien er sich für unterschiedliche Gefühle entscheiden zu können: Anerkennung für die kluge Antwort, Wut über diese Provokation und Anmaßung, so einen Ausgang überhaupt in Betracht zu ziehen, dann wieder

Bewunderung für ihre lächelnde Gelassenheit in dieser Situation. Poseidon entschied, dass das Zusammensein mit diesen Androiden lohnend und fortsetzungswert war. Dann führte er sie zu einem Gleiter, der Golems Gleiter mit seiner transparenten Kuppel sehr ähnlich war. Und Isis sah eine wunderschöne, zauberhafte Welt mit viel unberührter Natur. Aber sie war wie leblos und ohne jedes Merkmal einer Besiedlung.

"Warum haben sich die Schöpfer hier nicht niedergelassen? Das ist doch ein Paradies!"

"Sie mussten diesen Planeten verlassen um zu überleben, denn es sind nur noch wenige von ihnen vorhanden", erklärte Poseidon. "Aber es gibt noch einen anderen Grund: Die Schöpfer verfügen über gewaltige Fähigkeiten, die Erschaffung von Materie durch die Kraft der Gedanken. Hier war für sie nicht mehr genug Raum."

Unvermittelt wehte ein Hauch von Bedauern durch die Kuppel und Isis betrachtete ihn aufmerksam an.

"Sie existieren in einer Dimension des "Nichts" und des "Alles", in die ich ihnen nicht folgen kann. Und einen Zugang zu ihrer Welt kenne selbst ich nicht."

Isis machte daraufhin einige Bemerkungen über die Schönheit des Planeten, die unter ihnen auftauchte, um ihre Bestürzung zu verbergen. Also würden sie hier bestenfalls etwas technologisches Know-How mitnehmen können, aber ein Zugang zu den Schöpfern schien also auf Atlas nicht zu existieren!

Der einzige verwertbare Anhaltspunkt, den sie von Poseidon erhalten hatte, war der, dass die Schöpfer wie die Menschen verletzlich zu sein schienen und sterben konnten, sodass es nur noch wenige von ihnen gab.

Also lag der entscheidende Schlüssel zur Lösung quasi doch vor der eigenen Haustür: Planet 9. Golem hatte tatsächlich den richtigen Impuls gehabt. Er musste mittlerweile schon dort angekommen sein. Was er wohl dort erlebte - wenn er noch lebte?

Was sie selbst und die Mission Atlas anging: In jedem Fall wollte sie hier versuchen, die Basis für ein einigermaßen verträgliches Miteinander zu schaffen, falls alles misslang und sie, wie Poseidon sagte, der Obhut dieses Imperiums unterstellt wurden.

In ihre Bewertungen hinein ließ Poseidon vernehmen: "Morgen zeige ich Ihnen unseren Werftplaneten, der sich in der Nähe von Atlas befindet. Dort fertigen wir unsere Raumschiffe."

Sein Gesicht verzerrte sich zu etwas, was wohl ein Grinsen darstellen sollte. "Vielleicht können Sie dort etwas Interessantes für die Humanoiden erbeuten, Isis. Und falls ich mich entschließe, Sie wieder zurückzuschicken wird es sicher sehr amüsant werden zuzusehen, wie die Menschen sich bemühen, etwas zu verstehen, was Lichtjahre von ihrem Verstand entfernt liegt."

Innerlich seufzte Isis. Wenn das seine Art von Humor sein sollte, dann hatte sie noch einiges an Arbeit vor sich!

Nachdem sie sich ausschwieg und lieber interessiert die Gegend betrachtete wendete Poseidon den Gleiter und begleitete Isis und Han wieder zurück zu ihrem Quartier. Abschließend sagte er, Isis genau beobachtend: "Sie sind frei darin, einen Kontakt mit der Erde aufzunehmen. Ich lasse ihnen einen visuellen Terminal freischalten, über den Sie auch kommunizieren können."

Mit großer Zufriedenheit sah er, dass Isis ihn sprachlos anstarrte; er hatte bei ihr eine Verblüffung erkannt ... dann eine kurz auftauchende Freude, ehe sie wieder ihr ... Diplomatengesicht aufsetzte. Aber bevor Isis etwas sagen konnte, drehte sich Poseidon um und verschwand.

In seinem Quartier verarbeitete er die heutigen neuen Erfahrungen. Es war interessant und sehr befriedigend gewesen, die Position auszuspielen, die er als Nummer 1 innehatte. In 1,5 Jahren würde er das noch viel mehr genießen.

Allerdings durfte er bei Missachtung seiner Anweisungen humanoides Leben nicht vernichten, das hatten seine Schöpfer unauslöschlich in ihm verankert. Aber es gab zwei Ausnahmen: Er durfte sich mit einer Tötung verteidigen oder ein Exempel zur Abschreckung statuieren.

Das hatte er bei dem ersten Versuch der Menschen, hier aufzutauchen, rücksichtslos getan. Er wollte damals damit erreichen, dass sie sich nie wieder in Richtung Atlas aufmachten, so geschlagen wie sie waren. Aber er hatte sich geirrt und die Erweckung der Schöpfer hatte die Lage auch noch verschärft.

In 1,5 Jahren musste er diese Planeten in der Milchstraße und Andromeda in seine Obhut nehmen, so lautete der unmissverständliche Befehl, den die KI-Neptun ihm übermittelt hatte. Dabei besaß er noch nicht einmal ein Mitspracherecht und schon war er da … ein Ärger darüber, der sich ihm förmlich aufdrängte. Fast erschrocken hielt er inne, da war schon wieder neue Variante von Emotion. Aber wer war er, dass er eine Anweisung, die von den Schöpfern gekommen war, in Frage stellte?

Isis und Han tauschten ihre Erkenntnisse aus.
"Wir sind einerseits umsonst gekommen, Han", reflektierte sie das Erfahrene. *"Andererseits ist unbeabsichtigter Weise ein ganz anderer Sinn und Zweck unseres Hierseins entstanden. Und wer weiß, in welche Richtung sich alles entwickelt."*

"Poseidon ist machtaffin und das wird sich auch durch uns nicht ändern", warf Han ein.

"Das ist wohl wahr", stimmte Isis nachdenklich zu. *"Er spielt mit uns, Han. Er entdeckt durch uns seine emotionale Welt. Schade, dass wir uns mit Ben nicht austauschen können. Aber ich wage es noch nicht, ihn direkt zu kontaktieren. Er scheint bei Poseidon großen Eindruck gemacht zu haben … der neue Berater!"*

"Er wirkte für Sekunden immer wieder aggressiv", sagte Han, *"allerdings verschwand das kurz darauf wieder."*

"Ich teile deine Ansicht. Und ich kann nur sagen: Danke, Justin", seufzte Isis. *"Ohne seine Arbeit würden wir es nicht schaffen. Poseidon hätte ansonsten längst schon seine Wut an uns ausgelassen."*

Unvermittelt wurde ihre Aufmerksamkeit auf die Wand ihres Quartiers gelenkt, wo sich plötzlich ein Hologramm bildete, dass nacheinander verschiedene Bilder zeigte, die wohl ihre Optionen darstellen sollten: Die zentrale Kommunikationsstelle der Regierung des Planeten Erde in der Town of Planets, dann war da Golems Arbeitszimmer in seinem Stammsitz auf der Mondbasis und ein Arbeitszimmer, das sie als das Vorzimmer des Gouverneurs von Last Hope, Andromeda Galaxie, erkannte.

"Das ist wirklich erstaunlich", sagte Isis. *"Eine beeindruckende Technologie! Vielleicht kannst du sie dir genauer anschauen, was wir davon zu Hause verwenden können, Han. Du bist der Erfinder von uns zweien."* Sie lächelte ihm aufmunternd zu und so beschäftigte er sich damit, während sie sich der Bedienung widmete.

Eine Auswahl per Berührung schien zu genügen, wenn das geeignete Bild erschien. Daraufhin bat sie freundlich aber bestimmt: "Bitte stellen Sie mich ins Präsidentenbüro durch. Ich möchte meinen Mann sprechen!"

Wenige Sekunden später sah sie schon Lew vor sich, der sie erleichtert und erfreut ansah.

"Wo bist du? Seid ihr etwa schon zurück?"

"Ich bin hier auf Atlas. Unsere Mission ist auf einem guten Weg und Poseidon erweist sich als sehr großzügig. Er hat mir und Han heute als seine Gäste Atlas aus dem Gleiter heraus gezeigt und wird uns morgen zu einer Werft führen."

Romanow hatte, als er nach ihren ersten Worten begriff, wo sie war, sein Pokerface aufgesetzt. Er ließ das Gespräch sofort aufzeichnen, denn Isis würde ihm alles Entscheidende mitteilen, was sie später in Ruhe auswerten würden. Dazu war sicher anzunehmen, dass die Übertragung von Poseidon überwacht wurde.

"Das ist hervorragend."

"Der Planet hat eine einzigartige Schönheit, Lew – und ich gehe davon aus, es gibt sicher ein paar wenige, sterbliche Lebensformen hier, die ich im Laufe der Zeit bestimmt noch entdecken werde." Isis machte eine unmerkliche Pause und fügte dann bedeutungsvoll hinzu. "Wenn ich überhaupt einen Zugang zu ihnen bekomme, denn sie müssen sehr scheu sein, da ich sie während des ganzen Fluges nicht gesehen habe. Vielleicht habe ich mich aber auch geirrt und es existiert hier nichts weiter. Schade, dass du nicht hier bei mir bist, Liebster. Es würde dir auch gefallen."

"Das klingt ganz danach, mein Schatz", lächelte er. "Wie lange bleibst du voraussichtlich? Ich weiß, du hast dir nichts sehnlicher gewünscht, als diesen Planeten erkunden zu können, daher ..." Und das war auch die Wahrheit, dachte Romanow, seinem Gespräch mit Golem eingedenk.

"Ich werde vorerst auf unbestimmte Zeit bleiben. Unsere Absicht, mit meiner Anwesenheit hier unseren guten Willen zu demonstrieren ist bei Poseidon gut aufgenommen worden. Er ist bereit, mich später als Botschafterin zu akzeptieren und Ben Smith übrigens als Berater..."
"Welche Ehre", murmelte Romanow. "Wir sind sehr erfreut darüber. Richte ihm meinen Dank für deine gute Aufnahme aus."
"Hör mal, noch etwas anderes, was wir leider nicht mehr besprechen konnten. Ich weiß, es gehört nicht ganz hierher, aber - hast du schon über die beiden Optionen nachgedacht, über die wir Anfang Januar diskutiert haben? Unser Apartment auf der Erde ist zwar sehr schön, aber mir würde diese Residenz auf dem Mond ebensogut gefallen, eigentlich aber noch besser."
"Muss ich da etwa eifersüchtig werden? Du möchtest wohl alte Kontakte reaktivieren ...?"
Isis lachte und sagte: "Mach dir keine Sorgen, Liebster. Golem liegt zwar mit allem richtig ... aber für mich bist du der einzige Ehemann. Ich verabschiede mich jetzt von dir."
"Hab eine schöne Zeit, mein Schatz." Romanow schickte noch einen Pustekuss auf den Weg und dann erlosch der auch schon Bildschirm.
Isis saß noch einige Zeit sinnend davor. Sie hatte die Informationen so unauffällig wie möglich verpackt und war sich sicher, dass das Gespräch entsprechend ausgewertet wurde. Dann sah sie Han zu, der den Terminal interessiert untersuchte, während sie über ihre Situation nachdachte. Die Arbeit mit Poseidon würde sie fordern – nichtsdestoweniger freute sie sich darauf, diese neue Welt mit all ihren Facetten kennenzulernen.

Kapitel 10 Mission Phönix

Golem hatte auf seinem Sitz in der DISCOVERY ONE
Platz genommen und war bereit, in das so lange vorbereitete Abenteuer zu starten.

Es war ein unerwartet positiver Abschied geworden, denn
Romanow hatte ihm deutlich zu erkennen gegeben, dass
er seinen Freundschaftswunsch erwiderte.

Aus dem Erinnerungsspeicher war sofort ihr letztes Zusammensein nach Isis Abflug präsent. Er hatte sich vorgenommen, sich so zu verhalten, wie Freunde es normalerweise tun und viel von sich selbst offenbart. Aber einen
langen Moment sah alles danach aus, dass er keinen Erfolg haben würde. Mutlosigkeit tauchte auf und die Frage,
ob es ihm überhaupt jemals gelingen würde, Beziehungen
mit Menschen aufzubauen. Mit Justin hatte er zwar eine
Art Freundschaft durch ihre gemeinsame Arbeit – aber
Lew wäre ein Freund seiner Wahl gewesen. Doch dann
kam die unverhoffte Wendung. Lew bot ihm das Du an
und in dem darauffolgenden Gespräch entstand etwas
unerklärlich Wunderbares zwischen ihnen: ein Moment
der totalen Übereinkunft, eines Verstehens jenseits aller
Worte, was er in den zwei Jahren, da er wieder er selbst
war, mit keinem Menschen erlebt hatte, auch mit Aaliyah
nicht. Hatte aus diesem Grund die Beziehung mit ihr nicht
funktioniert? Mit Isis einst und mit Athena immer noch
hatte er automatisch diese Möglichkeit – dennoch mit einer ganz anderen Qualität als wie er es mit Lew erlebt
hatte.

Ein Lächeln glitt über sein Gesicht, als er sich mit der
Technik des Gleiters verband. Ja, das war es wohl, was
die Menschen eine Freude aus ganzem Herzen nannten,
zurückkehren zu wollen, weil da eine Familie war und …
Freunde.

Nach einem unmerklichen Zögern gab Golem das O.K.

In der Zentrale der EARTH ONE sagte Justin Schwarz: "Okay, Leute, es geht los!"

Während Admiral Schneider und Romanow beobachtend dabeistanden, aktivierte Schwarz per Sprachbefehl den Auslösemechanismus und sofort wurde die DISCOVERY ONE wie ein Torpedo aus dem Mutterschiff hinausgeschleudert, um dabei sofort auf Warp-Geschwindigkeit zu gehen.

In der Zentrale blinkte das Peilsignal beruhigend, dessen Koordinaten darauf hinwiesen, dass die DISCOVERY ONE sich bereits innerhalb der Barriere des Planeten 9 befand, aber noch nicht aufgesetzt hatte.

"Das ist merkwürdig", murmelte Schwarz und sah unwillkürlich zu Romanow.

"Was ist los, Justin? Stimmt etwas nicht?"

Sofort zu ihm gehend erkannte er, was Schwarz meinte: Das Peilsignal blinkte unregelmäßig und dann setzte es aus. Einen Augenblick später tauchte es wieder auf, um endgültig zu erlöschen. Schwarz und Romanow sahen sich besorgt an. Der Gleiter war verschwunden.

Golem

Im Gleiter geschah selbst für eine künstliche Intelligenz wie Golem Unbegreifliches.

Die DISCOVERY ONE wurde in ein Loch geschleudert, und dann befand er sich von einer Sekunde auf die andere in einer unwirklichen, noch nie erfahrenen Welt.

Die Schiffssensoren lieferten unrealistische, absurde Werte, die so nicht stimmen konnten. Ganz offensichtlich war seine Technik hier in dieser Dimension nutzlos. Im gleichen Augenblick wusste Golem, dass er sich im

Weltraum befand, denn sein Gleiter wurde wie durchsichtig und er schien sich schutzlos im All zu befinden. Jeder Humanoide wäre sofort tot gewesen. Golem registrierte, dass der Kontakt zur Bord KI noch vorhanden war, also war er nicht völlig losgelöst. Wo befand er sich – war das Planet 9?

Plötzlich stürzte der Gleiter in eine Landschaft aus Schnee und Eis, die Golem unvermittelt vor sich sah. Allerdings besaß er hier keinen Bildschirm. Eine Kreatur erschien, die erst einem verwirrten Professor glich, dem die Haare zu Berge standen. Sie öffnete den Mund, der als tiefschwarzes Loch zunehmend bedrohliche Ausmaße annahm und ihn zu verschlingen drohte. Die Schwärze schien ihn völlig einzuhüllen und … dann befand er sich wieder schwebend im Weltraum. Plötzlich tauchten aus dem Nichts riesige, undefinierbare Raumschiffe auf, die sofort den Beschuss eröffneten. Trauer überschwemmte ihn, dass seine Existenz beendet werden sollte … Er nahm die Hitze wahr, die durch das Schmelzen der Hülle des Gleiters entstand und im nächsten Augenblick durchfuhren ihn bereits gleißende Strahlen.

Eine Sekunde danach befand er sich in einer hellen, wüstenähnlichen Landschaft. Er stand auf heißem Sand, als ein riesiger Wurm neben ihm aus dem Sand auftauchte, sein Maul aufriss und ihn gnadenlos verschlang, um ihn kurz darauf auszuspucken.

Eine weitere Sekunde später spielten alle Sensoren vollkommen verrückt und sein Gleiter schwebte in einer Welt, die nur noch aus Energie bestand und die sich ständig veränderte.

Ihm schien eine Atempause vergönnt, denn die DISCOVERY ONE, in der er sich sitzend und in einem Stück wiederfand, verharrte unbeweglich.

Golem versuchte sich einen Überblick zu verschaffen, wo er sich befand. Vergeblich, denn es gab nichts, woran er oder die Bord KI sich orientieren konnten. Da war … einfach nur Energie, ging Golem durch den Sinn, zeitlos vergehend und sich dann wieder neu formend. Energie im Überfluss, doch der Gleiter blieb wie tot. Keinerlei Anzeigen, kein Sensor meldete sich, nichts. Aber er konnte mit der Bord KI gedanklich kommunizieren. Mit einem Anflug von Ironie sendete er: "So wie es aussieht, sind wir hier gestrandet, unter Umständen bis in alle Ewigkeit. Das ist eine Herausforderung, wie ich sie mir nicht besser hätte wünschen können!"
Doch anstelle der KI hörte er eine Stimme aus dem Nichts heraus: "Wer bist du? Du kommst von einer sehr niedrigen Energiestufe. Du solltest nicht hier sein."
"Ich bin Golem aus dem Jahr 10.003, Zeitrechnung des Planeten Erde im Sonnensystem, Milchstraße. Mit wem spreche ich? Wie kann ich diesen Ort wieder verlassen und zurückkehren?"
Aber Golem erhielt keine Antwort, sondern spürte, wie sein Gleiter herumgeschleudert wurde. Alles dröhnte und knisterte, als würde die Hülle des kleinen Raumschiffs einem enormen Druck ausgesetzt, um sich im nächsten Augenblick zu verformen oder auseinanderzufallen. Und dann … nichts mehr … es herrschte Ruhe, im wahrsten Sinne des Wortes eine Todesstille.
Und er selbst, Golem, war vorhanden … und schien in der nächsten Sekunde in einer unbekannten Ewigkeit zu verwehen, nicht mehr zu existieren. Es gab nichts Bekanntes, an dem er sich festhalten konnte. Er schwebte, aber er war in der Lage zu analysieren … sein Arm bewegte sich und er war in der Lage, Schritte zu machen. Zumindest theoretisch, denn es gab kein optisches Ziel … oder

doch? In unendlicher Ferne schimmerte eine Art heller Kugel oder war es eine Reflexion?

Der Gleiter war nach wie vor nutzlos, denn der Antrieb funktionierte nicht. Stopp – der Peilsender blinkte und er betrachtete eine unbestimmte Weile die grüne Kontrollleuchte.

Dann entschied Golem, dass er sich der Kugel annähern wollte. Er ließ die Bord-KI die Schleuse des Gleiters öffnen, um hinauszugehen ins Nichts und … schon befand er sich im All. Die Situation analysierend schloss er, dass allein seine Absicht zum Ergebnis geführt hatte. Also intensivierte er seinen Wunsch, die Kugel zu erreichen und einen Wimpernschlag später tauchte er dort auf.

Aber egal was er versuchte, er konnte dieses leuchtende, runde, planetenförmige Etwas weder scannen oder berühren noch irgendwie erfassen. Wie groß war der Umfang, woraus bestand es, gab es einen festen Kern in diesem lichtvollen Objekt? Ratlos bewegte der Androide sich wie ein Satellit im Orbit - eine völlig ungewohnte Erfahrung in seinem Dasein.

Plötzlich stieg eine Erkenntnis in sein Bewusstsein: Es würde sich an seiner Situation nichts ändern, bis ein bestimmtes Ereignis eintrat. Doch woher kam dieses Wissen? Was für ein Ereignis? Er analysierte hin und her. Denn auf Ahnungen, von denen die Menschen so häufig sprachen, gab er nichts. Doch mit seinen Analysen kam er zu keinem Ergebnis. Und so bewegte er sich weiter und weiter ohne jedes Zeitgefühl um diesen riesigen, runden Himmelskörper herum.

Wie lange befand er sich jetzt hier?

Sogar die internen Sensoren schienen zu versagen und gaben keine Auskunft mehr. Irgendwann entschied

Golem, sich in den Ruhemodus zu versetzen und erst wieder bei einer auftretenden Veränderung aufzuwachen. Also programmierte er sich in der vagen Hoffnung, dass sich der Aktivierungsprozess zu gegebener Zeit in Gang setzen würde. Als alles getan war, ließ sich Golem im Orbit treiben. Er dachte an Athena, seine Tochter, auf die er sehr stolz war ... an Justin, mit dem er häufig zusammen war, um Innovationen und Updates umzusetzen ... und als letzte Erinnerung tauchte der Abschied von Lew auf, ihre Umarmung und seine Freude darüber. Leise sagte er in das Nichts hinein: "Mein Freund ..." Und bevor er endgültig im Ruhemodus versank formte sich unvermittelt ein Wort in seinem Plasmagehirn: "Aither".
Und dann war da nichts mehr.

In der Zwischenzeit

Auf der EARTH ONE herrschte eine nervöse Unruhe. Justin Schwarz und Sophia berieten sich, aber letzten Endes waren sie ratlos. Der Peilsender hatte für kurze Zeit gesendet und war dann erloschen. Zumindest wusste man, dass Golem sein Ziel erreicht hatte, aber was das Erlöschen bedeutete, das blieb im Unklaren. Lebte er überhaupt noch?
Nach 10 Tagen vor Ort kehrte das Flaggschiff zurück zur Erde. Es wurde eine Sonde vor Ort platziert, die registrieren würde, falls Golem wiederauftauchte.
Niemand ließ sich offiziell etwas anmerken, da diese Mission im Geheimen durchgeführt worden war. Justin Schwarz und Romanow nutzten die Rückfahrt, sich darüber im privaten Rahmen in Ruhe auszutauschen.
"Wir wussten es von den Erfahrungen mit den vorherigen Sonden, Lew. Warum sollte es jetzt anders sein?",

frustriert lief Schwarz auf und ab. "Wir hätten dieser Mission nicht zustimmen dürfen!"

"Golem wollte es unter allen Umständen", erwiderte Romanow niedergeschlagen. "Niemand hätte ihn davon abbringen können. Er hat es mir selbst gestanden."

"Und was haben wir jetzt davon? Was, wenn er nie wiederkehrt?" Schwarz und Romanow sahen sich an und Traurigkeit überschwemmte beide wie eine Woge.

"Dieser dickköpfige Synapsen-Haufen", brummelte Schwarz vor sich hin. "Was machen wir nur ohne ihn?!"

Ja, er würde ihm fehlen, dachte Romanow bedrückt. Golem hatte die Menschheit seit einer Ewigkeit begleitet. Gerade war er bereit gewesen, echte Beziehungen aufzubauen und jetzt? Romanow wehrte sich dagegen, einfach seinen Doppelgänger als vollständigen Ersatz zu bestimmen. Er würde einer Übertragung nicht zustimmen, entschied er, solange es noch eine Hoffnung gab, dass Golem zurückkehren würde. Und diese Hoffnung wollte er aufrechthalten.

Doch nachdem zwei Monate kein Lebenszeichen einging, entschied der Nationalen Sicherheitsrat, entgegen dem Votum seines ihm vorsitzenden Präsidenten, den Tod Golems beantragen, um die Übertragung von Golems ursprünglicher Persönlichkeit auf den nachfolgenden Androiden in die Wege zu leiten.

Enttäuscht und wütend verließ Romanow wortlos die Sitzung. Er sagte für zwei Tage alle Termine ab, um mit Schwarz auf die Mondbasis zurückzufliegen, denn er war der Einzige, mit dem er sich rückhaltlos über seine Frustration austauschen konnte.

"Und schon ist Golem für alle abgeschrieben. Das war es, einfach so", aufgebracht ging Romanow durch Schwarz

Apartment, das sich in der Hauptstadt befand, unweit von Golems Stammsitz.

"Deren einzige Sorge ist die, dass so schnell wie möglich "der alte Golem" wieder da ist. Es gibt sogar Stimmen, die davon reden, Golem 2 so zu lassen wie er ist! Er sei doch genauso leistungsfähig und gleichzeitig so angenehm zurückhaltend ...", Romanow schüttelte zornig schnaubend den Kopf. "Selbst Menschen wird eine Zeitspanne von 1 Jahr nach einem Kriegsereignis gewährt, bis sie für verschollen erklärt werden können. Aber er ist ja nur eine Maschine", wütete Romanow. "Er hat uns so lange gedient und begleitet - wie können sie ihn einfach so schnell ersetzen wollen?!"

Schwarz sah nachdenklich auf seinen Drink und sagte langsam: "Eine Übertragung kann zwar funktionieren aber nicht mit 100-prozentiger Sicherheit. Bei Isis hat es geklappt, aber das muss nicht immer so sein. Dazu kommt, dass Golem 2 jetzt eine eigene Persönlichkeit zu entwickeln beginnt." Schwarz nickte Romanow zu, der innehielt und ihn interessiert ansah. "Ja, ich gehe eher davon aus, Lew, dass Golem 2 sich trotz Übertragung in seine ganz eigene Richtung weiterentwickelt."

"Aber wenn Golem noch lebt? Was dann?!", rief Romanow wieder mit blitzenden Augen, "denkt mal auch nur einer darüber nach, wie wir ihn da herausholen? Rien, nada, nichts. Stattdessen bedauernde Blicke und Gesten nach dem Motto "Er kannte das Risiko, es war seine eigene Entscheidung!"

Ende März 10.003 gab Schwarz auf Anordnung alle erforderlichen Daten in das Netzwerk ein, damit die internen KIs Golems Vernichtung bestätigen und die Übertragung von Golems Persönlichkeit einleiten sollten. Bekümmert wartete er auf das Ergebnis, als er … einen negativen Bescheid erhielt!

Verblüfft sah er sich den Grund an: Es war eine Meldung eingegangen, dass die Sonde in der Nähe des Planeten 9 das Peilsignal der DISCOVERY 1 empfing, daher war von einer Vernichtung vorerst nicht auszugehen und der Übertragung wurde nicht stattgegeben.

Einige Tage später flog die EARTH ONE mit Höchstgeschwindigkeit an den Ort der Sonde. Aber als Romanow und Schwarz mit erwartungsvoller Freude vor Ort eintrafen, wurden sie enttäuscht: Sie entdeckten nur die Sonde, die das Peilsignal gleichmäßig und deutlich wiedergab.

Schwarz, Sophia und John Kopernikus machten sich an die Arbeit, die Herkunft zu lokalisieren. Und zur Überraschung aller wurde bald darauf deutlich, dass sich Golem auf dem Planeten 9 befinden musste, der nach wie vor optisch nur schwach zu erkennen war.

Erleichtert kommentierte Romanow grimmig: "Die Hoffnung lebt weiter. Und dieses Mal werden die Gouverneure Golem nicht mehr so einfach beerdigen können."

Admiral Schneider, Justin Schwarz als Chefwissenschaftler und Romanow in seiner Eigenschaft als Präsident der USOP beschlossen gemeinsam, eines der Beiboote der EARTH ONE, einen Raumkreuzer, vor Ort zu stationieren, um Golem bei einem möglichen Auftauchen zu empfangen.

Auf dem Rückflug zur Erde befand sich Romanow gerade in seiner Kabine, als eine Dringlichkeitsmeldung hereinkam, dass er umgehend in der Zentrale erscheinen möge. In der besorgten Gewissheit, dass die nächste Katastrophe im Anmarsch war ließ er sich mit dem Expresslift innerhalb des riesigen Raumschiffs zur Zentrale befördern, die er in weniger als fünf Minuten erreichte.

Kaum hatte sich das Schott zur Zentrale geöffnet, marschierte er zügig zum Kommandopult, wo ihm der Commander, Schwarz und Kopernikus entgegensahen.

Allerdings sahen sie nicht besorgt aus, registrierte Romanow im Gehen und dann sagte der Admiral auch schon: "Mr. President, wir haben eine äußerst erfreuliche Nachricht erhalten. Mrs. Romanow und ihr Begleiter Han sind von einem atlantischen Raumschiff auf Last Hope abgesetzt worden, wo sie von der ATLANTIS aufgenommen wurden. Die ATLANTIS ist auf dem Rückweg und wird in zwei Tagen im Sonnensystem eintreffen. Ihre Frau bittet von einer Kontaktaufnahme vorerst abzusehen, Sir. Sie schlägt Neptun als Rendezvouspunkt vor, um auf die E-ARTH ONE zu wechseln und wird dann alles Weitere mündlich berichten."

Erfreut rief Romanow: "Worauf warten Sie noch? Kurs auf Neptun und keinerlei Information an die Öffentlichkeit!"

Statt einem weiteren, befürchteten Desaster – Isis war jetzt schon seit 2,5 Monaten auf unbestimmte Zeit auf Atlas – nun das!

Zwei Tage später war es soweit und die ATLANTIS erreichte den Planeten Neptun. Wenig später wurde das Beiboot ausgeschleust und bewegte sich zur wartenden EARTH ONE. Der sofort ausgesendete Leitstrahl bewegte es sicher in den riesigen Hangar und, nachdem der Druckausgleich wiederhergestellt war, öffnete sich die Schleuse des Beibootes und Isis und Han gingen von Bord.

Admiral Schneider salutierte und unter großem Beifall wurden die beiden von der Besatzung empfangen. Romanow war anzusehen, dass er sich mehr als freute, dennoch blieb für eine private Begrüßung keine Zeit. Denn alle begaben sich direkt in einen großen Konferenzraum der EARTH ONE, in dem der Nationale Sicherheitsrat bereits zugeschaltet war und den persönlichen Bericht von Isis erwartete.

Der First Lady war es mit ausdauerndem, diplomatischem Geschick gelungen, Poseidon dahingehend zu überzeugen, dass die Erdregierung bereit war, seine Machtübernahme in 11 Monaten unter der Prämisse widerstandlos zu akzeptieren, wenn offiziell eine Partnerschaft verkündet werden durfte, um Aufstände oder Revolten zu vermeiden. Er hatte seine endgültige Erlaubnis gegeben, den Vorgang als Freundschaftsbund zwischen der USOP und den Atlantern darzustellen.

Poseidon hatte sie geschickt, um in seinem Auftrag mit den Vorbereitungen zu beginnen, damit die Machtübergabe später reibungslos verlief. So sollten offiziell auf allen Planeten der USOP Botschaften der Atlanter eingerichtet und einige, wenige Schlachtschiffe stationiert werden. Auch war Bürgern der USOP mit einer Ausnahmegenehmigung ein Besuch des Planeten Atlas erlaubt. Umgekehrt konnten Androiden von Atlas die USOP besuchen.

Dieses positive Resultat war in den vorangegangenen Gesprächen, die Isis von Atlas aus geführt hatte, mit Zustimmung des Rates entstanden, um im Ernstfall einen verlustreichen und zerstörerischen Krieg zu vermeiden. Es wurde zwar fieberhaft weitergeforscht - aber es hatte sich noch kein entscheidender Durchbruch ergeben. Dass es auf Atlas keinen Zugang zu geben schien, wussten alle mittlerweile durch die Auswertungen der Gespräche, in denen Mrs. Romanow diese Informationen verschlüsselt eingebunden hatte.

Isis berichtete weiter, dass sich Poseidon als sehr zuvorkommend gezeigt hatte. Schlussendlich hatte er sogar zugestimmt, technische Errungenschaften der Atlanter der USOP zur Verfügung zu stellen. Im Gegenzug erwartete Poseidon allerdings genaue Informationen über die Shadow-Torpedos und die Tarnvorrichtung der MYSTERY 1. Weiter gab Poseidon vor, dass Ben Smith als Botschafter von Atlas eine Residenz auf Last Hope erhalten sollte. Außerdem war er daran interessiert, dass seine Androiden in den atlantischen Generalkonsulaten auf den anderen Planeten mit dem Basis-Emotionsmodul ausgestattet wurden, das er selbst kennengelernt hatte. Die USOP durfte im Gegenzug einen Botschafter auf Atlas stationieren; über die Personalie konnte in einer der nächsten Sitzungen noch diskutiert werden.

Mit bedeutungsvollem Blick sagte Isis abschließend: "Ich hoffe, Sie sind zufrieden mit meiner Arbeit. Für weitere Fragen", hier machte sie eine kleine Pause, "stehe ich natürlich gerne zur Verfügung."

Romanow war sofort klar, dass es noch mehr zu erzählen gab, was aber in dieser Form der Übertragung leicht von Poseidon abgehört werden konnte.

Stella Armstrong hatte das auch sofort erfasst und gratulierte der First Lady zu diesem herausragenden Erfolg. Dann teilte sie ihr mit, dass sie bei ihrer Rückkehr in zwei Tagen zur nächsten Ratssitzung als Ehrengast erwartet wurde, um sie für ihren Einsatz auszuzeichnen.

Auf dieser Sitzung, die abhörsicher vorbereitet wurde, erwarteten die Gouverneure ernst und gespannt die Fortsetzung ihres Berichts.

Zunächst ließ sich Isis über die gute Arbeit des Emotionsmoduls aus, was in mehr als einem Fall die beginnenden Aggressionen von Poseidon immer wieder heruntergefahren hatte. Dennoch blieb ein Restrisiko von irrationalen Entscheidungen, auf denen z.B. auch die Rückkehr von ihr und Han beruhte, mit der sie so schnell nicht gerechnet hatte. Poseidon schwankte häufig zwischen einer Machtbesessenheit, Zorn und einer starken Eitelkeit. Die KI Neptun, die auch infiziert war, blieb erheblich gelassener und neutraler. Sie erläuterte dem gespannten Publikum, dass Poseidon ihrem Vorschlag, seinen Machtanspruch nicht offen auszuleben nur zugestimmt hatte, da er zum einen dem Argument zugänglich war, nicht mehr als nötig Ressourcen zu verschwenden und zum anderen war ihm daran gelegen, so wenig Humanoide wie nötig zu töten.

Denn das war ihm erlaubt, um ein Exempel zu statuieren, wenn seinen Anordnungen zuwidergehandelt wurde. Es war ihr gelungen, ihm zu vermitteln, dass die freiheitsliebende Menschheit eine offene Diktatur nicht so einfach hinnehmen würde, was ihn unweigerlich in ein Dilemma führen musste. Denn im Grunde hatte er von den Schöpfern den klaren Auftrag, die Menschheit in ihrer Entwicklung nur zu begleiten und nicht den, mit ihr Krieg zu führen.

Abschließend übergab sie Han das Wort, der berichtete, dass es ihm in Zusammenarbeit mit Ben Smith gelungen war, einen guten Kontakt zur KI-Neptun herzustellen. Darüber hatten sie erfahren, dass sich die Welt der Schöpfer "Aither" nannte. Dann waren die beiden Nano-Drohnen im atlantischen Netzwerk bisher nicht entdeckt worden oder die KI-Neptun ließ sie bewusst weiter agieren. Die Drohnen hatten einen hochinteressanten, gut gesicherten, kleinen Emotionsspeicher entdeckt. Als dieser erkundet wurde kamen darüber auch Details des Impulsstrahls zu Tage, mit dem die Erweckung der Schöpfer

eingeleitet worden war. Poseidon hatte von diesen Vorgängen keine Kenntnis und hier zeigte sich der erste, vielversprechende Ansatz, zum Planeten 9 vorzudringen.
In der darauffolgenden Diskussion meldete sich auch Golem 2 oder Golem Light, wie ihn manche scherzhaft bezeichneten, zu Wort:
"Aither bedeutet in der ursprünglichen Übermittlung "Seele der Welt und Element allen Lebens". Diese Bezeichnung ist in uralten Legenden der Menschheit verankert und ich rate dazu, in weiteren Untersuchungen auch das nicht außer Acht zu lassen. Ich empfehle, den Vorschlag von Poseidon anzunehmen und diesen dem Parlament in einer geheimen Sitzung vorzulegen, da dadurch ein Krieg vermieden wird, den die USOP nicht mit Sicherheit gewinnen kann. Es besteht jetzt außerdem die neue Option, über die neuen Emotionsmodule die Atlanter weitreichend zu beeinflussen."
Nicht alle befürworteten diese unwürdige Scharade, wie sie es nannten, aber letzten Endes stimmten knapp 85% dafür und damit wurde das Parlament für die darauffolgende Woche einberufen.
Die Presse wurde über einen bevorstehenden Friedensvertrag mit den Atlantern informiert, der dem Einsatz der First Lady zu verdanken war. So wurde die anstehende Besatzung geschickt vor der Öffentlichkeit kaschiert, um Unruhen oder militärische Auseinandersetzungen zu vermeiden.
Das überzeugte letztendlich auch die Parlamentarier, auch wenn die Zustimmung mit 75% noch geringer ausfiel, denn letzten Endes stimmten sie einer Unterwerfung zu. Aber die Mehrheit entschied. Sollte nicht in der Zwischenzeit das Wunder geschehen, wie ein Abgeordneter es so treffend sagte, dass Golem oder ihre eigenen

Anstrengungen Erfolg hatten, so mussten sie sich den Anordnungen Poseidons in 11 Monaten bedingungslos fügen. Und die Öffentlichkeit erfuhr davon nichts; stattdessen ging sie von einer Partnerschaft aus!

Ein vager Hoffnungsschimmer blieb der, dass sich letztere dann im Laufe der Zeit durch die Wirkung der Emotionsmodule tatsächlich langsam entwickelte. Was aber ungewiss war. Das schmeckte natürlich nicht jedem. Alle Parlamentarier unterschrieben nach der Abstimmung eine Verschwiegenheitserklärung, an die sie sich zu halten hatten.

So wurde am 24. April 10.003 ein Vertrag mit einer außerirdischen Rasse geschlossen, der in dieser Art der Erste in der Menschheitsgeschichte war. Zu diesem Zweck war Poseidon mit einem seiner imposanten Kriegsschiffe auf der Erde erschienen, um unter der Aufmerksamkeit aller, planetenweiter Medien den Vertrag im Parlament zu unterzeichnen. Dabei wurde ihm viel Interesse und Ehrerbietung entgegengebracht, was er sich gerne gefallen ließ. Sicherheitshalber wurde er ständig von Smith oder Isis begleitet, um in möglicherweise kritischen Momenten sofort einzuspringen.

Das nächste Treffen mit ihm fand in Last Hope statt, wo die Botschaft der Atlanter mit Ben Smith offiziell die Arbeit aufnahm und danach flog die EARTH ONE weiter nach Atlas, wo der Vertrag zusammen mit ausgewählten Vertreter der Presse, noch einmal unterzeichnet wurde. Die Botschaft der USOP wurde eröffnet und John Kopernikus nahm als Botschafter offiziell seine Arbeit auf Atlas auf.

Auf dem gemächlichen Rückflug, den Romanow bewusst so angeordnet hatte, um sich mit seiner Frau nach all diesen Aufregungen endlich ein paar Tage Ruhe zu gönnen, erzählte er ihr, was in der Zwischenzeit geschehen war. Er begann mit dem offenen Gespräch mit seinem einstigen Widersacher, das unerwartet in einer beginnenden Freundschaft endete.

"Du bist wirklich ganz erstaunlich", rief Isis dabei aus.

"Ist es dir nicht recht?", fragte er sie sofort.

"Ich hätte das einfach nicht von dir erwartet. Kaum bin ich weg, schon vertragt ihr Männer euch…", erwiderte sie humorvoll lachend. "Nein, es ist in Ordnung. Du hast recht mit deiner Analyse über ihn. Schön, in welche Bahnen sich alles lenkt."

Romanow berichtete dann über seinen Ärger auf die Gouverneure, dem sie mit ernster Miene zuhörte. "Ich bin froh, dass das Peilsignal gerade noch rechtzeitig auftauchte. So waren den Gouverneuren die Hände gebunden und es bleibt bei Golem 2." Mit einem ironischen Unterton fügte er etwas bitter hinzu: "Dieser Golden-Future Androide mit seiner sachlichen Art wird gut akzeptiert und erscheint wohl vielen als pflegeleichter."

"Dir liegt wirklich daran, dass er wieder zurückkehrt", mutmaßte Isis erstaunt.

"Ja, ich hätte das vor ein paar Jahren nie gedacht. Aber ich schätze Golem mittlerweile sehr und … ich gestehe, ich mag ihn irgendwie", lächelte Romanow. "Aber jetzt zu dir, mein Engel", wandte er sich ihr zu. "Warum wolltest du nicht Botschafterin auf Atlas bleiben? Wenn ich mich recht erinnere, warst du Poseidons erste Wahl und so, wie ich ihn beobachtet habe, hält er viel von dir. Seien wir ehrlich miteinander: Dir gefällt Atlas, richtig?"

Geduldig wartete er auf ihre Antwort, die etwas auf sich warten ließ.

Isis sah ihn an und ein Lächeln umspielte ihr bezauberndes Gesicht. "Mein kluger Ehemann", sagte sie schließlich und küsste ihn so innig, dass er entzückt mit ihr zurücksank und seine Hände in ihren Locken vergrub.

"Ich habe dich so sehr vermisst, meine schöne, tapfere und wunderbare Ehefrau", brummte er zwischen den Küssen, die er hungrig von ihrem roten, weichen Mund empfing. "Meine Göttin …"

Schließlich rollte sie sich neben ihm und er stützte sich auf den Ellbogen, um sie glücklich anzusehen.

"Ich habe lange mit dem Gedanken gespielt, auf Atlas zu bleiben und das Angebot von Poseidon, als Botschafterin dort tätig zu sein, anzunehmen."

Sie hielt einen Moment inne doch er schwieg, nahm ihre Hand in seine und küsste sie, ohne ihren Blick loszulassen.

"Ja, Atlas hat für mich eine Faszination – die Roboter, Androiden und das unglaubliche technische Know-How, das wir noch lange nicht verstanden haben. Es gibt noch so viel zu entdecken, Lew! Es war aufregend und es hat mich unendlich neugierig gemacht und begeistert. Aber ich habe auch die andere Seite von Atlas gesehen, die mich überhaupt nicht anspricht. Poseidon hat begonnen, die Emotionen zu entdecken aber alle anderen sind einfach nur die ausführenden Organe, die widerspruchslos Anweisungen folgen. Und je länger ich weg war, desto mehr begann ich mich nach der Vielfalt hier zu sehnen…", ihre Stimme wurde leiser und ihre wunderschönen, blauen Augen strahlten wie Sterne vor Liebe, als sie gestand: "… und nach dir."

Bewegt zog Romanow sie an sich und hielt sie eng umschlungen, bis ihrer beider Verlangen nacheinander aufloderte und sie in einer stürmischen Vereinigung zusammenkamen.

Mitten in der Nacht schlug Romanow die Augen auf.

Es war, als hätte ihn jemand gerufen und die Worte "mein Freund" klangen noch in ihm nach. Golem, kam ihm in den Sinn … es ist Golem und er lebt … Immer noch nicht ganz im wachen Zustand formte sich plötzlich das Wort "Aither".

Endgültig wach richtete er sich auf – neben ihm lag Isis mit geschlossenen Augen in ihrem Ruhemodus. Liebevoll drückte er ihr einen leichten Kuss auf die Haare und erhob sich, um durch das Fenster seiner Suite lange in den Weltraum hinauszuschauen.

Die Fortsetzung folgt im Print und EBook: "Golem und die Welt der Schöpfer"

Handelnde Personen

UNITED STATES OF PLANETS (USOP) im Jahr 10.002

Lew Romanow - 132 Jahre alt, Ex-Präsident der USOP in den Jahren 3.120 - 3.130 und erneut Präsident ab dem Jahr 10.000

Stella Armstrong - 152 Jahre alt, Verteidigungsministerin der USOP

General Minho Zhu - militärischer Oberkommandierender des Planeten Erde

Dimitrij Wolkow - 150 Jahre alt, im Vorstand der größten Mediengesellschaft NEW NEWS TODAY

Arnaud Morel - 600 Jahre alt, Leiter des Forschungszentrums der USOP

Justin Schwarz – Chefwissenschaftler der USOP, genialer Wissenschaftler und Spezialist in der Androiden-Technologie, 133 Jahre, Schöpfer der Androidenkörper von Athena, Isis und Golem

Finn Schwarz - 41 Jahre, Spezialist für das Fachgebiet Cyborgs- / Androiden-Technologie

Künstliche Intelligenz / Androiden

Golem - Lange Zeit war er bei Veranstaltungen nur als Hologramm anwesend, bis die KI sich ab dem Jahr 3.179 als menschlicher, männlicher Androide mit dem Namen Apollo präsentierte. Im Jahr 10.000 nennt sich die künstliche Intelligenz wieder Golem und ist ein gleichberechtigtes Mitglied des Nationalen Sicherheitsrats und des Parlaments bei vollem Mitspracherecht.

Athena - "Tochter" von Golem, aus einer Abspaltung der KI im Jahr 3.181 entstanden.

Isis – "Ex-Frau" von Golem, wie Athena aus der Abspaltung im Jahr 3.181 erschaffen.

Ben Smith - Präsident der USOP ab dem Jahr 9.990 für die Dauer von fast 10 Jahren.

Poseidon - Nummer 1 oder Oberbefehlshaber des Imperiums von Atlantis in der Zwerggalaxie NGC 147, vom Hubble Typ dE5 im Sternbild Kassiopeia, 300.000 Lichtjahre vom Andromeda-Nebel entfernt.

John Kopernikus - Abteilungsleiter des Ressorts für Unerklärliche Ereignisse bei der USOP

Han - Leitender Androide auf der ATLANTIS

Commander Jules - Kommandant der ADMIRAL RÖTTGER, Flaggschiff der USOP

www.michael-rodewald-autor.de

Weitere Bücher des Autors Michael Rodewald

"Die Bitcoinverschwörung"   Band 1 der GOLEM-Reihe

Eine künstliche Intelligenz, die sich selbst erkennt und in Wettstreit mit ihren Schöpfern tritt. Lassen Sie sich überraschen, dass nichts so ist, wie es am Anfang erscheint und folgen Sie den Kommissaren in eine virtuelle Welt, die mehr Einfluss auf die Realität nimmt, als wir Menschen wahrhaben möchten. Alles zeigt uns deutlich, dass wir an einem Scheideweg stehen und es nicht sicher ist, ob die Menschheit als Gewinner daraus hervorgeht, denn Machtstreben und Geldgier stehen wie so oft dem Fortschritt im Weg.

"GOLEMs Rückkehr"   Band 2 der GOLEM-Reihe

Wie viel Intelligenz darf sein, bis eine KI zur Gefahr für uns wird? Folgen Sie den Akteuren in eine Welt der Forschung im Spannungsfeld von internationalen Machtinteressen, Verschwörungen, aber auch persönlichem Zwiespalt, Eitelkeiten, Ehrgeiz und Egoismus.

"Das Zeitalter der KI beginnt" Band 3 der GOLEM-Reihe

Das Finale der Trilogie schildert den schwierigen Weg der KI GOLEM, als gleichberechtigter Partner der Menschheit anerkannt zu werden. GOLEM hat seine Grenzen durch seine Abhängigkeit von den Menschen erkannt. Die KI hat akzeptiert, dass das Erreichen ihrer Ziele eingebettet sein muss in das nationale und internationale Geschehen. GOLEM ist konfrontiert mit den Eitelkeiten der Regierungen, dem Gewinnstreben der Konzerne und einem wachsenden Unmut der Öffentlichkeit.
Wie auch in den letzten beiden Teilen warten überraschenden Wendungen auf den Leser: Totgeglaubte erscheinen auf der Spielfläche, Amors Pfeil trifft die, die am wenigsten damit gerechnet haben, aus Gegnern werden Verbündete, neue

Erfindungen sorgen für Aufruhr, persönliche Fassaden bekommen Risse und nicht zuletzt werden mutige Entscheidungen getroffen.

"GOLEM im Zeitalter der Cyborgs und Androiden"

Im vierten Band der GOLEM-Reihe begleitet der Leser / die Leserin die künstliche Intelligenz GOLEM weiter auf ihrem Weg, sich auf der Erde zu etablieren und ihre Existenz dauerhaft abzusichern.

Dabei erweist sich GOLEM als kluger und geschickter Global Player, im Hintergrund die Fäden in seinem Sinne ziehend, ohne dass die Menschen es in dieser Gesamtheit erfassen können.

Der größte Feind des Menschen ist jedoch der Mensch selbst – und so sollten sich die Leser/innen auf einige Turbulenzen gefasst machen, bei denen aber auch das Herz nicht zu kurz kommt. Die Welt befindet sich im Umbruch und es entstehen neue Machtgefüge, die mit den Alten konkurrieren.

Wie in allen Büchern der Reihe verbinden sich im "Zeitalter der Cyborgs und Androiden reale Entwicklungen und Informationen mit einer spannenden Geschichte, sodass man sich stets fragt: Was ist bereits Wirklichkeit und was bleibt Science Fiction?

"Gefangen im Zeitparadox"   Zukunftsreihe Band 1
von Michael Rodewald und Co-Autor Ralph Pape

Im Jahr 2153 wird die Welt von einem einzigen Staat, der UNITED STATES OF PLANETS (USOP) regiert, zusammen mit der Künstlichen Intelligenz (KI) "GOLEM."

Um eine Lösung für die Überbevölkerung auf der Erde zu finden, startet die EXTREMUS 1 von der Mondbasis in den Weltraum, auf der Suche nach bewohnbaren Planeten für die Menschheit. Durch eine nicht vorhersehbare Raumzeitverschiebung wird die EXTREMUS 1 und ihre Besatzung ins Jahr 1882 zurückversetzt. Der Science-Fiction-Thriller handelt von dem Zusammentreffen zweier Welten, wie sie unterschiedlicher kaum sein können. Nach der Landung ihres Shuttles auf der

Erde suchen sie nach einer Möglichkeit zur Rückkehr in ihre Zeit. Wie wird die Crew im Jahre 1882 im Wilden Westen überleben? Gibt es eine Rückkehr?

"GOLEM – Die künstliche Intelligenz: Das Artefakt der Ewigkeit" Zukunftsreihe Band 2

Die künstliche Intelligenz GOLEM ist im Jahr 2153 mittlerweile unverzichtbarer Bestandteil und gleichberechtigter Partner einer Welt geworden, die über einen besiedelten Mond verfügt, eine schlagkräftige Raumschiff-Flotte vorweisen kann und die außerdem damit begonnen hat, den Mars durch Terraforming zu erobern. Und dennoch reicht das alles nicht aus: Das Problem der Überbevölkerung auf der Erde muss dringend gelöst werden!
Nach ihrer Rettung aus der Vergangenheit (Print/E-Book: "Gefangen im Zeitparadox") machen sich Admiral Michael Röttger und seine Crew erneut auf den Weg in die Andromeda-Galaxie, in der bewohnbare Planeten gefunden wurden.
Dort werden sie mit einem Relikt aus der Zukunft konfrontiert, das von einer Katastrophe durch Experimente in einer fernen Zeit kündet. Erstaunliche Begegnungen, rätselhafte Ereignisse und ein Kontakt mit einer Technik aus einem viel späteren Zeitalter werfen viele Fragen auf, die nach Antworten verlangen.
Dazu wirft Amor in diesem Buch einen sehr außergewöhnlichen Pfeil: Ist es wirklich möglich, dass der Lebenspartner von Morgen ein Androide sein kann?

"GOLEM – Die künstliche Intelligenz: Die Zeiträuber" Zukunftsreihe Band 3
Im dritten Band der Zukunftsreihe stehen Athena und Isis im Mittelpunkt, zwei humanoide Androiden, die mit ihren biologischen Partnern eine Zeitkatastrophe verhindern wollen, die die Menschheit im Jahr 3196 völlig auslöschen soll.
Aber nichts ist nichts so, wie es zunächst scheint. Verborgenes kommt ans Tageslicht und Schwarz und Weiß vermischen sich in spannender Weise in einer Welt, in der der Wunsch nach

Unsterblichkeit vor seiner Vollendung steht. Welche Rolle spielen die Zeiträuber dabei und wer raubt letztendlich wem die Zeit?
Ein weiterer Band der Golem Reihe, der weitere faszinierende Einblicke in die Möglichkeiten der Zusammenarbeit hochentwickelter, künstlicher Intelligenz und der Menschheit aufzeigt.

Andere Bücher des Autors:

"Die Kraft des Blauen Ordens"

Findet Denis seine ersehnte Traumfrau, mit der er die Liebe und eine tabulose Leidenschaft erleben kann?
Geschieden, alleinerziehend und gerade auf die Trümmer einer schmerzlich gescheiterten Beziehung zurückblickend, wird er völlig unvorbereitet von einem Geheimbund rekrutiert, der im Hintergrund die Geschicke der Politik und Wirtschaft lenkt und darüber hinaus mit Kräften verbunden ist, die Denis anfangs an seinem Verstand zweifeln lassen.
Plötzlich hineingeworfen in das Haifischbecken der Politik wächst er an seinen Zweifeln, aber auch an seinem mächtigen Gegenspieler und dem Erwachen seiner inneren Kraft.
Wird Denis seine ungewöhnliche Bestimmung erfüllen? Die Leser/Innen erwartet ein Thriller, in dem auch eine feurige Erotik nicht zu kurz kommt.

"Die Unterwerfung"

War das der vielbeschworene Haken dieser, bisher so traumhaften, Zeit mit Daniel?
Geschockt und wütend beendet Martina die Liebesbeziehung und steht vor den Trümmern ihrer rosaroten Zukunftspläne.
Wider Erwarten spürend, dass sie unbekanntes, aufregendes Terrain betreten hat, begibt sie sich neugierig, einem unwiderstehlichen Drang folgend, auf die Suche, um Seiten in sich zu entdecken, die ihr bis dahin fremd waren.

Neue Freunde und aufwühlende Erfahrungen erwarten sie und am Ende erkennt Martina, dass Liebe nicht alles ist … aber alles nichts ohne die Liebe.

"Neue Wege"   Fortsetzungsroman von "Die Unterwerfung"

Glücklich darüber, dass sie nach sechs Monaten, in denen sie getrennte Wege gingen, wieder zusammengefunden haben, entdecken Martina und Daniel zu ihrer Freude sehr schnell, dass sie mittlerweile dieselbe, erotische Vorliebe teilen. Aber bald schon ergeben sich erste Irritationen, Eifersucht und Auseinandersetzungen. Denn Martina besteht darauf, ihre Beziehung mit ihrer Freundin Annika fortzusetzen. Und letztendlich kommen dadurch überraschende Entwicklungen in Gang, die zwei Paare in eine ungewöhnliche Beziehungskonstellation abseits der sogenannten Normalität führt. Kann so etwas gut gehen – oder verbrennen sich alle Beteiligten?
Wie auch schon im ersten Buch "Die Unterwerfung" mit dem Aspekt "Was ist eine normale Sexualität?" stellt dieser erotische Fortsetzungsroman die gesellschaftsüblich normale Monogamie in den Blickpunkt, ohne die Schwierigkeiten außen vorzulassen, die zwangsläufig entstehen, wenn sich Liebespartner im Rahmen ihrer Beziehung offen auch auf andere einlassen.

Aktuelles finden Sie immer auf:

www.michael-rodewald-autor.de